扶 州 记
FU　ZHOU　JI

李春蓉 著

成都时代出版社
CHENGDU TIMES PRESS

图书在版编目（CIP）数据

扶州记 / 李春蓉著. ——成都：成都时代出版社，2022.6（2023.12重印）
ISBN 978-7-5464-3050-8

Ⅰ．①扶… Ⅱ．①李… Ⅲ．①散文集－中国－当代 Ⅳ．① I267

中国版本图书馆 CIP 数据核字（2022）第 031745 号

扶州记
FUZHOU JI

李春蓉 著

出 品 人	达 海
责任编辑	敬小丽
责任校对	张 巧
责任印制	黄 鑫　陈淑雨
封面设计	钱灵垦
装帧设计	成都九天众和

出版发行	成都时代出版社
电　　话	（028）86742352（编辑部）
	（028）86615250（发行部）
印　　刷	成都博瑞印务有限公司
规　　格	148mm×210mm
印　　张	9.125
字　　数	235 千
版　　次	2022 年 6 月第 1 版
印　　次	2023 年 12 月第 2 次印刷
书　　号	ISBN 978-7-5464-3050-8
定　　价	50.00 元

著作权所有·违者必究
本书著出现印装质量问题，请与工厂联系。电话：（028）85919688

南方的水,北方的泥

天气晴好的时候,站在岷山主峰雪宝顶之巅北望,九寨沟一览无余,东望是平武,东北望视线可以抵达陇南。一览无余的不只是九寨沟的山水,还有山水积淀的人文。

九寨沟闻名遐迩,散落着九个藏寨(又称"何药九寨"),汇集了翠海、叠瀑、彩林、雪峰、藏寨、蓝冰,成为国家旅游名片。

一座山决定一条河,一条河决定河畔的人,河畔的人创造了河流的历史与文明。

四川大学考古团队对在九寨沟汉代遗址断层中发现的小麦和大麦的测定结果显示,早在3400年前九寨沟便有人类耕种。考古发掘的具有马家窑文化风格的瓮和彩陶碎片,还可以将九寨沟的人类活动前推2000年。

九寨沟属于白龙江(白水河)流域,白龙江的流向决定了九寨沟的人文历史。

九寨沟与平武一山之隔,两地同一时期置县,但人文状况却存在较大差异。这种差异不是表现在两地的白马藏族身上,而是表现在两地汉族迥然不同的口音和文化内核上。

九寨沟属于南方,有南方最好的水,但又临近北方,北方移民带来了北方的泥。

九寨沟的水遇上北方的泥，或者说北方的泥融入九寨沟的水，便有了不凡的作品诞生。这作品就是世居九寨沟的人和家族，就是九寨沟的诗人、作家，以及他们对九寨沟自然与人文的书写。

李春蓉的《扶州记》就是这样一部"北方的泥"融入"南方的水"的血脉厚土之书。它有泥的厚重，有水的澄澈；有泥的张力，有水的活性。

李春蓉是我认识稍晚的一位僻居九寨沟的作家，但我对她比较了解，很是佩服，她将九寨沟的水和北方的泥融合得很好。

2001年我认识了诗人龚学敏，当时他还没离开九寨沟。他的诗写到九寨沟的水、九寨水的蓝，但很少涉及九寨沟"北方的泥"。2014年我认识了白林，白林的诗文中有更多九寨沟的水、九寨沟的灵秀，却鲜有"北方的泥"。

北方的泥是九寨沟人文的骨头。

作为一位女性作家，李春蓉给我的第一印象自然是南方之水的印象。九寨沟的水丰富、冰洁、斑斓、灵秀，富有异域气息，水里溶解的不只是泥，还有各种稀有矿物质。九寨沟水的特点，也适宜用在李春蓉身上。

熟悉了她的人，读到她的文字，才发现她除了有"南方之水"的一面还有"北方之泥"的一面。"泥"是她身上的朴素、坦诚，是"耕读成传家"注入她血脉的思想感情和气质。在她的身上，在她的文字里，有一个男儿的担当。

这样的发现开始只是一种感觉、一种印象，后来读到她出版的第一本书，写她家族的《血脉》，感觉和印象得到了确认。我想这不只是我个人的认识，也是大多数《血脉》读者的共识。

共识中还有作家文字中我称之为"北方的泥"的东西——她的家族从陇之南带到九寨沟的东西。这种东西在数百年的家族迁徙中得以保留、传承和发扬。作家笔下的"血脉"不只是家族的生物基因，更是堪称家族核心价值的文化基因。

扶州（九寨沟县南坪镇下安乐村）是一个行政区域，也是一座城，俗称"水扶州"，其中心位置叫安乐（安乐乡现已撤销），是作家出生、成长和记忆之地。扶州还是一种文化的根植，也是世代生活在这里的人，包括作者的一种期许。

扶州的农耕有着北方农耕的特点，不单是人在土地上耕种，且有一套农耕文明系统，那就是家国情怀、耕读传家、仁义礼智信，以及关乎灵魂的宗教。这些东西像树根植在人心里，深入人的灵魂，体现在日常生活的方方面面。

有人说，一个作家无论写了什么，其本质都是在书写童年；有人说，一个作家的记忆只属于他的出生地。读《扶州记》，也有这样的认同感。很多年过去了，作者的记忆还是那么丰饶、鲜明、深邃，那么富有现场感。

写作是一种冲动。在《扶州记》的字里行间，我读出了这种冲动，一种直指童年的记忆冲动，像回流的血脉，有着极具向心力的家族磁场。

读这些文字的间隙我很好奇，身为女子，是什么东西给予了她这样一种强烈的回归血脉的冲动？我想不单是一种价值认同，更不是刻意而为，或许是一种回归的冲动，一种通常只有家族男儿才有的血脉冲动；或许是记忆被激活，变得不可控制，牵引作者完成了这样的一次回归。

我去过扶州，在县城西北一隅，隔着白水河。

在这块坝子上，居住过氐羌、吐谷浑、吐蕃等多个部族，建立过九寨沟最早的县级政权甸氏道，筑过扶州城，长期为多民族杂居。

有很多小地名是作者念念不忘的：岭岗岩、刀口坝、马家沟、甲勿沟、杨家山……扶州历隋唐至元、明、清，直到清雍正三年（1725）都是九寨沟所属政权治地。1729年设南坪营，后改为南坪县。

可不可以这样说：扶州是"北方的泥"最早在九寨沟落脚的地方？

在扶州城遗址，在作者描写的古槐树下，我感受到了"北方的泥"之坚硬、厚重，犹如青铜。就是在拂面的风里，在潺潺的水声里，在老人的古铜色皱纹里，也能感觉到泥的质地。

2019年5月的一个清晨，我又一次到扶州。新绿掩映村寨，鸟鸣衬托的寂静有一种亘古的味道。我穿过中安乐和上安乐，径直来到杨观成的碉楼前，打开那扇清代木门，听见了门轴转动的吱呀声。我确信那是来自清代的声音。

我知道这里就是扶州，就是作者出生、成长、离开后又魂牵梦萦的地方。这里有老宅，有祖先的灵魂，有童年的记忆，不论她走到哪里，都能感觉到血脉相连的根。

离开时扶州已经醒来，屋顶升起炊烟，村寨里开始有人走动，五月的风里弥散着人间的气息。

扶州，是一个有人间气息、有灵魂、有神灵居住的地方。或许作为一个外来者，我看不见灵魂，感觉不到神灵的存在；或许斗转星移，从甸氏道到扶州，从黑格浪（九寨沟县南坪镇莱园村）到扶州，神灵消失了，但《扶州记》却诞生了。

《扶州记》是一部散文集，却又不是一部普遍意义上的散文集，没有散文通常的抒情之轻,而是有着非虚构意义的纪实之重——泥凝之重。

生命中不能承受之轻。

老宅子是有灵魂的。这灵魂是一种气息、一种文化、一种家族磁场。老宅子是一个家族的时间与记忆的博物馆,可以让人沿记忆返回,可以让消失的人事重现。

在《时间里的老宅》中,作者提议拆除老宅建新房。对作者而言,"拆掉老宅就是拆掉记忆中的恐惧";对于弟弟,"如果拆老宅,他四十多年前掉在老鼠洞里的玩具小汽车就会被挖出来了"。然而提议一出便被父亲驳回,且警告不得重提。在父亲眼中,老宅子是爷爷奶奶的,甚至是太爷爷太奶奶的,老宅子在他们就在,老宅子在他们的灵魂就在,拆掉老宅子,就是和他们分别。

在这里,老宅的灵魂不只是一个指代或者隐喻,而且是真实存在的有着物质特性和现场感的东西。"夜深人静,爷爷呼唤着我家行神的名字(行神就是行走的家神,不在神龛上"坐班",能随时跟在身边),希望得到他们的庇佑:骑骁爷、小喇嘛、南山坡、坐山督岗、金花娘娘……被请到的行神们一一到位。"

"在以后的时间里,我们一家人已经习惯爷爷偶尔在深夜里攒老爷(当地一种习俗,人们认为可以使村庄风调雨顺,百姓无病)的各种声音。爷爷有他自己的精神世界,他沉浸在其中怡然自得。而爷爷在黑夜里的这个世界,对于我们而言同样是黑暗的,我们无法进入。他在这个世界里传承着,遨游着,实践着,满足着。虽然身体在老房子里,但是并不妨碍他精神的出游。"

血脉是灵魂的路径。一个家族的通灵可以牵涉几代人，爷爷和太爷爷通灵，爷爷和父亲、孙辈通灵，甚至和只有六岁的曾孙通灵。

灵魂关乎生死。在《槐花有雨》中，作者直面大姑父的死，在叙事中将死上升到一种习俗文化。

生生不息不只是血脉的力量，也是文化的积淀与传承。《生生不息》写父亲做寿木、母亲做老鞋，写出了父母的豁达与知天命。

扶州不只有神灵和生死，也有风物，扶州的风物也染上了北方的泥色，在作者笔下显出朴拙。

皂角树是一棵树也是一个地名，还是扶州的记忆；地软子就是地耳子，是饥饿年代的美食；芦苇在作者笔下是"蒹葭苍苍"的诗意，也是孤独和"善人"的代名词；土盐和香薷不只是记忆，也是作者早年的生活镜像——香薷是作者全家人救命的野果；通火条、麦颠子也是孩子们眼中的风物，通火条可以吹火，麦颠子味道甜美，与之相关的记忆有滋有味。

《扶州脉动》穿越了九寨沟两千多年的历史，有绝唱有残阳，有高粱地。扶州遗址黄土墩墩，黄土下埋藏着历史的秘密。

绝唱与残阳是一种美，穿越亦美。走失的岂止是扶州文明？其实也不是走失，而是叠加与覆盖，文明被碎片化保留在断层里。

在作家的记忆里，总有一些不灭的印象。这些印象时常会出现，甚至影响到最初的审美和对世界的认识。《岭岗岩的似水年华》截取的便是这样的记忆。对于一个安乐人而言，岭岗岩是他们走出安乐到外面世界的必经之地。这里的"走"对于一个大人是脚步的丈量，对于一个孩子或许只是目光或者视线的游弋。

九寨沟是一个多民族、多文化会集的地方，民族文化的多样性与生物多样性相吻合。在这样一个有着复杂生态的地方，历史也有它的复杂性。在《扶州记》这本书中，有不少篇幅对这些历史做了记录。记录了历史的截面或创面，特别是历史着力于家族的地方。这些文字不只是家族叙事，也是九寨沟地方的历史叙事。

我个人偏爱纯粹的事物，比如九寨沟的水，神仙池的西藏芍药和杜鹃花，喇嘛岭的全缘叶绿绒蒿（有黄、红、蓝三色），大录的藏寨，以及对九寨沟历史变迁的想象……《扶州记》有着北方之泥不可细研的复杂性，读多了这些文字，难免会让人产生一丝儿倦怠。身为女子，对家族血脉能如此钟情、如此有担当，算得上巾帼不让须眉。然而，一个作家若过于沉溺于家族过往，血脉难免会成为羁绊。文学的灵魂是自由与灵性，这恰恰与九寨沟的山水同质，也是九寨沟给予一个写作者的审美的馈赠。作者意识到了这一点，在《扶州记》末篇《中田四寨印迹》里，已经将视线从血脉和泥土移开，投向了九寨沟最好的南方之水。

《扶州记》是作者对出生地和家族人事的记忆，是一部根系发达的散文集，既有丰富的人文内涵，又有鲜明的个人印象，如若能再进一步，将物象人事内化，将文字内化，多一些诗性诗意，尚可在保留个人记忆的同时获得更多文学的意味。

九寨沟虽然裹挟了北方的泥，但毕竟有着南方最好的山水。期盼作者在将来的写作中能走出题材的局限，走出记忆的局限，走进纯粹、广阔、有着普遍审美价值的自然与人性的细微处。

阿贝尔
2020 年 5 月 9 日于平武

目录 CONTENTS

时间里的老宅……001

扶州脉动……020

槐花有雨……036

寻迹马家沟……046

生生不息……065

岭岗岩的似水年华……075

熊的眼泪……086

来去秋燕……101

淡蓝色的人间烟火……116

剥离之痛……122

填满时间罅隙的亲情
——《血脉》创作谈……127

越冬的反哺……138

安乐寨传奇……148

阳光小院……163

蛙声起时稻花香……170

放飞的梦想……177

- 我家住在槐树下……185
- 谁给谁安魂……195
- 油菜花开……203
- 忆端阳……210
- 柿子的美好时代……223
- 安乐楼子……229
- 被修复的记忆……238
- 流浪狗旺旺……251
- 中田四寨印迹……260
- 后记……275

时间里的老宅

1

为迎合，也为彰显。

当周围已是高楼林立，我是主张拆除老宅，建新房子的。

冬日午饭后是晒太阳的好时候。刺眼的太阳光像是给老宅美颜了一般，陈旧破烂的柱子、门板、屋檐，包括瓦片，被太阳的一把金光照亮，眼睛看到的一切都明艳光亮，新贴的对联、窗花格外醒目。一对大红灯笼，高高地悬挂着，平日里难得有机会这样舒展，俯视着为过年忙碌了半个月的这一家。

父母惬意地躺在椅子上，闭着眼睛休息，接受着阳光的抚慰，昏昏欲睡。父亲怕我的脸晒着，早就准备好一顶草帽。我戴着草帽，坐在父母身边，悄悄地打量着已经不年轻的父母，在他们脸上的皱纹里寻找时间的背影和过往的岁月。暖暖的阳光下父母完全放松，表情享受，微微有一丝倦意。母亲满头的白发在阳光下如一根根银光闪闪的针，直刺得我心里一阵阵的痛。父亲又黑又瘦。我猛然觉得，和老宅一样，父母老了。心里的酸楚像洪水决堤般地将我淹没，我左右突围，寻找喘息的缝隙。

眼前灰色的水泥高楼挡住了我的视线，也改变了周围熟悉的环境。曾经一开门就看见的西山，在高楼后和我玩起了捉迷藏，只露出尖尖的山顶。我突发奇想：寨子里很多人家建起了楼房，何不让弟弟、弟媳将老宅拆掉，修个小洋楼，让父母享受享受？

我的提议马上被父亲驳回。他严厉地说："以后谁也不许提修房子的事。"从小到大，父亲是溺爱我的。有生以来第一次被父亲呵斥，着实让我深感意外。

为什么不能拆老宅呢？

2

我不明白父亲为什么不让拆老宅，拆掉老宅多好。一想到要拆掉老宅，我像是长时间待在黑暗中，突然看到一个敞亮的出口般喜悦，为解脱黑暗的恐惧而浑身轻松：以后我再也不怕老宅楼梯间黑黑的小屋，还有爷爷奶奶每晚讲的那双从楼梯往下走的穿着绣花鞋的小脚，那是漫无边际的黑色恐怖和一双永远也走不下楼梯的绣花小脚，像梦魇一样控制着我，让我时刻处于恐惧之中。拆掉老宅就是拆掉记忆中的恐惧。黑色恐怖和绣花小脚因没有黑屋和楼梯的依附而无所依凭并灰飞烟灭。往后的日子里，恐惧只能在我的记忆深处睡大觉，我不会叫醒它们。我再也不怕天黑后，一个人去老宅后面的厕所了。强势地占领了我半生时光的黑夜，埋藏在记忆里的恐惧，都会随着老宅的消失而被淡忘。

弟弟则高兴地说，如果拆老宅，他四十多年前掉在老鼠洞里的玩具小汽车就会被挖出来了。一辆玩具小汽车，被一个硕大的老鼠洞吞没，一并吞没的还有弟弟童年最美好的记忆。父母以仅有的知识安慰弟弟带泪的祈求目光：地底下就是大海，大海的另一边就是美国，小汽车再也找不回来了。老宅心疼地看着这个孩子在老鼠洞前痛哭流涕,一个几岁孩子眼睛里流露出眷恋和不舍。多年后,家里打水泥地皮,老鼠洞和玩具小汽车被坚硬的水泥覆盖,弟弟的希望彻底破灭。

这是我们对于童年的不同记忆,对生活了几十年的老宅最重要的记忆。

而我始终认为,老宅是爷爷奶奶的。

爷爷去世23年后的一天,奶奶得病的那个月的一天晚上,奶奶的保姆张阿姨说她清楚地听到从楼梯的那间黑屋子里传来一个男人的声音,说"起来,起来,走了"。奶奶飞快地答应了。可是,记忆中奶奶分明再三叮嘱我们:天黑后有人喊名字不能答应的。而且一年中会有一两次,奶奶自豪地说:"昨晚半夜有人喊我的名字,我硬是没答应。"我问奶奶:"半夜谁在喊你?"奶奶神秘地小声说:"阴间的差人,牛头马面。"张阿姨第二天给母亲说:"老姐姐,我都吓死了。"母亲明白了:"别怕,那是我家老大大(父亲)接老妈来了。"我们都明白,如果不是爷爷喊奶奶,对深夜呼喊声高度警惕的奶奶是不会答应的。保持了一辈子警惕的奶奶,还是在深夜答应了爷爷的呼唤。我们确信爷爷想奶奶了,爷爷要带着奶奶离开了。果然,第二天奶奶突然得病,病情逐渐加重,一个月后,离开了我们。原来爷爷并未离去,他在家里等奶奶呢!那爷爷在家里的什么地方?在神龛上还是在黑屋子里?我怎么从来没有看见过?爷爷刚去世的那几年,我总会听到家里人神秘地小声说:"昨晚厨房的锅碗瓢盆叮咚响着,老大大一晚上不知道在做什么好吃的。"家里做家具的木匠,第二天会给母亲说:"赵大姐,昨晚屋里可热闹了。"

母亲回答说:"是老鼠在闹。"

奶奶说:"人死了要管三年的家呢!"

这些话是我悄悄听来的,他们说的时候都背着我。

确切地说,爷爷确实没离开过我们的生活,离开的只是他的肉身。

只有在梦里,爷爷是会来看我的。我往往会哭醒。在无数个梦见爷爷的夜里,感觉我是那样的难过,知道此后再也见不到爷爷,就是在梦里也不容易见到。我珍惜梦里和爷爷的每次见面,以后在梦里能不能见到爷爷并不是我能左右的事。谁能左右这事,我不知道。

在梦里,我知道爷爷和我不在同一个时空。爷爷想我们了,只有在梦的专属时空和我们见面。而且大多数时候相见是在一个陌生的环境里。梦中的我做着和平时关联不大的事,没有思想,在梦的传送带上随波逐流,周围缥缈,我或许有自己的任务或者目的,身体有些疲倦或者心里有一些压力。总之,我在等待什么,不会是漫无目的。爷爷会在我不经意间突然出现,我的心着实怦地一跳,继而再见的喜悦转成氤氲的疼痛,像水一样淹没了我,让我在惊愕之余,在张大的嘴巴闭拢之前,从心里顿时生出对爷爷的无限思念。就像在山野里失踪的孩子,在历尽生死存亡的困境之后,看到自己的亲人,得到救赎一般。梦里的我知道爷爷已经去世多年了,但我还是紧紧地、紧紧地攥住爷爷的手,不愿松开。我对爷爷的思念绵长而炽烈,可是爷爷的手没有肉感,似一团空气,我握不住也拉不紧。我嘴里埋怨爷爷太久没来看我,眼泪则像一条小溪般汩汩流出。梦承载不了眼泪的痛,眼泪被梦丢弃在枕头上。我依偎在爷爷的怀里,痛快地大哭。我不想爷爷从我的生活中消失,并带走对我的爱。悲伤如同把五脏六腑绞在一起,把惊喜、惧怕、失落绞在一起,内心是如此难受。多少年来的多少梦里,爷爷的眼神一如既往地充满爱怜,看着我长大、结婚、生子,未曾改变。每次在我悲伤得不能自已的时候,梦不忍心看我如此难过,果断地中断了我和爷爷的见面。我哭得抽搐着,和湿湿的枕头一起回忆着梦中的情景,趁还有清晰记忆时，珍宝似的存入大脑。

三十多年了，大脑的内存被占据了许多。

我渴望梦见爷爷，和爷爷在梦中见一面多么不容易。梦中无论多么悲伤，见到爷爷的踏实感和愉悦感在很长的时间里仍让我感到被爷爷关爱、惦记的满足。在往后的日子里，我在爷爷留给我爱怜的目光中，精神得到振奋，心灵得到抚慰。回老宅给奶奶说起梦境，她认真地听着，异常地喜悦："我的娃，爷爷又想你了。好梦，他会保佑你的。"随后奶奶在厅房的神龛前给爷爷点燃一炷香烧几张纸，嘴里说着："老汉，保佑好你的孙子们，让他们平平安安、百事顺遂。"

好像爷爷就在神龛上的某个地方看着我们，听到奶奶说话一样。

3

对老宅的记忆里，每个夜晚都不是寂静的，而是忙碌而喧哗的。

夜深人静是老鼠们撒欢的时候。一群老鼠像是从天而降，木头楼板发出一声声"咚咚"巨响，然后像百米赛跑一样，是脚步快慢着地的"哧哧"声，伴着争先恐后的"叽叽"声——老鼠的世界也并非一团和气。在无数个被老鼠惊醒的夜里，我能听出老鼠是肥胖或瘦弱、年轻或年老、机灵或愚笨、和睦或争执。然后是老鼠们将一根玉米棒子往洞穴里拖，玉米棒子和楼板发出有节奏的碰撞声。沉静的夜被老鼠们搅和得起了波纹，这波纹又传到我的耳朵里，传到幼小的敏感的心里，对黑夜的恐惧，对老鼠的恐惧，一下把我的睡意驱逐得无影无踪。我侧耳细听，当老鼠们"分赃不均"时，"叽叽"的撕咬声再度响起。

乡村的夜晚原本如一潭深水，是寂静的。除了不知名的鸟的哀鸣，加深黑暗和凄凉的深度外，偶尔有狗激烈或缓慢的叫声，代表着它在忠实履职。谁家吃奶的孩子激昂的哭声在宣告他肚子饿了，然后是嘴里衔着妈妈的奶头时满足的哼哼声，像一根火柴的亮光划过黑夜。很快，这一点微弱的声音被苍穹塞进黑夜里，并将黑夜用一根拉链关上。然后夜又像是坠入了黑色的谷底，恢复了当初的平静。

无穷的黑夜包裹着一切：神的虚无，鬼的恐惧，生的希望，死的讯息。

黑夜给我的恐惧远不止这些。

我小时候对黑夜的记忆可不光是老鼠们发出的声响，还有爷爷攒老爷时脚后跟沉重的着地声，一遍遍呼唤神灵虔诚的祈祷声，沙哑的嗓子恭迎各路神仙并请他们一一落座时唱神曲儿的喜悦声，牛角卦被一遍一遍扔到地上发出的清脆的碰撞声……短暂的沉默，这是爷爷蹲在地上辨识卦象，卦象不如意，认为有鬼怪神灵在作怪时，爷爷的恐吓声、谩骂声。爷爷说："退下，给你三副马纸。"草纸燃烧时呛鼻的气味弥漫在空气里。爷爷启禀家神，祈求给个上上卦。

爷爷需要打卦的事情多了，他要看哪个方位打猎会有收获，久旱了哪天下雨，今年粮食的收成如何……

在某个夜晚，爷爷会在老宅里指挥一场狩猎，可威风了。

夜深人静，爷爷呼唤着我家行神的名字（行神就是行走的家神，不在神龛上"坐班"，能随时跟在身边），希望得到他们的庇佑。骑骁爷、小喇嘛、南山坡、坐山督岗、金花娘娘……被请到的行神们一一到位。然后喊猎狗们的名字，给它们一块肉，激发猎狗的斗志。"大黄，嗖！"指挥者的命令威严而果断，猎狗大黄这时候该出击了，它知道该沿着什么路线出击，爷爷凭猎狗的叫声知道猎物到了什么地方，被猎狗围住的猎物已经是囊中之物，爷爷的声音里充满喜悦。

老房子像一个前线指挥所，忙碌、混乱、热气腾腾。这里是立体的，跨时间、跨空间、跨地域进行着一场狩猎。爷爷像一个将军在指挥所里调兵遣将，指挥着一场神、人、猎狗同时参与的声势浩大的狩猎。一场狩猎就是一场战争，大获全胜的爷爷眼里仅有此次战役的战利品，他要将胜利果实给来自各个空间的参与者分配：割麝香，给先人和家神供奉……

黑夜里，爷爷指挥打猎的声音斩钉截铁，巨大而恐怖，情绪激动使他的声音有些颤抖。爷爷沉浸在他的精神世界里，满载而归的荣耀彰显着军人后代的自豪。七百年来祖先打仗、狩猎的基因在爷爷的血脉里流淌，在无数个夜里，在生活中不时回忆并上演。

爷爷重复着这一切，他在巩固什么吗？他惧怕失去什么吗？

在这样的一场虚拟的狩猎中，神的庇护、卦象的预示、人的指挥、猎狗的尽力，合力取得了大胜。这是一场齐心协力的战斗，当指挥官的爷爷精神得到了充分的满足。他血脉里祖先留下的骑马打仗、狩猎的征服欲望很强，他无力摆脱。他生活在太平盛世，打仗、狩猎离他太远，他只有在黑夜里沿着先人的足迹，模仿、巩固，加深记忆。

我很小的时候，半夜常常被爷爷攒老爷的声音惊醒，吓得大哭。奶奶将我藏在她的怀里，紧紧地抱住我，不停地说："不怕，不怕，你爷爷又在摆疯阵呢！"我不明白爷爷为什么不睡觉而要攒老爷，重复的行为意味着在重复中改变或者创新，以及发掘出其他情况的种种可能。爷爷固执地想一次次重新来过，他是想改写历史，为什么？

父亲说，爷爷的内心对狩猎又爱又恨。

爷爷十多岁时，他的父亲去狩猎，套住一个一身白衣的女子，女子祈求放了她。爷爷的父亲放了这个女子，这个女子在地上打了个滚变成一只白狐。其实这个女子是一只"千年白万年黑"的白狐。爷爷的父亲没想到会套住一只白狐，这可是千载难逢的机会，放掉白狐对于一个猎人来说是一种耻辱。他从此郁郁寡欢，一病不起，半年后去世。可能爷爷认为当时他父亲忘记呼唤我家的行神随行，没有神灵随身庇佑，给了白狐掠夺他父亲魂魄的机会，也可能是爷爷的父亲心存悲悯，错失了捕杀白狐的时机，导致了半年后爷爷的父亲英年早逝的结局。爷爷从此有了心结，他不甘心，无数次在黑夜里攒老爷，他想穿越时空，想改写历史，还是想弥补什么呢？还是他想将那一天重新来过？爷爷的父亲威武，家神威严，猎狗凶猛，不应该是这样的结果。爷爷臆想挽留他父亲年轻的性命，给予七个孩子父爱以及长大必需的物质保障。

但是，任凭爷爷如何努力，他永远找不到那天的时间，进入不了那天时间的罅隙。勇猛和神助也帮不了他，他想改写那天的历史，但是失望和无奈伴随着他的一生。只有在黑夜里，他在臆想中将时间定格在那一天，任他重新来过。

在以后的时间里，我们一家人已经习惯爷爷偶尔在深夜里攒老爷的各种声音。爷爷有他自己的精神世界，他沉浸在其中怡然自乐。而爷爷在黑夜里的这个世界，对于我们而言同样是黑暗的，我们无法进入。他在这个世界里传承着，遨游着，实践着，满足着。虽然身体在老宅里，但是并不妨碍他精神的出游。爷爷的黑暗世界里到底有些什么，让爷爷如此痴迷？我从来没有亲眼看过爷爷攒老爷，只有听觉和嗅觉将这一切传递给我，并保存在大脑的专属空间里。神秘和黑暗将这一切包裹了起来，我知道爷爷又在企图篡改时间，恐惧之余，对爷爷的黑夜充满了无限的幻想……

白天的爷爷有时要给我泄露一点"天机"，说他在占卜全村的未来、我家的运气。可是，就算占卜到了未来，爷爷一介凡夫俗子又能改变什么呢？他不过是在问天，但天机不可泄露。爷爷在夜深人静时，用攒老爷、打卦的方式和神灵对话。卦打通了爷爷和神灵之间的一处微小缝隙,他在偷窥未知,他臆想未来,或者,他想篡改历史。出门问卦,上山问卦,打猎问卦,种庄稼问卦,生病问卦,丢东西问卦……爷爷认为生活的一切都是由卦象决定的,爷爷用打卦指导着生活中的一切行为,他对此毫不含糊,并虔诚地顶礼膜拜。

爷爷的精神世界是丰富的,内心是充实的。他的行为是继承老一辈对大自然初步的认知和探索,是朴素的、执着的、迷信的,是自我安慰、自我疗伤、自我肯定的原始试探,是人与自然的初级融合,是对大自然的完全崇拜。我为他的聪明才智骄傲,也为他不能实现愿望而失落。

4

老宅是爷爷奶奶的,也是先人们的。我家供奉的家神里还有杨四爷。杨四爷的职责是看家护院,捉小偷是他的本职工作。除了自家人,外人不能在家里过夜。如果外人过夜,非得给杨四爷伺候好才行,要不,杨四爷将会附体到爷爷身上,将这人赶走,或者让他一夜不得安生。

父亲的徒弟曾经就被行神闹腾得一夜无法睡觉。

爷爷这样解释:"徒弟家也有行神,徒弟被他家的行神护送着出门。他家的行神随着徒弟到我家来了。作为客人,他家的行神没有拜见我家的行神。所以,我家的行神不让他们在我家住,肯定要赶他们走的。这是行神守卫家园、保护家人的本职工作。神仙之间也有争斗,我家的行神手段硬得很,尽职着呢!"

一个无法解释的现象,被爷爷三言两语解释得连我都听懂了,我不仅为家神的明察秋毫所折服，也为家神尽职保护家人所感动。这件事经常被爷爷用来说明我家的家神有多灵验，有多厉害，有多尽职。有如此威武的家神保佑，幼小的我们心里感觉多了一份保障，有我们看不见的神仙在疼爱我们，感觉自己周身有法力无边的神仙保佑着，逢凶化吉、遇难成祥是必须的，可能更多的是冥冥之中有人在保护自己而内心感激和踏实。

我想，爷爷口里的"家神"，是爷爷的爷爷奶奶吧，或是爷爷的父亲母亲吧。

我从没见过面的家神，在我的心目中，您是神秘的、法力无边的，又无处不在的。在爷爷的口中，您已经承载着我们的幼年，还将托起我们的整个人生。不管这人生是顺境还是逆境，不管我年龄多大，在您的庇护下，岁月应当风和日丽，生命应当阳光灿烂，人生之路应当是铺满鲜花的康庄大道。我没见过面的家神，您的灵验和无处不在已经治愈了我的胆怯、畏惧和悲观。

没见过面又如何？我知道，爷爷奶奶就是家神的化身。去世后的爷爷就是保护我们的家神。这一点，有儿子的梦作证。

儿子六岁时，外公外婆带他回老宅住过一晚。儿子和外公外婆住在同一间屋子里。这晚的梦，给儿子留下了终生难忘的记忆。门是关着的，梦中儿子的身体悬浮在空中，透过门上方的玻璃窗，看见厅房门前的台子上站着一个穿黑衣黑裤的老人。当时爷爷已经去世十一年了。爷爷没见过我儿子，儿子没见过我爷爷。爷爷眼神犀利地从头到尾看儿子，目光如 X 射线，如 CT 机器，将儿子的相貌、骨骼、血型、气味等检查了几遍后，露出了笑容，转身进了厅房。看着如此怪异的老人，儿子在梦中也吓坏了。第二天醒来，从不说梦的儿子觉得这个梦太过蹊跷，于是给外公外婆说，昨晚有个老人站在台子上怎么看他，外公外婆面面相觑,知道是他们的父亲在审查这个外姓的孩子。审查后发现,原来是他最疼爱的孙女的孩子,于是他笑了,回到他的屋里。而且,儿子被划入家人范畴。我儿子——爷爷的曾孙,还将得到家神们和爷爷的庇佑。

在我的记忆中,夜晚是爷爷的,白天是奶奶的。

奶奶每天早上吃完饭后最重要的事就是说梦,也有等不及边吃饭边说梦的时候。说梦,对奶奶来说是一件多么重要的事,关乎太阳落山到太阳升起这段时间的精神经历。奶奶说梦的开场白总是这样:"这脚板子走了一夜的路也不知道乏。昨晚上我不知道又去了好远的地方,我没有去过的地方。"然后开始说昨晚梦见了什么。奶奶说梦的心情是急切的,有迫不及待的感觉。她想和别人分享她一夜的经历,这些经历对她来说,有些是熟悉的,更多是陌生的,让她有些害怕。经她的口说出来,好像是附在她身上的一个令人十分恐惧或者厌恶的东西从嘴里说出的话语中被甩掉,奶奶的内心重新得到了宁静一样。如此,奶奶才有更多的勇气面对未来的夜晚和未来的梦。夜晚的梦阻挡了奶奶黑夜和白天的交接,必须要说出来,奶奶才能跨过黑夜进入白天,才能将黑夜放在一边,开始新的一天。如果没时间或没机会说梦,奶奶会无精打采,像还在梦中没有醒来一样,整个人还在梦的情景中不能自拔。说梦,是奶奶的自我救赎。关乎精神的,关乎身体的,关乎时间的。每天早晨必须留足够的时间给奶奶说梦。时间像牵着一个口袋,在奶奶的下巴处将奶奶的梦接住,绑紧,放到过往的时间里锁好。然后时间和奶奶彼此安然。

当黑夜将奶奶的梦收回,奶奶的人生到了弥留之际。当奶奶没力气说梦时,爷爷接奶奶去了一个新的地方。

5

家家的神柜都放在厅房的神龛前。神柜的上方是先人的地盘，是我们的禁地。在一个家里，唯有神柜上方和灶神阿婆的领地我们不可造次。这是三岁小孩都知道的规矩。

我家也做了一个三格的神柜，漆着朱红的油漆，放在神龛下。朱红的颜色，沉重，包容，增添了神龛的庄严与神秘。神柜是给先人们摆放供品的地方，也是先人们落脚的地方，连接着天和地、神仙和凡人。神柜的神态威严，立在先人和我们之间，不可逾越，也不敢逾越。神柜是先人们从天上来到烟火人间的一个台阶。

每年大年三十，一阵阵鞭炮声中，一片片红色光亮中，一声声欢呼声中，父亲和弟弟请来先人和家神的案子，高高地悬挂在神龛上方，接受着我们的香火和食物。香火烟雾缭绕，蜡烛照亮祖先们威严的面容，他们审视着眼皮底下的这些子孙。严肃的场景应验了那句古话：三十晚上算总账。每个人在神柜前，在先人的注视下都在自我反省，都要自查功过。我畏惧这威严的眼神，往往没有再看一眼的勇气。新年的喜气和节日的轻松，并没有让家神们放松警惕。我害怕看到他们洞穿人心的目光，和让坏人无所遁形的威严，往往将目光放在神柜上，看还愿的鸡，看被褪掉一身毛的鸡将头高高扬起，灵魂接受着先人们和家神们的点化。先人们将未来的天机泄露给这只鸡，鸡又将天机隐喻在头骨上，让爷爷在年夜饭上来解读。就像私底下搞的一个小动作，在避讳什么，又在昭示什么。在这个过程中谁也没有犯规，先人们没有透露天机，当祭祀品的鸡也没有开口，我们也没有询问。这是隐藏在时间里的秘密，在我们热切的关注下,神的昭示由爷爷来解读。听完爷爷的解读,佩服地抬头看去,先人们用手捋着胡子,神秘的微笑和善良的目光,囊括了新年所有的吉祥,赐福给了所有人。

过完年,即将开始春耕,即将开始日出而作、日落而息的农耕生活,没时间和先人们交流,于是父亲把先人和家神们请到楼上。神柜上方的神龛上又是"天地国亲师"的地盘,让"天地国亲师"继续指导日常生活中的言行举止。

6

房子是家,但家的含义不完全是房子,还有家人。家人是和自己有血脉关系、姻亲关系,在同一个屋檐下生活的人,是保证家族基因延续的链条。生命有先后,冥冥之中,生命的来到和离去都有时间。

我知道在生命中的某一天,爷爷奶奶会离我们而去,没人能够挽留住他们,世上没有人能长生不老。我的心里常常会想,当爷爷奶奶离开我们的那一天到来时,我们将以何种方式告别,爷爷奶奶怎么能忍心走远,今生再不见面。年幼懵懂中觉得死亡是诗意的,如电影画面里的一样,告别程序必不可少。

爷爷73岁时,我14岁,读初中,住在外婆家。

初春时节,农历三月十七,天气已经异常炎热。一场春雨后,满山的嫩绿覆盖了紫黄的枯枝,布谷鸟 "布谷、布谷"地叫个不停,告诉人们到了下种的时间。父亲出差了,母亲忙着家里的农活,开始了又一年的农事。

暮春的天气骤冷骤热,得肺气肿的爷爷在冷热季节交替时总会咳个不停。收工回家的母亲,看着爷爷咳得厉害,父亲又不在家,喊来族内当医生的大老子（大伯）给爷爷看病。大老子精通中西医，给爷爷号脉、打针，悄悄地问母亲父亲什么时候回家。母亲也不知道父亲什么时候回家。大老子说晚上就让族内的小辈子们陪爷爷睡觉，万一爷爷想喝点水什么的，方便。看着爷爷是老毛病，而且病得不是很重，母亲也没多想。晚上由族里的两个岁数和父母差不多的老哥哥陪着爷爷，让忙碌了一天的母亲休息。

　　看到两个孙儿陪他，爷爷当然高兴了，给他们讲祖上的故事，讲打猎，讲他一生的奇闻逸事，听得两个老哥哥哈哈大笑。听到他们的笑声，奶奶和母亲放心地睡了。子夜时分，爷爷唱了一曲《火焰妹子杨八姐》，这是他的最爱。爷爷的精神异常好，故事讲得精彩，曲子唱得婉转。两个老哥哥不敢有一点睡意，陪着爷爷，听他唱听他讲。午夜时分，爷爷呼唤着家神的名字，攒起了老爷。哥哥们看着爷爷攒老爷、打卦，爷爷精神越好，他们两个越不敢大意。原来大老子让他们两个来陪爷爷，是悄悄地告诉他们，爷爷的脉象微弱，怕他熬不过这几天。凭大老子的经验，爷爷的身体已经油尽灯枯，怕半夜有事，家里孤儿寡母没法处置。哥哥们知道，爷爷突然精神好是回光返照，生命留给爷爷的时间不多了。不久，家神带着爷爷一起回到了神龛上，不再下来。两个哥哥送走了爷爷，喊奶奶和母亲："二奶奶、嬢嬢，起来，二爷走了。"

　　父亲不在家，家里的天塌了。

　　天亮时，外婆和大舅喊醒了我："你爷爷病得厉害，我们去看看。"

　　我曾多次想象和爷爷最终的告别，爷爷会给我说点什么，告诫我什么，希望我什么，然后在生离死别的悲痛中不舍地离开。可是什么都没有，爷爷不告而永别，他那么爱我，他怎么能这样？当爷爷对我来到或者离去毫不在意时，我感到被爷爷抛弃的孤独和伤心，我像是在一片旷野中，四处无人，没有任何声音，我孤立无援，我被亲人和时间遗弃了。我第一次有了痛彻心扉的难过，我的心里被痛苦和孤独装满，没有一点罅隙。

我想爷爷一定是睡着了的模样，安详地、静静地躺在厅房，灵魂在神龛上看着还没有长大的我们，忧心忡忡。

那是20世纪80年代，没有手机，信息不通畅。得到消息后，父亲连夜往回赶。看到父亲回来，奶奶和母亲号啕大哭。家里发生了这么大的事情，我们是如此惶恐。当父亲回到家里，我们一家人终于感到有主心骨了。

我和奶奶跟在父亲的身后，父亲揭开盖在爷爷脸上的纸……我看见了……气候炎热，爷爷完全变形，不再是我往日慈祥的爷爷。我惊呆了，我的眼睛所见和我记忆中爷爷的形象形成了巨大的反差，我不能接受，我也没时间接受，没心理准备。视觉神经和大脑反应没时间汇合交换意见，它们也呆了，都停在了半路上动弹不得。于是，我也呆了，不会哭，不会说话，不会眨眼，没有思维，呆若木鸡。当奶奶回过神来，赶紧用手挡住我的眼睛，一把将我拉到怀里，紧紧地抱住我，说把娃吓坏了。周围的人才注意到我，赶紧说"别让娃看，快把娃拉开"。我在突然而来的巨大惊吓中丧失了自己，只剩下一具空空的躯体，我什么也听不到，什么也看不到，世界一片寂静，一片黑暗。更重要的是，我慈祥的爷爷丢失了，时间将他藏在哪儿了？我的记忆被时间用一把快刀劈断，眼前的情景和往日的记忆无法衔接，我的肉身和魂魄被速冻，站在断开的悬崖的两头，肉身和魂魄都无法向前迈出一步而会合。不同时迈出的这一步会让我掉进万丈深渊，亲人们无法打捞。

奶奶使劲地摇我的身体，不停地用嘴在我的额头上深深地吸，将口水重重地吐到地上。奶奶试图用口水黏合断开的悬崖，她希望通过她的努力，将我站在悬崖两端的身体和魂魄拼合。可是，这样做是不够的。

奶奶还得用语言在悬崖两端架一座桥，将我游荡的魂魄拉回肉身。

奶奶慢慢地给我讲人死后的变化：肉身会腐烂，只剩下骨头。而魂魄会进入轮回，如果生前做了好事，就轮回进入人道，下一世投胎变人；如果生前是恶人，下一世就会投胎变成畜生或者在十八层地狱永不超生。人腐烂得快，是好事。爷爷生前是个好人，他的魂魄已经起身去往生了，你也看见了。

我被奶奶的语言慢慢解冻了，苏醒了。我的肉身和魂魄终于顺着奶奶语言搭建的桥梁会合。

奶奶对生死轮回的道理虽然普及得迟了一点，但让我明白了爷爷奶奶朴素的生死观。我终于知道死亡到底是怎么一回事，意味着什么，也慢慢接受眼睛看到的一幕。奶奶慢慢地找回了被剧烈惊吓丢失、迷茫的我。我需要时间选择性地遗忘，在以后岁月的长河里，那一幕已经逐渐模糊，我知道，我该记住的是爷爷的疼爱。

7

爷爷奶奶留在时间里的秘密，由老宅保管。拆掉老宅，就是和爷爷奶奶再一次的永别。我终于理解父亲为什么不让拆老宅了。

我痛苦地发现，时间顺手带走了我放置在老宅的幼年时光，我对原乡的感情竟然在淡化。以后没有了老宅，我更像一只没有线的风筝，跌跌撞撞，摇摇晃晃，在暴风雨来临前的天际寻找一处安身的地方。我像一株幼苗，根扎得并不深，我不知道表层下土壤的温度和湿度是否有利于我的生长。可能我没有机会试探就被狂风刮走。我的脚已经离开土地，我快要被肢解，被风刮向东西南北，于是我紧紧地抱住槐树的一根枝丫，我惊恐万分，我大声呼救。只有老宅、我的爷爷奶奶能将我从虚无缥缈的空中拉回到地面，帮我扎根，并为我安魂。

不可否认，爷爷奶奶和老宅已经离我们越来越远。爷爷奶奶和老宅属于他们的那个年代：刀耕火种，牛马满圈，日出而作，日落而息。当家里儿孙成群，互联网、电脑、5G和四轮小汽车无处安放时，父亲知道，一座长三间的木头房子，承担不了这么多，爷爷奶奶已经带着老宅脉息走远了。于是在有限的空间里，时间需要叠加，记忆需要叠加，房子也需要叠加。三层的楼房，将这些有序地叠加在一起，放置在相应的地方。

时代在前进，不可阻挡。父亲看到了这一切，终于同意拆旧建新了。这个决定，对父亲而言，有些痛苦和残忍，更多的是不得已。他内心一定背负着深深的愧疚，对传统的不舍，对祖先的忏悔，对家业的传承。他要求在顶楼给先人、家神、行神们修一间宽敞的神龛，安置好神灵；他要求家里的传统不能变，八月十五、大年三十供奉的高头凤凰不能少，安排好传袭；他要求给老房子全方位拍照，记录他和爷爷奶奶共同的时空，放置好自己的灵魂。

拆房子的前两天，恰巧是爷爷去世36年的祭日。父亲准备好香、蜡、纸等祭祀品，并在草纸上写上"奉请本家祖神和当方土地之神转亡灵李玉槐老人，祭日奉献钱财壹佰万贯"。落名：儿、孙、曾孙。厅房里空荡荡的，所有的东西都被转移到别处，包括神柜。电线最先被拆除，厅房里借助院子里的光亮，显得幽暗，斜射来的灯光将我们的身影拉得长长的，投向空空的墙壁。父亲点燃了香、蜡，青烟升起。想起我小时候问爷爷的问题："爷爷，你给神仙说话，他们又不在，怎么会听到？"爷爷说，点燃一炷香，青烟升起，神仙就知道你有事求他了。他们脚踩着青烟，马上就会来到你的眼前。这次，我想，家神们是从楼梯下来的。因为和往日不同，厅房里没有了神柜，家神们无处安身。第一声"啪"是从楼梯的位置发出的，第二声"啪"是从耳房门口的位置发出的，然后是参差不齐的"啪啪啪"，汇聚成一股巨大的回旋的声带，声音暴露了他们的运动轨迹，他们呈旋涡状转动，在楼板和扣板的夹层之间，如银河系大旋涡一样，中心有神秘的力量不断发出能量，推动先人们转动。旋涡里的先人们的生活轨迹不同，他们之间没有交集，在各自的轨道上转动。他们聚在我们头顶上方，扣板和楼板之间的空间里，从楼梯方向的第一声起，噼噼啪啪的声音骤然响起，是质询，也有不满。先是一声，两声，很快汇成密集的、无序的混合声，呈旋涡状在头顶盘旋、移动。他们好像坐着长度不一的伸臂座椅，在同一个动力推动下，围着这个点在时间隧道上，在各自既定的空间轨道上旋转。我脑海里浮现出课本里旋涡状的银河模样，每一颗星星，就是一个先人的灵魂，每一声噼啪声就是先人们的训示。

我们跪着不敢说话，屏住呼吸，看着草纸带着红红的颜色和热量快速呈直线飞向天花板，停留片刻，逐渐变暗，变成灰白色慢慢落下，停留在我们的头、脸、眼睫毛、衣服上，似一双双爱怜的手抚摸着这几个后代子孙。

顶着一头纸灰的父亲禀赋："今天是老大大的祭日，我们都记得。开枝散叶，儿孙满堂，是你们希望的。你们关心的孙儿、曾孙长大了，房子住不下了，准备修楼房。我们一定在顶楼修厅房，立神位，请家神、行神、先人们入住，让你们住得舒舒服服的。后天就要拆老房子了，先人们一定要保佑平安顺遂。"

此时，噼噼啪啪的声音继续盘旋着响着。我们的眼睛紧紧地盯着扣板，除了夹层里继续发出噼噼啪啪的声音外，平日里毫不起眼的扣板泛着幽暗的微弱光泽，显得神秘。我们没人敢说话，只是用眼睛示意着，看着扣板。旋涡般的盘旋是打破秩序后的混乱，没有方向时的迷茫。这是一支庞大的队伍，他们一改线形的前进方向，队形重新组合成圆形，就像一支朝圣的队伍。在讨论他们该何去何从时，圆形的队形有益于商讨问题。是啊，百十年来，先人们有自己的地盘，享受着后代人的敬奉，从来没有这样惶恐过。父亲好像突然明白了："委屈家神、行神、先人们暂时移驾到偏房子的楼上，就一两年的时间，给你们修好了新房子，布置好神位，请你们住新房子。委屈你们了，请回吧！"

噼噼啪啪的声音戛然而止，干净利落，好像刚才的热闹只是我的臆想。

第二天晚上，就是拆房子的前一天夜里，我们围着老房子坐到子夜，这是最后一晚和老宅在一起，显得无比珍贵。父亲一直在讲和老房子有关的故事。家人休息了，父亲准备好香、蜡、纸，炉子里生上大火，院子里烟雾弥漫，氤氲中充满人间烟火的真实。几个钟头，父亲沉默着，出神地看着老房子，不再说一句话。父亲在回忆每一根柱子的故事，每一根铆钉的来由，每一方土墙的夯筑，每一寸三合土地皮里黄土、石灰和砂石的比例……砍伐木头时，树枝上的雪被震落到领口里和身体接触时，皮肤冰火两重天的火辣，以及木槌和黄土亲密接触时，震动虎口轻微的麻木。今夜，父亲用记忆将老宅重新修了一遍，这次父亲是将老宅修建在他的记忆里。在记忆里，老宅不会被拆除，爷爷奶奶和老宅将永生。

五点钟，天亮之前，我看见一夜未灭的灯光中，父亲背着手，站在厅房门前，像是他儿时依偎在爷爷奶奶身边。脸上的表情和奶奶出殡的前一夜何其相似，有不舍，有悲哀，眼睛却透露出一种坚毅，就像爷爷立志修老宅的那一夜，磨了几个小时砍柴刀的那一夜。父亲依偎着老宅看着前方，他要陪着老宅最后一次迎接新的一天的曙光。

《四川文学》2021年第5期刊发（节选）

扶州脉动

又一次，我站在扶州古老的土地上，闭上眼睛，想触摸它的脉搏。

站在千年黄土堆积的土地上，内心是安宁踏实的。此时，我在想，如果一个人能像一棵树，根须深深地扎向大地深处，不知道会经历什么，看见什么奇异的景象。应该不完全是黑色和冰冷、无聊和寂寞、痛苦和惆怅。有稀奇和希望，有任务和使命。就像在地面上的那部分，使劲地向天空伸展，想长得更高看得更远，想接受更多的阳光雨露的滋养。作为扶州的女儿，我想收集扶州遗留在空气里的气息，拾起扶州散落在大地上的故事，甚至想了解扶州和我是不是同一个血型，我异想天开竟然想测试和扶州基因的相似度。

我想，如果我是一棵槐树就好了，深深扎向大地的根须具有灵敏的触觉和筛选养料的能力。可惜我没有槐树的本事。于是我只有站在光明和黑暗的临界点——土地上，困惑惆怅着。扶州的过往像雾像雨又像风，我摸不着也抓不住，只有闭上眼睛感应，任凭思绪神游。历史像是蒙上了我的眼睛，然后摆弄着它的过往，品读着往事，并将往事一件件叠好，藏在一块巨大的黑色幕布后。地处边地的扶州在幕布后藏有多少惊心动魄的故事？历史有多厚重？我不得而知。我只有用心和往事碰撞，相信感应会在黑夜里发出炫目的、激动人心的火花，也许灵感会将火花攥在手心，借着火花的光芒，在黑暗的幕后摸索着抓出几个故事，在阳光下，在我的眼前抖落开来……

  唐宋时期，全国分为十道，扶州属于陇右道，后被划为剑南道。从上都（西安）经扶州到松州（四川松潘），是和吐蕃对抗的最前缘；或者经上都过扶州到芳州（甘肃迭部），连接着丝绸之路。当时的扶州是茶马古道上的一个驿站，交易异常活跃。扶州是西山道的重要驿站和中心，全线驿程1080公里。扶州还是阴平道、景谷道上的重要驿站之一。特殊的地理位置，注定了它的与众不同。

  五代到明末，扶州数次没于吐蕃。百姓扶老携幼，背包打裹逃离的场景时常可见。战场上金戈铁马，心跳伴着战鼓摇动，尘土里的旌旗飘摇，冷兵器的无情，在一道白光下，马的嘶叫声伴着士兵身体骨肉肢解时的惨叫声，不绝于耳，地上的鲜血已凝固成暗红，被烧毁房屋的残垣断壁发出黑色的浓浓烟雾……终于，一切都安静了，只有白水河发出的轰鸣声，掩盖了这不堪的一幕……

  清朝，扶州对面山上帕纳皇帝叛乱，攻占扶州城，清政府经过三年征讨，最终由一顿大炮轰击后，扶州和叛贼同归于尽了。扶州城残垣断壁，死一般的寂静。几千年来，扶州真的累了，就是一个边地小城，何以能承载这么多？

  我明白了，历史为什么要将过往藏于黑黑的幕后，因为历史对众生心怀悲悯。我想知道扶州的过往，它被历史深深地藏在黑暗中，怕吓着我而不肯拿出来。

  那么，我知道的仅有的这些呢？

扶州绝唱

年老的扶州患了阿尔茨海默病,痴呆的大脑丢失了往昔的记忆,它也在四处寻找,可是记忆像一串断了线的珠子,散落在硝烟弥漫的尘埃里、大山的褶皱里、黄土地的缝隙里、白水河的涛声里……

那么,扶州在几千年漫长的时间里,到底经历了些什么呢?我也在帮它回忆、寻找。

"由于民族间的战争,清初扶州城被烧,现可见旧城遗址。"查清雍正七年(1729)前扶州的档案,除唐以外,记载寥寥无几。原因是"宋元明清未置县""先后又曾陷于吐谷浑和吐蕃"……扶州两千多年的历史,不知发生了多少惊天动地的大事。这片土地上的古氐羌人怎样进行五次民族大融合,逐渐演变成今天的藏族、羌族和汉族?扶州给世人留下了无尽的猜想。

扶州只是弹丸之地,但是雍正皇帝、年羹尧、刑部侍郎黄炳、四川提督岳钟琪、知府边鸿烈、石泉营守备孟继先先后对扶州的事务做出批示或亲自到场指导。扶州城于清初战乱中被毁,完成了它的历史使命,带着无尽的传说、无数的宝藏,消失在历史浩瀚的舞台上,可是今天这片土地上生活着的人们的精神维度和文化传承仍然来自扶州。扶州文化是这片土地民族文化血脉的根源,是生活在这片土地上人们的精神文化维度的标尺,是心灵的归宿、灵魂的栖息地。

残阳如血照扶州

爷爷给我讲这个故事的时候,我大概只有六岁的样子。是一个夏天收工后闲暇的傍晚，爷爷牵着我的手去槐树街后面的地里看庄稼的长势。我问爷爷远处那一圈不高的土墙是做什么用的，爷爷欲言又止。我和爷爷并排坐在开满粉色的田旋花和长满茂盛莙荙草的地边土坎上，爷爷点燃一锅兰花烟，深深地吸了几口，抬起头来，用手捋了捋下巴上一缕灰白的胡子——胡子不长，只够他用大拇指和食指沿着下巴从上往下画一个弧度，反复捋了几下，短短的胡子向上翘着，像极了爷爷倔强的性格。透过爷爷的胡子，我看见，天空经过太阳一天的炙烤，就像用力过猛而体力不支一样，显出浑浊深厚的白色，好像身心疲惫力气用尽了。这时的天空不修边幅，是因为它在等体力恢复，所以没有心思摆弄晚霞来装扮。在几乎没有云朵的天上，夕阳疲倦的身子藏在高山的后面，它不甘心就这样消失。像一个溺水的人身体快要被水淹没时伸出来的那只手，想抓住空无中的什么……

"水扶州自古就战争不断……"

爷爷肯定在想怎么给我讲这个故事。水扶州，是民间对扶州城的称呼。关于扶州，流传下来的故事不多。因为当时的战乱，无辜的百姓伤亡很大。扶州城里不知有多少次空无一人，任由荒草萋萋。处于边远并且是少数民族地区的扶州，像一块鸡肋，食之无味，弃之可惜，朝廷几乎不给多少钱粮，但又不会丢弃不管，因为扶州特殊的地理位置。于是移民、屯兵，休养生息。会手（对家族男丁的称呼）们平时为民，战时为兵。经过几次灭城，扶州的传说被刀砍断，被火烧毁，随着死去的人沉入厚厚的黄土里，不见天日。

阿尔茨海默病侵蚀着扶州的大脑，它的思维和记忆就像陷入一片混沌。它以为盘古忘了这块土地，或者还没有将天地分开。看着将要消失的低矮城墙，阿尔茨海默病将带走这里曾经发生过的一切，包括对仅有的几个故事的记忆。扶州，它已经忘了自己是谁。我本想给患阿尔茨海默病的扶州的脖子上挂上一块吊牌，写上姓名、血型、地址、联系电话，表明它的身份，可是对于扶州，就像村寨里别人家的百岁老人，知道他这个人，但是不知道他的人生经历，我无法填写这块吊牌。我甚至都没有自信，扶州在日后遇到我时，还记不记得我，还对不对我亲近。

但是爷爷会协助我，给扶州的吊牌写上必不可少的一项。

繁华与荒芜，热闹与寂寞，从来就是孪生姐妹。故事远得就像一座身影模糊的山峦，像太阳下的一场暴雨，来得猛烈，去得也迅速。空气中也许有温热的气息，也许什么也没有。

爷爷讲的这一次屠城，时间上是离我们最近的一次。到底是什么时候发生的事，爷爷也说不清楚，故事是他听老人们讲的。祸端的起因是扶州驻守和藩王的争强好胜。

作为军人之后，爷爷的骨子里也遗传有一种勇气。他的口头语：没事别惹事，有事别怕事。他喜欢描述战争或者狩猎血腥的场面，在他的意识里这是一个男人必须要经历的心路历程。他甚至认为：我家的女儿也可以是巾帼英雄啊。可是我对血腥恐惧到极点，我胆小到一个人不敢上厕所，不敢看杀鸡杀猪的场面。于是爷爷尽量给我白描扶州血腥的屠城场面：火把照亮了东山的半边天，照着藩王扭曲的脸。藩王下令，见房子就烧，见人就杀，不留下一个人。扶州城里一时间浓烟四起，哀号声不绝于耳。冲天的火光、白晃晃的刀刃、暗红的血……瞬间红色从耳朵里进入并充满我的大脑，我看到扶州被一片红色笼罩，看见红红的血流进脚下干涸而龟裂的土地里，土地痛快地啜饮着，发出"哧、哧"的欢叫声。不久，土地干裂的伤口被血黏合，于是它沉沉睡去，不再关心用死者的肠子当绳子，挂在房檐下还滴着血的尸体。

爷爷白描的声音也变成了红色，在我的耳朵里不停地闹腾。红色顺着我的耳朵向下，到心脏里翻滚，并拳打脚踢，没有一刻的闲暇。我终于忍不住呕吐起来，我想把这恶心的红色吐出来。

地面上一片暗红色的血像一面镜子映出天空的光亮，接着血的颜色越来越深，大地变成了黑红色，并弥漫到我的眼睛。我吓得打了一个激灵。扭头朝扶州方向看去，一切都是寂静的，热气疲倦地悬浮在空中，一动不动；玉米叶子因饥渴卷了起来，玉米天花有气无力地耷拉着脑袋；泛白的城墙没有了一丝声音，周围死一般的寂静。

扶州真的死了！这一次死得如此彻底，就像有一张缜密的渔网瞬间就将这里的一切打捞干净了，只剩下海水一般深沉的空气，裹挟着令人作呕的血腥味。

我抬头望去，晚霞似血，重复着几百年前惨烈的颜色。并且，这血色的光线映在爷爷的脸上和身上，爷爷黝黑的脸庞和他黑色的衣服被染成了暗红色。于是在如血的残光下，爷爷一动不动，在一片红光下成了一尊暗红色的雕像，并且和逝去的扶州即将连成一片。不要这样！我拉住爷爷的手，努力把他从这片血色里拉出来。爷爷爱怜地抚摸着我的头，看着我也被晚霞映红的脸，爷爷说他喜欢看我红扑扑的脸蛋。原来我也被血色包围，我也没能逃脱红色的裹挟。

于是红色代表着扶州的过往，成了扶州在时间里被特殊标注的颜色。从此，我看见红色就会想到被人用自己肠子当绳子挂在屋檐下的人。我不喜欢战争，红色代表着战争，于是我也不喜欢红色。除了结婚，我甚至在生命的前四十年里没穿过红色的衣服，但是我穿上红色又是如此的美丽。

红色热烈如血。

我更喜欢淡蓝色炊烟下的安居乐业。

那一片高粱红

城墙的年龄是有些大了。人说"流水不腐，户枢不蠹"，但城墙还是被时间抚摸得日渐老去。它眼花耳聋，疲惫不堪，在向着生死临界点——大地——靠拢。当它完全躺在大地上时，它就死了。和人一样，城墙死了也会带走它的印迹。其实，不管城墙是活着还是死了，人们早就将它遗忘。经历了太多的事，那是这群人爷爷的爷爷吧，城墙为他们挡住了城外射来的乱箭，为他们抵御了外族的入侵。那是怎样的一种混乱局面？！城墙是人们心目中的保护神、避难所。因为扶州城是西山道的重要驿站，南来北往的人从城中经过，距离丝绸之路115公里，是有名的茶马古道、边陲小镇，是商旅们往来的必经之路；距离吐蕃也是115公里，是军事要塞。扶州周边和吐蕃以及游牧的少数民族接壤，加之频繁的货物交换，流水似的官员交流，为扩大地盘和势力的战争像白水江一样源源不绝。那是怎样的一种日子，每天的神经都绷得紧紧的。

现在，松懈下来时，老城墙感到累了，需要休息了。

当初它可不是这样，承担着防御重担，高大威猛。它时刻紧绷着神经，不容许有一点松懈。城内州府重地的办事机构、金库、军械库需要保卫，百姓们安居乐业需要它的保护。他像一个耄耋老人，可是要装出年轻的状态，不敢老去。

三四十年前"农业学大寨"时挖掉城墙土填在府州城周边的地里。周围千百亩地里厚厚的黄土里长着茂盛的蔬菜、水果和庄稼。这黄土原本是从城墙上取来的，携带着物质的能量守恒定律，于是土地、庄稼、人之间形成一根链条，能量在其中自由转换。城墙将空间一分为二，城里和城外，城和郭。春花秋月，寒来暑往，城墙只阻隔了视线，却隔不住战鼓声声，还有春天的讯息。

仅剩的城墙不再是宽宽的、伟岸的，而是像古代美女一样有尖尖的消瘦的肩膀，显得瘦小。地心引力把城墙上面的土吸引到脚下的地里，与阳光雨露一起滋养着大地上的植物们。被时间沉淀在土里的血，在城墙脚潮湿的地方呈现铁锈一样的暗红色。干燥的黄土泛出白色的盐，偶尔还有秦砖汉瓦散布其中。

北大门的城墙下，仅剩一个存放兵器的地方。城墙上杂草丛生，像一丛乱发盖在一张伤痕累累的脸上。存放兵器的地方像一扇废弃的墓门，里面漆黑一片，容得下一个人侧身进出。我想，兵器间应该在上城墙的楼梯旁边，方便士兵拿起兵器迅速迎战。兵器间肯定还会有一扇门，在无战事的日子里，铁将军把关，兵器安然无恙。如今，兵器间自然没有用处，这里被石块堆满。农人嫌弃地里的石块妨碍庄稼的生长，所以石头自然就堆到了这个废弃的洞里。

带有墒情的黄土，用夹板加固，用木杵砸紧实。几百年后，黄土里的水分经过无数个春夏秋冬的滤透，无数个日头的挤压，空气分子不甘寂寞，也不甘在这么一个狭小、黑暗的地方蜷缩一生，终于找个机会带着水分子跑出城墙，在阳光下奔跑，水分子喜欢当信使，给人们带来春夏秋冬的讯息。没有了水分子的黄土，比任何时候都团结。它们手挽手，心贴心，力量和硬度堪比石头。

看得见城墙痕迹的只有北城门，仅存一段残缺不全的城墙。如今的城墙越发低矮，和路面一样高。城墙上种着高粱，城墙上只生长高粱，其他什么都不长。为什么呢？我不得而知。也许是高粱耐旱的习性，或许是高粱的颜色。城墙干燥的土层除了没有水分外，有丰富的营养保证植物生长。一棵棵高粱，粗粗壮壮，像一个个强壮的卫兵，站在城墙上守护着扶州。为纪念浴血奋战的勇士，人们把暗红色赋予特殊的意义，这个如血的颜色就叫"高粱红"。把高粱和一种颜色联系在一起，在这个边地小城，一种颜色被赋予了战争的色彩，是为了不曾忘记的纪念。当高粱熟的时候，高粱被人们当作忠心耿耿的士兵，被赋予忠烈的形象。它们以另外一种形式守护着扶州大地。

如今的城墙低矮，每天以看得见的速度消失。高大威猛早就离它而去，它想和时间做伴慢慢地走入历史。或许，那里才是它最终的归宿。我沿着城墙走了一圈，算是对它的慰藉，就像看望一个生命垂危、不久于人世的亲人。我怕这一面将会是永别。所以，我将牢牢地记住它的音容笑貌，还有它微弱的心跳。没人重视它，它与这个社会格格不入，它太落伍。它来过，它要走了。

当沿着城墙残存的痕迹走完一个环形，城墙之旅到此结束。我一阵恍惚，就像从旧日寂寞的时光隧道里走了出来。一棵柿子树，连接着过去和现在。柿子树下是一家农舍，鸡飞狗叫，炊烟缭绕。

这里是城墙外的人间，这里是过去了的现在。

藏匿在黄土里的秘密

扶州城的东面，靠近东山最近的地方是扶州城弯曲弧度最大的地方，是官府所在地。这里有衙门、军队，还有银库。而维持国家机器运转的硬通货——金子或者银子，就藏在这附近的银库里。这座银库随着扶州城的消失，也隐匿在厚厚的黄土里。多少人费尽心思，但是最终没寻到银库的踪迹。银库或许只是一个美丽诱人的传说，是虚无给几百年前时光的魅影，是后人天马行空的想象。

我再次来到扶州古城，并不是为了寻宝，我是来寻迹，寻找古老扶州的印迹。寻找几百年前在时间和空间维度上的扶州，只是为了对扶州的历史做文学的记录,或许我也是为了寻找我自己的来处,寻找我的先人们的影子。沿着扶州仅有的城墙走了一圈,好像穿越几千年的时光一般,我能感受到虚无里扶州古老的气息,这气息里有物质腐败的气味,也有人间烟火的味道,更多的是耳朵里虚拟的号鼓声、战马的嘶叫声、战旗的抖动声,还有不为人所觉察的、细微的、但是永不停息的呻吟声。

我从来不敢一个人到这里来,每次来都要有人同在。父亲、先生、弟弟、文友,或者在水扶州担任支部书记、村主任的同学马真林,只有他们在身边,我才敢睁大眼睛,张开耳朵,打开鼻翼。这里有太多的孤魂野鬼,有太多的年轻亡灵。我怕惊动他们,因为我无法安慰他们,我怕他们寄予我希望,而我无力完成任何一个意愿。

马书记和先生一前一后或者一左一右地陪着我,我放心地睁大眼睛看着眼前的场景,我想把今日荒郊野外的荒凉和往昔政治、经济、文化中心地带的繁华联系起来,可是荒凉和繁华本身就是对立的,有严重的排异现象,他们扭扭捏捏,拒绝我的安排。好吧,那只有放弃过去放弃繁华,只说现在,只说荒凉。

地里种着一畦畦的玉米,到了抽天花的时间。天花像一棵树,土白色的底色里略微带了一点浅黄,上面有鱼鳞般的花纹。在每片鱼鳞状的开口处长出一个花蕊,像一面小小的橘红色的小旗,斜斜地挂在天花的枝条上,宣告着它的地盘,是一种微观的繁华和自娱自乐。这段时间正是它们最好的时光,像一个发育成熟的年轻女子,年轻、美丽、光鲜,充满了生机,对未来充满了美好的憧憬。它们等着蜜蜂或者蝴蝶或者风来给它们授粉,然后它们将用尽全力,结出果实,完成一生中重要的使命。和人类结婚生子一样,这是它们的基因能在这个世界延续下来的法则。在宽大叶子的根部,会长出一个小小的玉米芽苞,如大拇指一般大小，像母腹中刚刚发育的胎儿。但是芽孢上面已经泾渭分明，粗具轮廓。生命的遗传具有强大的力量，每种生物的遗传密码总是独一无二不可复制的，玉米的基因已经给它安排好一生，并打上了玉米的烙印，无论怎样生长，长大后它就是玉米。玉米就是一个喜欢美的女子，和我们小时候一样喜欢长长的头发，特别喜欢时尚的浅板栗色。于是在玉米包的开口处，长出一缕黄黄的头发样的须，玉米包的须发垂在外面，像披着一头直直的栗色头发的姑娘。

这里分明是玉米地，谁说这里是银库？转身朝后看呢！

当身体转过来，我以为是山的地方，真真切切是一道土崖，我得仰起头看它，并感到强烈的震慑和威严，有官衙的遗风。难道这里真的曾经是衙门，这些土崖才被赋予了威严？还是土崖在狐假虎威？我知道，土崖故作强大威严，这是假象，在迷惑什么。难道土崖后真有什么，让土崖抵挡着什么？

土崖如刀割一般笔直，那被切的部分呢？是不是倒在这片地里成了平整的一块地，人们在上面种植玉米的这块地？土崖就像一本我还没来得及读的厚厚的书，被切掉的最多也只能算土崖过往的一页，就像翻过已看过的书的一页。对于还没看过的这一部分，不知有多少我未知的信息，不知有多少的惊险故事，我充满了好奇。这整齐的断面，就像一面魔镜，藏着太多的故事。它以果断的形式，和过去一刀两断，就像一条受了重伤并感染了的手臂，如果不截肢就会危及生命一样。毅然断臂，是怎样的一种勇气和毅力，是怎样的一种凛然。土崖深知"舍"与"得"的辩证关系，如哲人般地运用自如。对这样的勇猛，我只有满心敬佩。再次抬头时，我不由得肃然起敬。土崖居高临下，俯瞰着我，像庙里的大神大仙，面对凡夫俗子的我，心里满是无所谓。因为我显得如此渺小、年轻、肤浅、不谙世事。土崖看不出任何成功的喜悦、失败的痛苦，只是将秘密藏在心里，将沧桑刻在脸上。一道道横着的印迹，就是当年人们筑墙时打上的记号，如今成了土崖额头上的皱纹，这皱纹是土崖年龄的秘密，它虽不说，我也不问，但是年龄还是被皱纹暴露了。土崖并不年轻，它的生命只剩下最后为数不多的时辰了。

　　传说土崖是官衙的银库所在地，被屠城时候的灰烬所掩盖，被藩王的怒火所忽略。银两还在银库里，原封不动，没有被人发现。时至今日，传说中的银库成了千古之谜。民间的传说不论是白色的火苗还是白色的鸽子，都给银库增添了神秘的色彩。但是传说可能无限接近历史，又有别于历史。只有农人种地时不经意间在田间地头挖出刻有字的金元宝、有纹路的瓦罐或者上面写有字的石头，证实着神秘传说的真实性，佐证被遗忘的往事确实很久以前在这片土地上演过。

走失的文明

　　扶州文明携男挈女，在一场场战火中逃避、失散、藏匿、死亡，在平淡如水的日子里遗忘、丢弃、掩埋、变异。我在荒郊野外，在野草丛中，在黄土地里，在旧城墙上，在老物件里拿着放大镜寻找着，生怕错失某个蛛丝马迹而与它失之交臂。多年来我虽然和扶州日日相伴，但时刻怀着对扶州的不甚了解而暗自伤心。但是我又能感觉到扶州虽然离我远去，但是始终有一条线暗中和我相连，我始终没有移开关注它的目光，它轻微的一次呼吸，它微小的一举一动，甚至它的心情的好坏，我都有感应，我都会觉察，多年来我们的磨合使我和它心有灵犀。它一边寻找丢失的自我，一边与时间默默地较劲。并不是为了所谓的长生不老，只是为了给我留下一点本来的面目，留下一丝思想和灵魂的影子。

在时光里能保存下来的一部分文明的痕迹,也仅存在能与时光抗衡的石头或者石头制造的物件里,或者被大火煅烧后,与石头的硬度与密度相当的陶罐或者瓦片里。有硬度的东西,才能棱角分明,有自己的个性,才能不那么快被时光磨得没有踪迹,消失在历史的长河里。时光深远,我所希望的文明记忆,就像掩埋在黄土里的一截残缺的石磨扇,或者只有一半的石碓窝,或者从土里挖出刻有字的石块,或者土里掩埋的陶罐、瓦片。它们凭着仅有的一点毅力的支撑,奄奄一息活到现在。它们的精神支撑,是为了完成文明对它们的托付。因为它们记录着曾经的历史和人们生活的点滴。

它们和我长时间面对面地沉默着,我和石头、陶罐一场心心相连的思考与心灵的对话跨越时空,正在进行。

我们将要讨论以下几个问题:

生命存在的意义;记住和记录;传承的价值。

我:一个人、一棵树、一只鸟、一座城池,都有生命,只不过展示的方式不同而已。每个生命个体都是独一无二、有意义的。认识自己存在的偶然性是十分必要的。我们对于生命的存在应该心存感激,应该加倍珍惜。生命的存在是偶然中的必然,每个生命都肩负着使命,生命的过程是为之奋斗的过程。

石头:世界是物质构成的,我们只是构成物质世界的一个分子。和我们一样的石头没有多少能如此幸运地参与人类的生产生活,见证人类的发展过程。我是一块灰白色身体里有黑色斑点的大理石,亿万年来生长在深山里,我的质地很硬,不容易磨损,所以我能堆成高高的大山。凭这一点,我就和别的石头不一样。我为自己是大理石而骄傲。

我:宇宙茫茫,万物杂生。我们都有幸拥有生命,这是前提。但是只有生命还不行,还要打造自己、锻炼自己,做有用的人。不论是圣贤，还是强盗，生下的孩子都如一张白纸，是纯洁的、善良的。后天的环境对成长中的孩子影响很大。对我而言，可能改变人生最重要的还是读书。苦读十多年的书，没有放弃学习，没有放弃好奇心，这是我有别于周围其他人的最重要的一点。还有凡事努力，尽自己最大的力量做好每一件事，是通向成功的前提。我努力了，不论成功与否。

  石头：我也是好不容易被人类选中，从深山运到这里，然后经过千锤百炼，从一块棱角不分明的毛石，被人类打制成一块圆圆的有厚度的磨盘，或者打制成兑火药的碓窝。中国人对圆形向来就十分喜爱，在圆形思想下，有了自己的宇宙观、天地观，在圆形的基础上发明了八卦理论，就连天坛的房子都是圆形。但是认识的过程是漫长的，变形的过程是痛苦的。我自豪，我挺过来了。

  我：我的前半生为工作和家庭尽了最大的努力。我没怎么想过我自己，活得没有自我。工作上我好学、认真、有创新，所以，我也得到了应得的荣誉和待遇。如今，儿子长大工作了，我感到松了一口气，我想做点自己喜欢的事，对得起自己的生命。

  石头：一样，我的一生在旋转中磨面粉度过，一圈一圈转动，枯燥无味，一成不变。如今我老了，好像还在旋转，头都是晕的。我的使命就是磨面，把麦子加工成面粉，给人类提供营养。如今，有先进的机械代替了我，我终于可以歇歇了。但是有为才有位，没有用处的我渐渐地被人们遗忘在这荒郊野外。和我一样落后于生产力的生产工具最终会被人们遗忘、丢弃，这到底是好事还是坏事呢？难道我们的那一段辉煌生活就这样被人遗忘？

  我：生命的存在是一个永恒的话题，如何有价值地存在又是一个严肃的话题。每一个阶段的任务和使命是不同的，得随时调整心态。就说说我现阶段的任务。我的主要工作是记录，也可以说是书写或者写作，当然是在完成单位的工作任务和家庭主妇工作的前提下。

石头：你终于做这事了，我非常高兴。就说我自己吧。我的浑身都做满了记号，每一个阶段都能反映当时的状况。比如，我最早是一块没有形状的石头，后来因为人们生活的需要，被凿成圆柱形。而且人们在我的身体上凿满了凹凸的沟壑，当上下两片石头合在一起，严丝合缝。在外力的作用下，我的凹凸面能将粮食碾压成面粉。于是人们生起大火在陶罐里煮食物，美味极了。我在有限的生命里见证了扶州的兴衰，虽然我已四分五裂，成了一块普通的小石头，被人当梯子用，但是我的身体就是扶州的历史。让专家来研究我，我非常乐意。我会给他们我那个年代的信息。

陶罐：我一直在听你们俩说，现在想说说我自己。我曾经是一堆黄土，被人类制成罐子的模样，在大火里煅烧。这已经是很多年前的事了，到底是什么时候，我老了，不记得了。我亲眼看见扶州是如何修建的。我在黑暗中沉睡了有些时日，睁眼一看，扶州城没了，到处都变了模样，才知道这是几千年以后。社会发展太快，我的亲戚黄土，还被做成砖瓦，他们也岁数大了，时间将他们掩埋。能成秦砖汉瓦、陶罐的都不是等闲之辈，我们是那个时代的代表，是那个时代生产力发展的代表。我们有时代的烙印，我们的身体记录下了那个时代。

我：说到记录，每个时期因为生产力的发展不同，在生产生活中记录的表现不一样。陶罐和砖瓦身体的模样和身体上的符号就是那个时代的记录，确实值得研究。这不是大众都看得懂的符号，需要考古专家的破解。可喜的是，我们国家五千年的文明，隐藏在深深的岁月里，掩埋在厚厚的黄土里。这些都有记录，是我们的宝贵财富，无以复制，没法想象。就是这些文明构成中华民族的精神财富，是中华文化的一部分，是我们自己的文化，需要发展和传承。

石头、陶罐、瓦片：我们的身体就是我们那个时代生产力、生产关系和劳动者智慧的记录本。我们的记录是独特的、隐晦的，需要考古专家们的翻译。

我：我们这个年代有纸、电脑、磁盘、云记录，我们的记录是直观的，人人看得懂。纸和印刷术是我们中国人发明的，是我们对世界做出的贡献。纸张的发明，是人类社会快速发展的结果。现在提倡无纸化办公，是为了保护环境、节约资源。也许，几千年后，我们自认为最先进的磁盘、云记录，不知又会被什么替代。不管被什么替代，目的都是使华夏五千年的文明被后人记住并传承。像生命一样代代相传，是中华民族屹立于世界的底气，是有别于其他国家的标志。

有记录才会传承，有记录才能传承。

我们一直在时间里寻找走失的文明，扶州的地下埋藏着多少不为人知的宝藏，不得而知。也许不久的将来时间会改写我们对扶州文化固有的认知，对于扶州和扶州的人们，将是一次新生。

槐花有雨

1

昨夜又听到金属摩擦般的坠落声,带着长长的尾音,在耳朵里久久回响,好像撕破了空气的表层,又像是一把锋利的剪刀剪开名贵的织锦时,刀刃和织锦之间力量的较量,更像冷兵器作战时,两把大刀的刀刃喷射出火花时,钢铁痛苦的哀号。每当这个声音在耳边响起,总有一个生命像流星一样即将陨落。这是生命的坠落声。能听见坠落声的,是即将消失的生命心目中最重要的人。而我,又一次听到了生命最后告别的声音,虽然我不知道谁在和我做最后的告别,我的心仍不免一沉。我不由得想起生病的大姑父。

"姑父病危。"夜里一点多钟,睡梦中的我听到电话里传来弟弟低沉的声音时,顿时睡意全无,浑身发抖,心跳加快。原本是意料之中的事。父母听到这个消息也要和我们一同去大姑家,没法阻止,也不能阻止。毕竟,凡事大不过生死,这是我们家的大事。在我们这个有传统习俗的家里,父母回老家代表着事态的严重性,代表着必须遵循的亲人离世时的古老程序,是对后人悲痛心灵的安慰,也是对丧葬程序的指导和监督。父母已然是这个家族里最年长的长辈了,我心里一阵发麻。在这个悲伤的时刻,父母成了大姑和我们小辈的主心骨。弟弟的小车在黑夜里疾驰,我紧紧地抱住前面座椅的靠背。我怕!我像是要在黑夜里抓住什么。我能抓住什么呢?过往的岁月?还是匆匆的时光?我茫然不知所措。

大姑父得食道癌一年多,对他的离去,我们早有思想准备。但是在睡梦中突然惊醒,还是让已过古稀之年的父母穿衣的速度比往日慢了许多。我们不敢催促,静静地等着。也许他们的沉着和冷静,是治疗我们惊恐和慌张的良药——这原本不是手忙脚乱的事。

到老房子时,大姑父已经走了。病痛的折磨让他消瘦得只剩皮包骨头,像一截直挺挺的木头,体重不足70斤。

2

家乡有个习俗,不能把眼泪落在死者的身上。在七七四十九天的时间里,他的灵魂没有走远。如果眼泪落在死者的身上,他的灵魂会不放心,不忍心看着亲人悲伤,而不进入六道轮回。人人都明白,逝者如斯,大姑父的此生已了,唯愿他早日轮回。家里人静静地忙碌着,都在默默地哭泣,不敢打扰大姑父刚刚脱离病痛而稍稍感到舒服的灵魂。

净身,穿衣,剃头。头发是人世间的烦恼丝,必须剃掉。这一世的烦恼不能带到下一世,要让他毫无牵挂地去。周围低低的抽泣声和悲伤的气氛让人感到压抑,感觉像是一个凡夫俗子跪在佛前剃发皈依时的庄重,所不同的是大姑父这个凡夫俗子是静静地躺着的。随着老式剃须刀青光闪闪的刀刃和花白头发之间的较量,随着割断头发的声音,剃须刀将大姑父此生的记忆抹杀干净,每一根头发都是他遇到过的难事,将往事割断,不让他记住,然后打包让他随身携带,丢弃在往生的路上。

槐树低着头默默地看着午夜忙碌的这一家人。和我一样，槐树的心里也难受，将身体藏在黑夜里，枝叶的沙沙声还是暴露了它恐惧的颤抖和悲伤的哭泣。树和人一样，对过往都会心存记忆。人的过往不光是自己记在大脑里了，别人也会记住。树的往事只有它自己一圈圈地记在心里，默默品尝。八十年的岁月，八十根棉线腰带，一圈圈系在大姑父的腰上，这是对岁月的交代，是对时间的了结。树有年轮，人也有。只不过人的年轮要等到永远离开时，亲人才高调地给系在腰上，绾成死结，是一生的经历，岁月的沧桑，时间质地的绾总。而树的年轮则是隐晦的，悄悄地以圆圈的形式记在心里。

　　惊恐、悲痛、忙碌、混乱……亲人们按古老的程序给大姑父做着身后事：停草、宰倒头鸡、炕打狗馍、点明路灯、挂孝帐、摆放献饭水果、烧纸磕头……忙碌了一夜的人，在天亮时分都昏昏欲睡。

　　新的一天开始了。而这一天和以后的时间里再也没有了大姑父，他的生命在黑黑的夜里戛然而止，悄无声息并无影无踪。此时没有了丈夫的大姑，对此后孤独的日子感到悲伤，对家里从此没有了主心骨而失去主意感到恐惧。她号啕大哭："我的妈哎，你把你造孽的儿带走了，留下你造孽的女，可咋活呀？"

3

　　从查出食道癌的那时起，儿女们就瞒着大姑父，只说是胃上有点毛病。半年前，他知道自己的病不在胃上，在食道上。家人不说破，他也不说破，积极地治疗着。这个家离不开他，大姑一辈子被他宠得不会操心，不会计划；还有一个儿子没娶上媳妇，他还希望能抱抱大胖孙子；听说要开发扶州古城，政府将这一片地划为规划区，承包地今后何去何从、如何发展,他想看到……生活对他诱惑太多,他对生活有太多的想法,有太多的不舍。

可是,谁又能逃过一死?"来时给条命,去时给个病"。人的一生几十年匆忙而过,只有门前爷爷的爷爷栽的槐树,150多年来,冷眼看着这个家的一代代后辈,像地里的韭菜似的割了一茬又长出一茬。槐树总不忘在树干内长出一圈年轮,将它的悲悯增加一圈,将它的宽容也扩大一圈。

大姑父知道自己时日无多,不动声色地做着各种准备。

睹物思人,是人们常用的一种方式。大姑父买了很多锅碗瓢盆。儿女们说,不知道大大买这么多的锅碗做什么?他不回答。把自己留在家人的生活里,除了给生命长久的铁锅、不锈钢的锅碗等赋予和他有关的意义外,还能怎么办呢?就像我们家的老物件一样,每当看见就想起这是爷爷置办的铜罐,这是太爷留下的条桌。他希望物件能代表他,在这个家里留存的时间长一点,再长一点。当家人用到一日三餐必不可少的锅碗瓢盆时,睹物思人能想起他。既是家人对他的思念,也是他对家人的陪伴。被赋予了情感的物件,显得尤为珍贵。

除了血脉和基因的传承能被后人携带和继承外,家乡还有一种约定俗成的习俗:在给隔代的孙子起名时,就像词语接龙一样,带上爷爷名字里的一个字。老人们常说:三辈还祖。这既是继承又是发扬,更多的是纪念。生命就像接力赛,一代接一代地传下去。人们朴素的观念认为,生命是循环的,人是有来世的,因而对人生充满希望。

久病的人好像能知道自己的大限。去世的当天,大姑父安排大姑烧好腊肉,清洗干净,说给他死后来帮忙的人做饭吃;安排两个弟弟在楼上找塔片(九寨沟地区的人们把塔松砍成长约1米、宽约16厘米的塔松片来盖房子,塔松片简称"塔片"),说要用刀劈成细条,给他发丧时打火把用;最重要的坟地,他早就找阴阳地仙打着罗盘在承包地里看好;他的老衣,他的棺木,一一安排妥当;还有他挂念的人,口里也在不停地念叨。大姑父安排好了一切身后事。对于他来说,此生已无力牵挂。此时的病痛折磨,让他对于死的渴望真正感觉是"奔死如奔生"。

  亲朋好友们都来祭奠。族内最老的,今年已经八十三岁的老哥哥,因为他是小辈,也会来给大姑父守灵。老哥哥的头发全白了,腿脚也不如以前灵便,耳朵好像也不行,非得大声说话才听得见。我拉着老哥哥的手,看着日渐衰老的他,心里五味杂陈。老哥哥说:"妹妹,冬天我死的时候,你回不回来?"我心里一沉,口里说:"你死了我肯定回来,谁让你是我哥呢!但你冬天不会死。""七十三、八十四,阎王不请自己去。"可能是哥哥认为自己难逃这个魔咒吧。"那我好久死呢?""还早呢!想撇下我们一个人走,想得美!"我们这一群弟弟妹妹们,和这个最年长的哥哥说话,从来都是这么吊儿郎当的。老哥哥从来不生气,反而很高兴。为了让他放心,我说:"你死了我不光回来守灵,还要给你戴孝呢!""戴孝你就算了,让娃些戴去。""那你怪不怪我?""不怪,你是我妹妹嘛。"我紧紧地拉住老哥哥的手,和老哥哥相视大笑。眼泪不知不觉模糊了我的双眼。看着我流泪,老哥哥笑着说:"瓜女子!"腾出一只手,为我擦去脸颊上的眼泪。

  珍惜当下,过好每一天。至于生与死,真就这么简单。

4

  小姑父的哥哥,小时候从楼上摔下来,伤着大脑,从此不会说话,行动也迟缓,我们喊他"瓜大大"。瓜大大见着我,拉着我的手,给我比画:大姑父死了,要埋在皂角树背后,不往祖坟上埋。为什么?他不明白。八十高龄的人，不往祖坟里埋，自有道理。因为我家的祖坟紧挨着规划区，大姑父怕将来这一片地被国家征用，他另选了一块新的坟地。最终祖坟的先人们没迎来他们的这个孩子，大姑父一个人孤零零地在皂角树后马家沟口的这片黄土地里，永久地看着眼前的家，荒芜的扶州城墙和繁华的县城。

这是一个巨变的时代，一切都好像变了，就连大姑父的长眠之地都与先人们相隔甚远。

我不知道没入祖坟的大姑父，一个人在新的地方是否孤独寂寞，四爷爷和四奶奶又怎么能放心得下他们的这个孩子。

出殡，伴随着孝子孝孙们的哭声，棺材被八个小伙子用四根龙杠抬上，周围几十上百个小伙子簇拥着，喊着号子飞奔而去。上山的路开始陡峭，抬棺材的节奏越来越慢。这时的队形除了抬棺材的人外，周围簇拥的小伙子们全退在棺材的后面，每人都在尽最大的努力弯下腰，伸长手臂推着前面的人，一层一层的人，就像鱼鳞一般，形成了一股向前的力量，喊着号子，推着棺材向山上走。从陡坡的后面看去，就像搭人塔，一只只手臂朝着一个方向用力，无数双手汇成一股巨大的持续不断的力量，簇拥着棺材向坟地移去。看到这个场景，我的泪水夺眶而出。小伙子们对死者的尊重让我感动，百十人的力量汇成一股巨大的力量让我震撼。老人们说，人就是这样，一代又一代，死者被小伙子们送上山，又有新的生命诞生，人类如此循环，生生不息。

经过了这番努力，孝子孝孙们已经没有了眼泪和哭声，只有深深的感激。族里的老辈说："孝子们给众人磕头，难为他们把你们大大抬到这么高的山上。"这时的孝子们不论身居何位，不论是县官还是讨口子，在抬丧人的眼里就是死者的儿子或者孙子。他们齐刷刷地跪下给抬丧人磕头。仁义和关爱在阳光下继续着生命中的互相扶持，并源远流长，感激之情覆盖了悲伤。唯愿死者安息，生者努力。

在下葬掩土前，作为家里的长辈，死者还要最后一次给儿孙赐福。阴阳先生代表离世的亲人，给孝子们撒五色粮食和钱币。孝子们背对着棺木跪下，用手拉起衣服的边角。阴阳先生边诵经，边将玉米、大米、麦子、高粱、荞麦五个颜色的五种粮食和硬币抛向孝子跪着的方向。这是大姑父最后赐予后辈们的禄粮，谁的衣服里接到的粮食和硬币多，谁的禄粮就好，谁将来就有吃不完的粮食和用不完的钱财。我将接到的粮食和硬币全给了家里的小孩。这也是传承，也是祝福，将福气给孩子们，让他们健康成长。孝子们在互相比较谁接到的禄粮多，猜想大姑父更爱谁。此刻的气氛没有了悲伤，更多的是继续生活下去的美好愿望与祝福。

5

从坟地回来，是正午时分。天气一改前几天的阴雨燥热而艳阳当空，坐在槐树下乘凉，突然发现槐树不再是墨绿的，而是挂满了一层嫩黄色的槐花，空气中有了一丝甜甜的气息，吸引来了无数的蜜蜂，低沉的嗡嗡声不绝于耳。自然，蜜蜂采槐花酿的蜜是蜂蜜里的上品。阳光透过槐树叶子和槐花的缝隙，露出斑驳的圆圆的黑色或者灰色的影子，在水泥地上摇曳。槐树茂密的树叶终究挡不住太阳光的炙热，我们退到厅房的台子上，再毒辣的日头也透不过厚厚的屋檐。

我眯起眼睛，看着阳光下的槐树。150多岁的槐树见证了我们家六七代人的生老病死。槐树总能放飞我的思想，让我想到很多……

生老病死轮到父辈了，我是多么恐惧和不安。

不知道为什么，大姑父今年对我们特别地稀罕，总要我们到他家里来，去地里给我们摘他亲手种的菜，还说要再种几种菜，我们好带回家吃。新玉米成熟了，我也最先吃到。我悄悄地给儿子说，记住这个味道，这是大姑父最后一次给我们的菜和粮食。下一个季节，吃到嘴里的，就不是大姑父种的菜了。大姑父如此反常，难道他感觉到时日无多？父母说：那是你大姑父在给你们留想头哩。得知大姑父病了，我回去看他的次数比往年多了许多。而他，也表现出对我们到来的高兴，对我们的依恋。

有一个周末，大姑父的精神特别好，说想吃红烧肉，还是他自己去街上买的猪肉。堂弟是专业厨师，做饭是他的拿手好戏。这顿饭，色香味俱全。家里的儿孙们坐了满满一桌子，大姑父看着大家吃得高兴，笑得脸上像开了花。他吃了小半碗饭，是这段时间来吃得最多的一顿饭。我觉得大姑父的病好像好一些了，心里暗自高兴。几天后得知，从那一顿饭后，大姑父就吃不下饭，连水都喝不下。在医院里我再见到他，脸色灰黑憔悴，人瘦得脸颊都陷进去了，躺在病床上的身体又瘦又小，病魔正在吞噬着他。我们只能眼睁睁地看着一个生命在我们面前因饥饿而逐渐消逝。

治疗几天后，大姑父能喝进一点稀饭了。我买了鲫鱼，将肉熬化，和着鱼汤煮他喜欢吃的稀稀的玉米粥。记忆中这是大姑父第一次吃我煮的饭，连连夸我说："香着哩，比大姑煮的香！"我看着他吃完，眼泪一下在眼眶里打转。好了，这一碗鲫鱼玉米粥，又可以延长大姑父几天的寿命。

没有营养谁能活下去呢？一个人不行！哪怕是一棵树、一株草也不行！

我的眼神漫无目的地游离着，看着槐树发呆。我突然被眼前的景象惊呆了！凡事都有隐喻，只是我们凡夫俗子悟性不高而已。或者，我们的眼睛被表象蒙蔽了。因为，就在我眼睛的前方，在槐树的两根树枝分叉的地方，一根钢丝混在满是电线的线路中，好像紧紧地缠在其中的一根树干上。我嗖地站起来，睁大眼睛仔细观察，确实是有一根钢丝紧紧地缠在树干上。槐树的木质较硬，生长的速度缓慢。看样子时间并不短了，钢丝已经陷进树身。怎么会没人发现？我顿时感到自己有一种被缢的感觉，不能顺畅地呼吸。是谁在树上缠了这根钢丝，阻断槐树往上运送营养？"人活脸，树活皮"，靠树皮运送营养的通道被堵塞，是想要把槐树饿死吗？在我的惊讶声中，父亲和兄弟们都呆了，说从来没注意过这里有一根钢丝。父亲说几百年的古树不能死了，必须马上将钢丝剪断，让槐树喘息。兄弟们搬梯子、找钳子，大家都着急了。

几百年的槐树，经历了这么多，小而言之是我们一家人的精神象征，大而言之，是扶州文化的象征。槐树就是家，槐树下有我亲人们生活过的痕迹，寄予了我们太多的感情。我们家的很多事都与槐树有关，槐树下出生的六个爷爷的名字里都有一个"槐"字，它见证了我们家太多的悲欢离合、生老病死。如果槐树因此枯死，我们这一大家子的精神将会因没有槐树而流浪，槐树街也会因为没有槐树而空得其名。

大姑父是因为自己喉咙得病没法吞咽而去世，槐树是被人为勒紧喉咙而枯败。被封喉，槐树和大姑父经历了一样的病痛和折磨。

槐树知道我迟早会发现它的异样的。为什么我没早点发现？让槐树承受了这么久的痛苦，我像一个没尽到责任的不肖子孙，羞愧极了。

几天几夜没合眼的兄弟们，把他们的父亲送上山，没有歇一口气又来救槐树。钢丝已经紧紧地长在槐树的树干里，就像插入肉里的一根刺，非得将肉剥开，才能将刺挑出来。要剪断钢丝，非得要将槐树的树皮剥开一个口子，咬丝钳才能咬住嵌入树干的钢丝。最后扳手、锤子一起上,钢丝终于断开了。这时,槐树能呼吸了,所有人才长长地出了一口气,感觉自己的呼吸也畅快了许多。据说是多年前村子里安闭路电视时缠上的钢丝。就是说,槐树忍受多年的窒息了,但还在坚强地活着,照样发芽开花。

我的泪水流了出来,为槐树的坚强和忍耐。一阵风吹来,一朵朵嫩黄色的槐花从树上落下,下起了槐花雨,像槐树簌簌地流下欣喜的眼泪。

此时,大姑父和槐树一个在地下,一个在地上;大姑父死了,槐树活了;大姑父安息了,槐树安然了。

大姑父去世的第十五天,他的灵魂将最后一次返家告别,他会收走所有留在这个世上的脚印,收走人世间一切和他有关的痕迹。他将开始新的轮回。

可是,收不走我们对他的怀念。

寻迹马家沟

时间让熟悉的马家沟变得陌生。三十年不见,大雪节气前来马家沟,就想看看它脱掉外衣真实的模样。从接近裸体的山体、颜色,地表植物的清香,森林里动物的膻味里,恢复当年的记忆,寻找时间的印迹,寻觅儿时的足迹。

一株草、一棵树、一个人、一只蜗牛、一只蚂蚁,在这条沟里,都有故事。

皂角树

皂角树,既是树名,又是地名。

马家沟沟口,生长着一棵皂角树。人们习惯把马家沟沟口喊"皂角树"。皂角树不光是地名,还被当成标志,像马家山的侍卫,守着马家山的大门。皂角树处在十字坐标系的原点,从纵向说,是马家山山上和山下的分界线;从横向说,是刀口坝和扶州古城的分界线。一个坐标系的原点,该是多么的重要。说马家沟的山高,是和原点对比的相对高度。当有一天皂角树不见了的时候,习惯了的一切都发生了变化。没有参照,没有对比,一切都变得陌生。

记忆中的皂角树,粗粗的黑色树干,秋天来临时满树成熟的褐灰色皂角荚,像干瘪的豆角一样,挂在树枝上,在风中发出沙沙的声音。

"光脚板爬皂角树"是妈妈的口头禅。我也是从妈妈的这句话里知道了皂角树,知道了皂角树上有刺。光脚板爬树,为什么?这有些意外。其实这句话的本意是:只要合他的意,就算树上有刺,他也会光着脚板爬上去的。引申为只要是想做的事,困难不算什么。妈妈把人的性格和一棵树的特征结合起来,幼小的我一下就明白了其中的大道理,也知道了皂角树上长有刺这个小常识。树上长刺,是植物进化过程中的自我保护。皂角树没忘记保护自己。皂角成熟的季节,奶奶、妈妈和阿姨们提着篮子捡掉在地上的皂角荚。皂角荚是皂角的果实,是上好的洗涤原材料。将皂角荚在水里泡软,在石头碓窝里砸碎,过滤后的皂角水,无添加、无化学成分,是上好的纯天然洗发水。用皂角水洗了一辈子头发的奶奶,到老年时头发都是又黑又润。

奢侈一点的,洗衣服时都用皂角水。我们这一代洗头、洗衣的洗涤剂很多,几乎都是含人工化学成分的。但是使用方便,有香味。洗头,护发,洗衣,功能齐全。

所以,皂角树好像完成了它的历史使命,被打入了冷宫。今天,在皂角树生长的地方,我没看见记忆中硕大茂盛的皂角树。在没有皂角树的皂角树,我感到茫然。它突然销声匿迹,让我不知所措,也让这个地方不知所措。没有皂角树的皂角树,还能叫皂角树吗?感觉我的记忆被人扯去了一角,已经不完整,有残缺了。

这对于我是残忍的。

据说,皂角树因为年深日久,地面的树干上被虫蛀了一个洞。皂角树还是顽强地活着,没有力气再长大,它只能维持生命,每年还是在结皂角,它不想让这个地方名不副实,成为一个没有皂角树的地方,它不想让孩子们迷茫、失落而产生挫败感。

据说是一个冬天，一群小孩在皂角树根部的空洞里烧起一堆火取暖。第二年，皂角树没有长出一片叶子。本身已经年老体弱的皂角树死于火刑。

我的心在往下沉。皂角树本身已经行将就木，就像一个高龄的老人。它有一天自然会寿终正寝的，在它准备好的时候，它会将遗传密码告知果实，果实会落在脚下的土地里，长出新的皂角树，延续生命。可是，这群调皮的小孩，却给了它最残忍的火刑，让它死于非命。皂角树一生为别人付出，不该有如此的下场。万物有灵，万物有命，皂角树的结局不该如此。

没有皂角树的皂角树，让我分不清东南西北，就像我人生的指示牌被拆掉了，没有十字坐标上长度和方向的标示，我不知身在何处，我不知将要去何方。

杨家山

皂角树左后方的一座黄土山，叫杨家山。

老人们说，杨家山，那年深日久了，说不清楚了。是的，时间在杨家山凝固或是流淌，已经几千年了。关于杨家山的年龄，除了碳同位素，没人说得清楚。我也只能从被水冲出一两米高的黄土沟壑的横截面里，窥探到一点当时的信息。

站在这里，我眼前就是一场4D电影：杨家山最早的类人猿爬行觅食，眼前奔跑的野兔子给了他们启发，双脚跑动作会更快，腾出的手还可以捡石头、拿木棍，于是他们学会了直立行走；锋利的石头可以将食物割开，于是石头被打磨成刀的形状；雷电使周围的树木燃起熊熊大火，他们吃到烤熟的动物，异常美味，于是火种被保留，他们学会了使用火；打制石器的过程中，知道了用燧石取火；他们也知道用黄土烧制简单粗糙的陶器，食物充足时，学会放在器皿里保存；动物们会打洞取暖，厚厚的黄土能躲避风雨，他们也模仿；千百年来，身体的磨蹭，让岩洞里的岩石黝黑发亮。目光所及存在的痕迹天长地久，刺鼻的体味早被风带到了远方。

电闪雷鸣，暴雨不可阻止，一场泥石流漫天而来，裹挟着树木、石块、黄土，在杨家山脚下堆积成一个巨大的冲积扇，被埋葬的还有刚学会打制石头的人，燃烧着的一堆篝火，以及旁边放置的黑色陶罐。泥石流瞬间让这个场景成为永恒。陶罐清晰地记得，慌乱中它把五千年的时间藏在肚子里，让时间在黑黑的地下睡大觉。

埋葬了鲜活世界的黄土，终于安静了下来。风雨后，世界死一般地寂静，再没听见它的心跳声和呼吸声。它真死了吗？

大雨能毁灭世界，也能滋养生命。杨家山上有一种生物不但在风雨中不会死，反而一夜之间，在雨水的滋润下疯狂地生长。它就是地软子，大名叫"地耳"。

夜晚的一场大雨，不知催生了杨家山上多少生灵的生命，萌发了多少美好。天一亮，小伙伴们就吆喝着，一骨碌爬起来，提上一个篮子，往山上跑去。过皂角树，往上爬就是杨家山，这时的杨家山像是脱掉往日的翠绿，换上了一件褐黄色的新衣服。我们懂得，这是杨家山赶在日出前展示它的宝藏。真是宝贝，漫山遍野长满地软子，一夜之间不知道从哪里冒出来的这些精灵们，密密麻麻地趴在厚厚的黄土地上，褐黄色，身体被水分撑得鼓鼓的、圆圆的，圆润厚实的身体，发出一层亮光。形状像木耳，身子比木耳单薄，颜色比木耳明亮。高含量的钙和蛋白质对于我们正在长身体的孩子来说有巨大的诱惑力。地软子的心里不知道有什么见不得光的事，竟然也怕阳光，得快些捡，这些精灵们一见太阳光就失去了勃勃生气，变得浑身发软，趴在地上。

裤子被露水打湿，粘在小腿上，湿湿的，凉凉的，包裹着腿，让人行动有些不便。鞋子的底部已经粘了厚厚的一层泥巴，这层泥巴有多厚呢？雨水把地面打湿了多厚，鞋底的泥巴就有多厚。一脚踩在地上，一抬脚，鞋底就会沾满湿湿的黄土，地上就会出现一个锥形的坑，底部露出黄白色的干黄土。被雨水打湿的厚厚的黄土，全粘在了鞋底上，像日本女人的木屐，让人站立不稳。

捡回家的地软子，根部有黄泥巴，要多洗几次才能洗干净。用来炒鸡蛋、炒腊肉，味道绝美。或者等母亲有时间，用酵子发面，包包子、包饺子，味道也不错。煮面时，炒在臊子里，也是一种不错的吃法。在铁锅里和植物油或者动物油融合，释放出的香味，与众不同，有时间的味道，有泥土的味道，有大地的味道。

地软子的生命不会超过十二个小时，大多是几个小时。一个日头后，地软子的身体缩小到极致，和大地浑然一体，再也寻不到它的踪迹。是雨水将它的生命密码激活，使它恢复了生命的元气。生命的长度哪怕只有几个小时，在这短暂的时间里，它依然展示了生命的精彩，活出了生命的价值。

在物欲横流的今天，在食物添加剂泛滥的今天，地软子给我纯朴、单纯、简单的回忆。不光是回忆，也有留恋、逃离、躲避。生命不在于长短，要活得精彩，要做对社会有用的人。这是地软子对我的启示。我不由得对它产生了敬意。

芦苇

马家沟总是不断地给我惊喜。

路边的土坎上,一支一米多高的芦苇在寒风中被人从腰部折断。可能是路过此地调皮的小孩,顺手一撇,也可能是背柴火的人,背在背上的柴将这个挡路的异类拦腰折断。

这支芦苇是马家沟唯一的一支芦苇。它好像不应该生长在这里,孤独让它显得有些另类。

确实,芦苇好像确实不该生长在这个地方。它应该生长在海拔1600米以下的灌溉沟渠旁、河堤沼泽地等低湿地或浅水中。可以确定的是,高山的森林环境不适合芦苇生长。我脚下的地方,海拔怎么也有两千多米,周边是灌木林,为什么偏偏有一支芦苇?仅有的一支芦苇,离经叛道地生长在这里。

我对这个异类产生了好奇。

芦苇在《诗经》里叫"蒹葭"。蒹葭这个名字,世人都非常熟悉。《诗经》里的芦苇,也是长在水边的。这一枝独秀长在山上的芦苇,它是如何来到这里,并完成它的人生历程的?它在怀恋谁?它在守候谁?或者它是跟随着谁的脚步来到这里?绞尽脑汁我都无法猜测。在异乡求生存,它肯定经历了别人无法经历的心路历程。

在这座荒凉的山上,芦苇让这里有了诗意,有了爱意。我无法知道芦苇为何而生,在一个地方孤独地、不可思议地生活一辈子。植物和人一样,也有特例,有不可言说的隐情。

这支芦苇让我想到马家沟的一个人,一个终身孤独的人——吕从善,大家喊他"善人"。善人被队里派在马家沟看号,看守庄稼不被野物们吃。

善人在马家沟看了一辈子的号。表面上看号的活是轻松的，其实是极度孤独的。

或许，马家沟本身就是孤独的，善人看中了马家沟的孤独，芦苇也看中了马家沟的孤独，他们愿意融入马家沟的孤独，于是，他们结伴在这里过了一生。

我记忆中的善人，已经是个老人了。高高的个子，清瘦的面容，有一缕黄白色的胡子，稀疏的灰白色长头发绾在头顶，一根树枝从绾起的发髻里穿过。外地口音，好像是山西或者陕西的，平时不喜言辞。这个男人一生未娶，一个人在马家沟的坡上搭了一间庵房生活。我们对善人的与众不同产生了好奇。听说善人从来不洗碗，趁着善人不在，我和小伙伴们悄悄地到善人的庵房边偷窥。依山而挖的一个土台子上放着简单的卧具，乌黑的被子看不出颜色，乱七八糟地堆在床上。床前面的火垅子放着一只大大的黑黑的三角，三角上面放着一口锅，锅底长着厚厚的锅巴，看不出是什么粮食的锅巴。火垅子边凹凸不平的土地上乱七八糟地放着一堆倒扣着的脏碗。有几只硕大的绿色牛虻在锅里爬，吮吸着人类食物的营养。善人果真不洗碗，看来传言是真的。到马家沟做农活的人宁可吃干馍，也从来不吃善人做的饭，嫌脏。奇怪的是，善人从来不闹肚子。

善人的生活如此简单，那他的精神世界必然是丰富的。只有内心充盈的人，才能抵制孤独。我对善人的内心世界产生好奇。果然，听说善人身上有命案。他杀了欺人太甚的地主家的儿子，藏在了离家乡很远的马家沟，孤老终生。对此，村寨里人人皆知，而人人皆不知。除了同情和怜悯，乡亲们没法给他更多的关爱。

庵房边有不大一块平地，地面被踩得平平整整。听说善人喜欢武术，看到这块地觉得此话不假。说起善人，人们不自觉地压低了声音，神秘地说：有一天黄昏时，看见善人脚朝天地倒立着。说话的人摇着头，撇着嘴，嘴巴里"啧啧啧"的不可理喻声。寨子里热衷于习武的小伙子们，缠着善人教他们武术。善人被缠得没法，就让他们在这块空地上练习蹲马步。只是蹲马步的练习，就让这些想一夜之间掌握武术精华的小伙子们受不了，一个个骂骂咧咧地回家，再也不说习武了。没人来打扰才好，善人乐得个耳朵清净。他本来就不喜欢热闹。

在如此简陋的生活状态下，我无法想象善人是如何生活的。俗话说"独人难活，独柴难着"。他一生与清风明月为伴，与野猪野兔为伴，我好奇孤独的黑洞为何没有将他吞没，野兽为何没有将他吃掉。这得要有多大的耐性抗拒黑暗？他从哪里来？他为何在这山上孤独一生？他没有亲人吗？在漫漫长夜里，野物们的号叫，缥缈的魂魄，能化成人形的白狐，他害怕过吗？他孤独过吗？

也许，善人认为，这种环境才是最好的，才是他所追求的。我差点忘了，善人是信仰佛教的，明月青灯，一卷经文，陪伴了他一生。他为信仰而活。就像这支芦苇，这么不合时宜地长在这里，还长得如此郁郁葱葱。

如今，善人生活了一生的地方，却没有他的一丝痕迹。他已经成为一棵树、一棵草。他和我不同，早将异乡当成了故乡，魂归于此了。其实，都一样，往上数多少代，我们的祖先也和芦苇一样，本不在这里生长。为了理想，来到这里，把这里当作了故乡。后世子孙的我们把这里当成了原乡。

心里如此魂牵梦萦的马家沟，到了这里才发现我本不属于这里，这里一成不变，太原始太寂寞。我来自日新月异的小县城，本身就带着浮躁、喧嚣、不稳定。马家沟让我有了片刻的宁静、片刻的心安。马家沟给了我一次心灵的洗礼。作为马家沟的女儿，我知道了该保留什么、丢弃什么。

回头望去，马家沟脚下的城市和村寨，华灯初上，霓虹闪烁，一派生机盎然。那里是烟火人间。

土盐

"双石头"的石头，还是和三十年前的一样。它们紧紧地挨着，不留一点缝隙，但分明就是两块石头，我想这石头一定是一对恋人的化身。而且，百十年来，马家沟历次发大水，都没将它们淹没或者冲走。或许是他们的爱情感天动地，天地为之动容，将它们永远留在这里。

被山水冲得深深的沟壑，两边像两堵高高的土墙。如果不是土，而是砖，就和长城一样了。土墙上长满了扁担杆，我们喊"咯嘣嘣"。枝条上发黄的叶子耐不住严寒，最终随风而去。没有了叶子的枝条，简单得就像一个"丫"字。光秃秃的枝条上三三两两的红色果实，格外吸引人的眼球，果实在枝头上可数月不变色。喊"咯嘣嘣"是有原因的。这果实果肉很少，放进嘴里，牙齿一咬，就咬着果核了，坚硬的果核和牙齿发出"咯嘣嘣"的声音，所以就叫这名了。我小的时候，它是我们的零食，酸酸甜甜，格外好吃。后来才知道，"咯嘣嘣"全身都是健脾益气的药，小孩子吃了特别好。

越是堆积在地表上层的土，距离现在时间越近。高高的像土墙一样的土坎，是距离现在时间最近的土层；像是用刀切蛋糕似的被洪水、人或是动物踩踏出的深深的凹槽，是路，是过去的土层。眼前的土坎是被时间一天天垒起来的，过去的许多人，他们丰富的人生故事隐藏在厚厚的土坎里。土坎是一本书，我要找的一切都在里面。我能在土坎里找到先人们狩猎或者种地的情形吗？也许能看到。不是偶尔能从土坎的石片上看到海底生物的化石吗？他们某次正在烤一只野鸡时，泥石流从山上冲下来，火熄灭了，土层掩埋了他们，火红的火子瞬间变成黑黑的，在土层里睡了不知多少年；还有那经过粗糙打制或者磨制的石器，像一把斧子，不也被人从土里挖出来了？还有那杨家山的黄土烧制的黑色土罐。

人在凹槽里行走，两边是两人高的土坎，头顶上覆盖着看不见天的杂草，凹槽曲折，看不见前方。恍惚间，突然不知身在何时何处，有忘记时间与空间的感觉，这种感觉突然间会让人恐惧，继而惊慌失措。

我看见了土坎的岩土里有白色的土，是含有盐的盐碱土。挖土、过滤、熬制，土盐的制作过程仿佛就在眼前。用双石头的盐碱土自制的土盐，不知被多少人和牲畜吃过。

开门七件事：柴米油盐酱醋茶。盐是生活中不可缺少的单品，是保持心脏的正常活动、维持正常的渗透压及体内酸碱平衡的重要物质。

一只羊，在附近的山坡上吃草。我看见它在地上舔着什么，肯定是盐碱土里白色的盐了。盐碱地里的盐，对于一只羊的生命是有意义的。一个人的身体不能没有盐，一只羊的身体同样不能没有盐。盐可以让羊增加力气，身体强健。

想起爷爷经常给他的牲口们的草料上洒上一些盐水。我以为是为了让草料有味道，不知道牲口们的身体对盐有如此的需求，盐对于牲口的身体同样是如此的重要。

生物们依赖土盐得以生存下来，代价是脖子上长出一圈像游泳圈一样的肉圈。原因是土盐里缺乏碘。这是甲状腺组织的抗议，是甲状腺的呐喊。

我小看它了，这白色颗粒状的盐。

地域的原因，生活在这一片区的人们体内缺乏碘，许多人得了大脖子病。为了国计民生，于是国家在盐里加了碘，称之为碘盐，阿坝地区是国家专供碘盐的地区，碘的含量高于其他地区。阿坝地区吃专供的碘盐可能有一二十年的历史了。这一二十年来，脖子上有甲状腺肿大的人逐渐减少，目前基本已经没有了。

盐属于国家控制的特殊商品，由国家定价，在商店随便可以买到。盐不再是评判一个家庭是否富有的标准。

事情是发展的，凡事都要用发展的眼光来看待。同样的方法使用几十年，这几年片区得甲状腺方面疾病的人数在增多，这也许和盐有关系，食盐里长时间过量添加碘，显然是有问题的。

医生说甲状腺得病的原因很复杂，无法说清楚。但是，和吃过量的碘有一定的关系。"过犹不及"，碘不足和碘过量，肯定对人体的甲状腺都是有害的。为保护主人，甲状腺只有牺牲自己，保全主人的性命。甲状腺只有用生病来反抗过度或者不足的碘。

生活在物质丰沛的时代，我竟然忘记马家沟土盐的救命之恩，横挑鼻子竖挑眼，是我忘本了，还是迁怒于马家沟的一成不变？我到底是什么心态？

香薷

在马家沟，我得去找找香薷，这个季节香薷的果实成熟了，正好。

冬至后，马家沟的小路两旁，香薷干枯成黄色，叶子全掉了，只剩下细长的秆和头顶上的香薷穗。香薷穗像一把刷子，只在穗的一边长果实。每粒果实都有一个六棱形单独的房子，成熟了的香薷籽深居简出，在自己的房子里经历着生理和心理的磨砺。待到它修成正果，颜色变黄，颗粒饱满，浑身透出成熟的韵味，散发出香薷特殊的香味时，就是它独立的时候，就是离开家的时候。带着一份对外界的好奇、对新生活的渴望,香薷籽借助风力或者外来的力量,一个箭步从它的房间里跳了出来,可能落在脚下的泥土里,等待明年春天生根发芽;可能落在器皿里,或者鞋子里,被带到另外的一个地方。

我的爷爷奶奶就在这个时候拿着床单铺在地上,手里拿根棍子,轻轻地敲着香薷穗。借助外力,香薷籽迫不及待地跳出来,落在床单上,发出唰唰唰的愉快的声音,整齐划一,是那么的配合。就像战士听到冲锋号,毫不犹豫地往前冲。晒干,锅里炒一下,香薷的香味在热气的烘烤下从身体里散发出来,跟着流动的空气,飘到屋外。这时香薷的香味是热烈的、激动的,就像待出嫁的新娘子。自家的手推石磨上,随着手一圈圈的推动,黄绿色的浓香的香薷浆,沿着石磨的齿口慢慢地流出来,形状和气味都发生了变化,香味醇厚、绵长,像一个经历过风风雨雨的妇人,内敛,不张扬。

香薷这个名字对我来说,熟悉得就像大米、小麦,可是我竟然不认识它。在马家沟,终于找到了香薷,我内心对它充满了敬意。在 20 世纪 60 年代,它救了全家人的性命。当时父亲只有十来岁,每天要经过水扶州城到城里上学,经常饿得眼前冒金花。在扶州城长长的坡路上,父亲饿得晕过去。在被路人喊醒后,喝几口宣扶沟流出的水,还得往刀口坝的家里走。吃一顿饱饭,是父亲最大的心愿。

有一次,奶奶让父亲买块豆腐回家。父亲饿得肚子直叫唤,看着手里的豆腐,忍着,忍着,饥饿与意志顽强地斗争着……父亲饿得终于忍不住了,一口气吃光了豆腐。真是美味佳肴啊!生豆腐的这种香味,父亲常常在回味,他说,再也没吃到过如此的美味。

香薷油,每人每顿的碗里加上几滴,给清汤寡水的饭里加一点油花,就像给平淡无味的日子加了一点味道,给严重缺乏营养的身体增加了营养。终于,家里人都活着度过了那场大灾荒。

香薷春天发芽,它是那么渺小,毫不起眼,生长在路的两旁。它是如此卑微、如此平常的一种野草,我没正眼看过它一次。它在我的心里没有一席之地,它是如此普通。我竟然不知道香薷救过家人的性命,只知道这是一种带有特殊气味的猪草。当我知道它在危难之时救过家人的性命时,面对香薷,我为自己的无知和傲慢而羞愧。

我何尝不是《红楼梦》里的那些人物,狂妄自大,生活安逸。香薷何尝不是刘姥姥,貌不惊人,生长在农村,没见过世面,但有做人的原则,有颗善良的心,在关键时刻,她能尽自己的所能帮助别人。香薷也何尝不是这样。香薷和刘姥姥一样,有着优秀的品质。

我们在痛惜那个时代的同时,庆幸自己生活的年代国泰民安、风调雨顺。如果我的生命里遇见爷爷奶奶那个年代那么艰苦的生活,我能度过吗?"靠山吃山",靠大自然慷慨的给予,我能知道吗?我会收下吗?惭愧的是除了对大自然无限的索取外,我对大自然又知道多少?回报多少?

从此,我不会小看任何一株花草。

万物皆吾师。也许,从今天开始学习,也为时不晚。

野棉花

马家沟沉睡了,不知过了多少年。

有一天它被鸟的合唱声吵醒。它好奇地睁开了眼睛,阳光明媚,树木参天。松树、青冈树,还有其他一些杂木,一切都是这么色彩浓重,绿色的饱和度如此之高,让人睁不开眼睛。大自然这时开始了音乐会:"布谷、布谷、布谷(鸟语音译)……"是低音的一条直线,是衬托;"徐会计,徐会计(鸟语音译)……"是高音的配合;"咪咪坐会儿,咪咪坐会儿（鸟语音译）……"是主旋律，声音婉转妖冶，像许多张口在辩论着什么，又像老师在讲一篇令他激动的课文，像是在朗读谁的作品，是诗歌或者是散文。生命如此美好，鸟儿们心情如此愉悦，让人感到它们有想恋爱的感觉。

不知什么鸟的声音反复重复，像是在说"再玩一会儿！再玩一会儿！"。这些小鸟在挽留谁呢？

自然是来马家沟做农活的男女们。

因为退耕还林的政策，马家沟的土地全部退耕，种着洋槐树，洋槐树下长着成片的野草，更多的是野棉花。野棉花非常奇怪，对温度特别敏感。和别的植物不同，夏季和冬季它都在休眠或者强制性休眠。在植物王国里，它既不高贵，也不特别漂亮。但是它总是给人稳重的感觉，朴实是它的风格，无华是它的形式。野棉花骨子里的清高，明眼人谁都看得出来。它们成片生长，或者在一条狭长的沟谷里，或在小河的两边，往往高半山的山腰是它们怒放的乐园。

当粉色的花盛开的时候，在烈日下，毛茸茸的叶子毛茸茸的花，既不光滑，也没有娇嫩欲滴的感觉，就像一个饱经风霜的妇人，对于一切都成竹在胸、稳如磐石。也像一个入定的高僧，任由风云变幻而不动声色。不由得让人感慨它的稳重与冷静。其实，它是睡着了，在休眠呢！这个时节休眠的植物，绝对是与众不同的，它有绝世的大智慧。一些轻浮的植物在这么猛烈的太阳光下，不知道保护自己，急于表现自己的美丽，最终在烈日里香消玉殒。身体是灵魂的寄托之所，没有了肉体的灵魂，在这片荒山上，一定是孤魂野鬼，只有随着一阵风而去了。

所以，外界的炎热、喧闹，野棉花充耳不闻，像真正入定的高僧。

大雪时节的马家沟，一片空寂与灰暗。动物们在冬眠，颜色们也在冬眠。因冬天的灰暗而产生视觉疲劳的眼睛，将视觉疲劳传递给了内心。

我的心也快冬眠了，对眼前的荒凉视而不见。在我爬上一个高地时，在一个坡地上，一整片地被野棉花装饰成一片藕白色，静静地等着我们。算不上惊艳了双眼，只是为冬日里仅有的一点颜色欣喜。这一片藕白既不张扬，也不夸张，符合冬天的个性，衬托冬天的冷峻，融入了周围的灰暗。但是，与冬天、与周围又有一点不同，是不动声色的压抑、反抗，是表现在骨子里的叛逆。

既要有自己的个性，行为又不出格，符合大众逻辑。我懂一点野棉花的心事了。

野棉花在冬日的阳光里，静静地睡着，它还在冬眠。

小时候，这个时节随处可见背着背箅的小伙伴，他们是到马家沟捡野棉花干枯的叶子来了。叶子的正面呈黑色，背面是毛茸茸的灰白色。在逐渐干枯的过程中，野棉花的叶子因为失去了水分而翻卷、拱起，像极了老人的脸，不再圆润光滑，而是满脸的皱纹，暴露出岁月的无情、经历的坎坷。我想，这时候的野棉花模样是痛苦的，内心是惶恐的、不甘的。相由心生，生命到了后期，对于阳光、对于大自然的留念，它的形象反映出内心的恐惧。

年幼的我们，根本不懂野棉花的心事，将干枯的叶子捡起，或者从野棉花的身上摘下来，回家在太阳底下暴晒，让它们的细胞彻底失去水分，而变得更脆的时候，用手一搓，或者用脚一踩，叶子就成了粉末。

这是冬日里喂猪最好的东西，吃完了这一茬野棉花的叶子，就到该杀年猪的时候了。

通火条和小檗

我迄今还不知道通火条的大名。小檗是一种四季常青植物的大名。

将他们放在一起写,土、洋结合。

就像村寨里的老人:七斤娃、五斤半、五十七。人们只知道他们的小名,不知道他们的大名。他们名字的来由,无外乎是出生时的重量,出生时七斤重就叫"七斤娃",出生时五斤半重就叫"五斤半",或者他父亲五十七岁时生的他,名字就叫"五十七"。我认为这样的名字挺有意义,至少是一种纪念,而且浅显易懂,老人们谁都可以给你解释这名字的来由。

乳名,是一个人的烙印,也是一个地方的烙印,是血液里奔流的乡愁,是游子对家乡的记忆。一个有乳名的人,是一个有根的人,一个有父老乡亲牵挂的人,也是一个幸福的人、灵魂有皈依地的人。

所以,我只知道通火条的小名,是多么正常的事。但是由此可以看出,通火条和村民的关系,像邻居,像亲戚,紧密有关联。

通火条是一根像小手指那么粗、很直的树枝,像男人们平头上的短发那样直直地生长在坡地上。别看它平凡普通,却是那个年代生活中不可或缺的重要家私。

"火筒"是通火条的新名,"吹火"是它的功能和使命。

火筒的制作简单。将通火条砍断,可以看见它里面四周的壁很薄,中央有很大的一个圆空间,长着一种泡沫样的白色物质。当然,内径越大,火筒越粗。找一根比它内径小的圆棍,从通火条的一头插入,就像打针时的注射器推药一样,将白色的物质推出,火筒就做好了。

在柴火当家的年代,火筒的作用特别重要。当火垅子或者锅灶里直冒浓烟,柴火没有充分燃烧时,需要一定体量一定浓度的氧气助燃。火筒就是输送氧气的管道,人体就是氧气的制造者。将火筒的一头含在嘴里,另一头对准火心吹气,只需吹几口,火一下就燃了起来,浓烟消散,火亮堂了,发出光和热,供人们取暖或者煮饭。家家户户火垅子边的门后和灶头边都放有一根火筒，就像锅碗瓢盆这些家私，一个家里火筒是万万不可少的。

火长时间燃不起来，得使劲吹。吹火，会让人体缺氧。小时候，我经常吹得头昏眼花。因为我不会换气，吹出的气短促、快速。在柴火还没有反应时，我嘴里已经吹完了一口气。等到第二口气换好时，前后的时间间隔太久。奶奶教我，深吸一口气，憋着，将火筒含在嘴里，对准火心，用嘴慢慢地匀速地吹出，吹的时间要长，就像在水里游泳时憋气换气一样。

从火筒的功能出发，为保证外壳完好，毁坏的是内芯。对于小孩子来说，"肢解"通火条的外壳，保留完整的白色芯子，却是儿时的乐趣。用刀将通火条破开，把通火条的芯子完整地拿出，趁水分没挥发，身体还柔软时，快速卷成圈，找一根小檗的刺，从末端刺进去，固定好形状，轻轻地放在一边待用。

对于大人们来说，制作火筒是唯一的目的，是从实用功能来选择的。对于小孩来说，破坏通火条的外壳，保全芯子的完整，是从玩乐和美学的角度来选择的。壳和芯，只能二选一。我的心里感到一种遗憾，一种无奈，也感到凡事都有遗憾，没有万全之策，所有的选择只有一种结果，没有完美。

于是，我学会了取舍。

卷成圈的通火条芯子，是大小不等的圆圈。它体内的水分迅速蒸发，保持着最初的形状，身体僵硬不再柔软。我们用蓝墨水、红墨水或者小檗枝条砍碎后流出的黄色汁水给它们染色。砍来长长的一枝绿色叶子或者红色叶子的小檗，把白色、红色、蓝色或者黄色的圈插入小檗的刺上固定，远远望去像小檗满树开花，绿的叶，红色的圈、蓝色的圈、黄色的圈、白色的圈，在万物凋零的冬季带来了春天的讯息。

插有小檗枝条的酒瓶,作为家里唯一的装饰品放在神柜上,顿时觉得屋子被照亮,满屋生机无限。这一束自制的花成了家里最养眼的东西,也是过年时给家里增添无限喜庆的一个摆件,几乎家家的神柜上都有。

巅子(胡颓子)

冰天雪地的季节,不论植物还是动物,都冬眠了。

马家沟死一般的寂静,我听得见自己的心跳声。五岁的侄儿梁梁蹲在地上,发现了几只在暖阳下寻找食物的蚂蚁,一个劲儿地说"要下雨了,蚂蚁在搬家"。对于初次来马家沟的梁梁,一切都是稀奇的,他不懂蚂蚁是觅食而不是搬家。这是一个五岁孩子对大自然正常的认知。我笑梁梁天真,认为对大自然我了解得更多。这个季节,我,一个成年人,认为蜜蜂、苍蝇等动物都在冬眠。然而一片嗡嗡声,将我的骄傲击了个粉碎。嗡嗡声是我认为冬眠的蜜蜂发出的声音,就在我的右前方。

一棵两米多高的麦巅子(胡颓子)树,猛一看去,就是一堆刺架。麦巅子,在麦子拔节时结的果,所以得此名。褐色的树枝上,长着稀稀落落的淡绿狭长的小叶子,边缘卷曲,叶子的形状和厚度看得出是能耐寒。叶子之间长着刺。三五成簇的黄白色的小花,不起眼,但是暗香浮动。我一直认为,能在冬天生长并开花的植物,是带着香味的,是灵魂有香味的精灵。心里不由得肃然起敬,为执着,为顽强,也为它的与众不同。

我想爱抚一下它,手还没伸过去,就被看不见的刺挡了回来。是的,能在严寒中开放的花是有尊严的,不容亵渎。那么,就让我站在旁边,在暗香里静静地观赏,为麦巅子花,为蜜蜂。

一个动物,一个植物,它们相约了。在我们认为不可能的时候,在周围鼾声一片的时候。它们要在没人知道的时候好好爱一场，不为虚荣，只为内心。它们不需要祝福，内心已经足够强大。

一切在悄悄中，孕育着新的生命。

春节刚过，万物正在萌发春意，生命的开始，总会被给予希望，世界显得纯净而让人激动。

春天，在田边地头，或是山坡上，麦颠子的果实成熟了。三个橘红色的果实组成一串，身上有星星点点的白点。没有华丽的外表，也貌不惊人，感觉和大地一样朴实。摘一颗，丢进嘴里，不用牙齿，只需轻轻一压，口腔被一阵甜、香的味道包裹，是幸福、甜蜜的感觉。甜甜的汁液让味蕾一阵激动而颤抖，急需要新的甜味来满足味蕾的迫切需要。

麦颠子营养丰富，富含维生素B、维生素C、胡萝卜素、钙等微量元素。在儿时的记忆里，麦颠子可是美味佳肴，它含糖量高，味道甜，可生吃，也可以熬糖。麦颠子在严寒中的成长经历，对于我来说，是意料之外，是满心的佩服。

自然是吾师！大自然的丰富多样，所赐给人类的智慧，卑微的我们一辈子都学不完。

《青年作家》2021年第9期刊发

生生不息

1

爷爷奶奶去世后,我家的老宅是孤独的,记忆也是孤独的,就连老宅背后马家沟山梁的最后一棵松树也显得格外孤独。

爷爷已去世三十五年,奶奶也去世十一年了。没有爷爷奶奶的老宅,我很少回去。虽说我离家乡不远,就几分钟的车程,但也就是每年春节回去,在老宅里坐坐,陪陪先人们。

日子像是被人追赶,马不停蹄地往前跑着,拉都拉不住。暗地里我们几姊妹不得不将一个沉重的话题提上议事日程——给父母做寿木。母亲的豁达和父亲的不情愿,没有让做寿木的黄道吉日改期。我坐在院子围墙边看着木匠给父母做寿木,想到人生的短暂,不自觉地抬起头看了一眼屋后与天同寿的大山。这无意识的一抬头,好像发现眼前的马家沟不是记忆中的马家沟了。它变了!哪里变了?山体的沟壑依然,轮廓依然,多了些硬气,少了些柔美,好像缺失一个点睛的东西,而这个东西对于马家沟,对于我的记忆,是如此重要。心目中的美被破坏,记忆中的马家沟真的变了。

马家沟确实少了一个能代表马家沟的重要的标示性的东西——松

树。我真不知道这棵松树是什么时候不在的。少了这棵松树，一切都变了，变得死气沉沉、毫无生机。周围的树被砍完了，仅剩下这一棵，用一棵树旺盛的生命力打破大山的僵硬和死板，代替它逝去的兄弟姐妹们活着。如今，仅剩的一棵松树，不知在什么时候，被一个巨雷击中，四五人合抱的一棵树，竟然被拦腰劈断。树倒下的那一刻，不知道它该有多绝望。一直以来，它吸引了所有的目光，它接纳了所有的阳光，它吸收了所有的养分。它的根系遍布周围很远很远，它是如此强壮，从没想过有一天自己会死去。一切来得如此突然。

我想那场面肯定是天翻地覆、尘土飞扬，有如又打了一个巨雷。活着的松树，是时间的化石，是实物的展示，是无言的述说。轰然倒塌的岂止是松树，还有我的记忆。马家沟彻底失去最后一棵几百年的大树。松树带着马家沟的记忆落入尘土，马家沟的年龄彻底成谜。马家沟的过往成了一阵尘埃，在松树轰然倒塌的飓风中，被吹得无影无踪。或者被松树的枝叶带入脚下厚厚的黑土里，悄无声息。

看到眼前的情景，我怅然若失。记忆里的松树，不论你在与不在，你都活在马家沟的过往里，活在我的心里，我会祭拜你。

2

还记得儿时看到的发丧时的情景。

家家户户大门前煨着一堆火，淡蓝色的烟子将房子和房子里的人包裹在里面。远处一群人抬着一口黑色的棺材飞奔而来，孝子们排成纵队，走在最前面的孝子举着引魂幡，后面的人怀里依次抱着祀品锅儿和死者的照片。抬丧人的吆喝声和情绪激动的孝子的哭丧声从远处传来。蓝色的烟雾提醒着死者的魂魄，这里是充满烟火的人间，你要去的地方在天堂。哭丧声像极了唱山歌的声音:"我造孽的人喔,磨结了一辈子,还没享一天福,就狠心地留下我们……"孝子们边哭边说死者对家庭对社会的付出、死者所受的苦。哭丧是家人对死者一生的总结,就像给死者的一生画上一个句号,告知世人死者的生平,死者一生的辛劳,是一篇即兴的口说祭文,调子是南坪曲子和山歌的调。经他们一哭,想到这人活着时候种种好,旁边听着的人也会泪流满面。秦蜀交界地的人们都会唱曲子、唱山歌,本身就有荒凉和忧伤感觉的曲子和山歌,在此情此景下,越发悲凉。哭丧像一剂催化剂,让痛苦加倍,让泪如泉涌。

  哭丧对于不识字的女人们来说可真是为难她们了。不识字的人,悲痛催生内心的情感,来得更直接、更猛烈。想到死者生前种种的好,眼泪已如一条奔流的小河。将心里想的哭着唱出来,这种隐忍更让人心疼。记忆中,死者外嫁的侄女等亲戚,得知消息后,掌盘里端着九大碗的献饭,买好香、蜡、草纸等祭品,从大门外哭唱着进来。哭死者对她们小辈的疼爱,哭死者对家庭的付出,声音里满是悲痛。曲子的悲凉和内心的悲痛,相互扶持,呈几何放大,直达耳朵和内心。哭声像从心里伸出一只手,把听众的心狠狠地扭了一把,心真的痛了!再把听众的眼泪阀门打开,鼻涕眼泪随着哭声全下来。如果死者是因天灾人祸而夭折的青壮年,就是更悲惨的事,谁又能忍住不掉眼泪呢?

  不会哭丧的女人会遭到别人的嘲笑和轻视,哭丧是九寨沟这个多民族杂居区域女人们成年后必须会的事。老人死后,娘家人在场时总会在意死者身上穿了几套衣服、棺木材料的好坏、儿孙是否孝顺等这些问题。长辈们、亲戚们在场时对不肖子孙还会用藤条抽打,以教化后人。讲究按七的倍数烧纸祭祀,七天一期纸,十四天二期纸,到七七四十九天的七期纸,百日时的百期纸,一年时的一年纸,三年时的三年纸,祭祀时间密集,民间就有了"死人不吃饭,家当去一半"的说法。

所以，在父母六十岁时还没做好寿木，会被别人认为是不孝，是儿女们的失职，会遭到周围人的耻笑和唾弃。

丧葬也是一种文化，是神秘的，也是威严的，千百年来按规定的流程，被一丝不苟地传承。假如家族里的一个老人离世，也许是离别的痛苦和思念，往往会使得家族成员更加团结，更加重视血脉传承。

我的父母已年满七十，"人生七十古来稀"，但我觉得父母并不老，更不愿想到有一天，他们和爷爷奶奶一样离我们而去。可是，我挡不住时间匆匆的脚步。这几年，家族里老辈亲人不断离世。父亲的舅舅，年近九十，去年夏天去世；母亲的姨父，九十余岁，去年春天离世。家族里除了父亲的舅妈这一个长辈外，其他几乎没有了。奶奶和外婆在世时，不论父母的年龄有多大，我都不会感到父母老了。他们是奶奶和外婆的孩子，奶奶和外婆还活着，父母敢老吗？当奶奶和外婆去世后，我一下觉得父母老了，他们的人生里永远没有扮演孩子角色的机会了，他们的人生没有来路，只剩归途。他们必须得直面死亡。父母没有流露出什么，他们的年龄却让我恐惧。父母前进了一步，站在奶奶和外婆的位子上，我跟着前进了一步，站在父母原来的位子上。

我感到害怕，可谁也无法阻挡时间匆匆的脚步。

听说大姑父病了，轮到父辈们面对死亡，我惊慌失措，我想尽量挽留大姑父的生命，让生离死别离父辈远一点，再远一点。祈求不要这么快剥夺我们的幸福，让我再给他们当当孩子。

3

木头的功能是修房造屋或者做家具，也可能给百年以后的老人做一个永久休息的庇护所，或者燃烧成灰烬，供别人取暖。这几种结局，对于木头来说,可能都会遇到。

本打算给父母做寿木,看着身体还健康的父母,我们开不了这个口。我们不忍心让父母觉得他们老了,也不愿意打破这宁静与祥和。但是世俗的观点放不过我们。父母年满七十,我们没有理由不给父母做寿木了。母亲对此是豁达的,她认为自己看着做好身后的必需品,心里安稳。父亲则不然,他不愿看到这些东西,这些提醒着他已经老了的东西。我们几姊妹没人敢给父亲做思想工作,还是堂弟试探着劝说,父亲最终答应的。

于是,我们请了两个手艺最好的藏族木匠给父母做寿木。弟弟找人看了黄道吉日,在老宅的院子里,两根在楼上放了一二十年的沙松,被几个小伙子吃力地抬到院子里备用。沙松的木质较硬,是做寿木较好的一种材料。两个木匠在神龛前给先人上香禀告,让先人保佑家里顺顺当当,保佑这两个会手健康长寿。

做寿木是父母人生的大事,我们几姊妹必须陪着木匠做,这既是对父母的重视也是对父母的陪伴。气氛是沉闷的,我想打破这沉闷,但是心情比沉闷的气氛更沉闷。木匠支好马凳,沙松的两头放在两个马凳上,木匠举着斧头抡起手臂,我们全都屏住呼吸,眼睛死死地盯着木匠,不敢出口大气。故乡有个说法,给老人做寿木时片的第一斧头木楔的远近,能看出这位老人寿元的长短。父母离这里远远的,一个在厨房里忙着,一个坐在台子上看书,好像这事和他们无关,只和儿女们有关。第一斧木楔的远近,确实是儿女们最关心、最大的事。在我们紧张的目光注视中,斧头的刀刃从木头的侧面斜着插入褐色的树皮,继而深入粉黄色的木头边缘,斧头沿着力道,一个倒置的抛物线,朝上一拐,一尺多长的木楔和整块木头分离开来,在惯性下落到了远方。看着木楔落定,远!真远!我们相视一笑,长长地出了一口气。

这个过程，谁都重视，但不能言说，也无法言说。父母从我们高兴的神情里知道了这个隐喻，淡然一笑，忙着看书，忙着煮饭了。

木头放在马凳上被木匠用电锯从中间破开，分成了四块。寿木讲究"金墙银盖豆腐底"，寿木两边起支撑作用的木料要求必须是最好的材料，才不至于腐烂后倒塌。一阵电锯后，淡粉色的木屑从电锯的出口处纷纷落下，飘飘扬扬的木屑，犹如一阵桃花雨，给父母过往的岁月涂抹上粉色的记忆，给我们沉重的心情以些许轻松和浪漫的色彩。

空气中传来一阵淡淡的奇异芳香，是如此的隐晦。是沙松木头的体香！没想到沙松有如此醇香的气味。也难怪，生活在高海拔地区的植物，在寒冷、冰雪、霜冻的考验下，容易生异香、产异果。在沙松的横截面，一圈圈年轮清晰而紧密地排列着。暗红色紧密的年轮，记录着沙松成长的艰难脚步，和它所受到的痛苦磨难。

我以虔诚的态度蹲下身子，在这棵沙松面前，在未来陪伴我父母长眠的"屋子"的面前，我必须放低姿态。我在这棵沙松面前是如此微不足道，如此年轻。我双手抱着它，却感到亲切。这棵沙松和爷爷同岁，今年101岁了，抱着它就像抱着爷爷，他们经历过相同的寒冬酷暑，他们看见过同样的悲欢离合。

我仔细地数着这一圈圈密密的浅浅的暗红色的年轮，101圈，这棵沙松，足足生长了101年的时间。怎么说，它也比人的寿命长。人的寿命通常不到一百年，几十年而已。当一个在天地间生活了几十年的人，长睡在生长了百十年的寿木里时，就像一个人，住进了一间老宅，老宅满是故事，人的一生也有数不完的故事，在以后的岁月里，他们互相陪伴，品味各自的故事，互相陪伴直到地老天荒。

寿木快做好了，五岁的侄儿梁梁说："大姑你看，给爷爷奶奶做睡觉的船呢！"孩子发音不准，把"床"说成"船"，梁梁你是对的，不是睡觉的床，是睡觉的船。将来它们会载着爷爷奶奶，继续在我们的心海里航行。

父亲陪着木匠做寿木，母亲在厨房里忙着煮饭。这天刚好是父亲讲述我执笔的家族非虚构书籍《血脉》出版，这是父亲最高兴的一件事。将家族的历史记录下来，写进书里，百年后他终于可以坦荡地面对爷爷奶奶和列祖列宗了。父亲坐在台子上，含笑看着《血脉》。我像一尊雕像，一动不动地坐在一旁，看着木匠做活，看着父亲面带微笑看书，看着母亲忙碌着煮饭。看着眼前的一片忙碌，我的思绪竟然停止，必须停止，让此刻的记忆永存。看着眼前的一切，这何尝不是幸福！

眼前的寿木，正试图将父母的过去和未来连接。而我，只能活在当下，无能为力，只能眼睁睁地看着眼前的一切……父亲有时眉头紧锁，有时淡然一笑。《血脉》里有他的经历，他对于人生有更多的感悟。

4

父母是豁达的。他们认为对老一辈和小一辈尽完了责任和义务，一切随遇而安。他们对生死的坦然，却让我难以接受。

十年前的一个下午，我回家看父母。父亲不在家，除了母亲外家里没别人。母亲神秘地对我说："来，我给你看个好东西。"母亲拉着我的手到了旁边侄儿的房间，在衣柜上层的最里面，摸索出一个布包裹。我一摸，知道里面是一双鞋。这没什么奇怪的，母亲做鞋的手艺非常好，一辈子做的鞋，数都数不完。但是我马上发现这双鞋的不同：这一双精致的老式男棉鞋，比父亲的鞋稍大，鞋里的棉花装得很厚。翻过来一看，千层底的鞋底，白棉线工整但稀疏地纳着九针子的花纹，而不是麻绳纳的底。我想，这是谁的鞋，肯定穿不了几天就会穿烂的。我翻来覆去地看着这双鞋，心里在嘀咕着：这鞋怎么是这样？是谁的鞋呢？

母亲一脸的笑容，非常轻松的语气，好像在说别人的事："按理，该你们两姊妹做的。你们两姊妹不会做针线，趁我眼睛还看得见，把我和你爸的老鞋做了。"老鞋，就是人百年后穿的鞋。母亲欣赏着她的杰作，看得出对这双鞋她是满意的。母亲一生爱好，凡事亲力亲为，对于身后的这些事，更不会马虎。她说得那么轻松，但这几句话对我来说，却是当头一击，我蒙了。母亲当时刚过六十，身体健康，怎么会想到要做老鞋？"悄悄的，别跟你父亲说，不要让他看见，更不要影响他的心情。"母亲看了一眼门口，继续神秘地说着。

"你做什么老鞋，你们这么年轻。"我突然发疯了一样对着母亲咆哮，眼泪哗哗地流了下来，"你都做老鞋了，怎么不想我们的感受，让我们怎么活？我们怎么活？"我从来没有想过没有父母的生活。我的内心产生了强烈的孤独感、遗弃感。感觉我一个人在黑暗的旷野里，四周狂风暴雨，头上电闪雷鸣，我无处可去，我的身旁没有父母，一直在我身后的父母不见了，只有我一个人孤单地站在荒野中，任狂风暴雨吹打着我，吞噬着我。没有父母的保护，我会被大风吹走，我会被大雨淹没，我和我的声音将被黑夜吞没，我是如此的无助。没有父母的世界，连接着无底的黑暗，黑暗里有什么，我不知道。

我冲着母亲大喊大叫。我没一点思想准备，这双鞋强烈地刺激了我，我的情绪失控了。母亲看到把我吓得大哭，像小时候一样，轻轻地拍着我的背，笑着说："我只是觉得眼睛还看得见时，把这些事做了。我自己做的，心里安稳。人啊，谁也免不了走这条路，免得到时让你们为难，还让别人说三道四，说儿女们不孝。"我一听，觉得这话有理，情绪慢慢地平复。又不是说父母现在怎么了，只是趁眼睛还看得见时慢慢地准备。母亲在准备她和父亲的身后事，那么我该准备什么呢？我最该准备的是接受父母日益老去的事实。

家乡有提前准备老衣的习俗。外婆和奶奶的老衣，在六十岁时就做好了。每年六月六"龙晒袍"那天，都会拿出来，在太阳下晒晒。爷爷活着时，当着我的面也经常会在他的寿木里躺躺，看着爷爷满意的表情，我真以为棺木是爷爷向往的地方。他们面对生死，是那样的坦然自若，就像在说吃饭睡觉一样平常。我真是不了解他们为什么有如此好的心态，难道真是岁月让他们忘却了"害怕"这个词？

他们无畏生死，但我们却惧怕没有他们的生活。外婆九十三岁去世时，六十六岁的母亲拉着七十四岁大舅的手大哭："大哥，我们没妈了，我们怎么活？"外婆去世了，让年过花甲的母亲如此无助、惶恐。我能理解母亲的心情，更让我不敢直面生死。

奶奶 2007 年去世，外婆 2013 年去世，我都请假在家陪了父母半个月。我理解当时父母的孤独、恐惧、内心的空虚。生命代代相传，愿我的陪伴给父母一个早日走出悲伤、好好生活的理由。作为家里的长辈，奶奶、四奶奶、外婆相继去世，除了亲情的不舍和疼痛外，我们的内心比不上父母的内心疼痛。对于他们来说，人生已经没有来处，生命只剩下归途。

我知道，外婆去世后，母亲的心里，有一道过不去的坎，她怕我们会忘记外婆一生的艰辛，忘记外婆对我们的疼爱。懂事的儿子利用假期，给外婆写了一篇祭文。儿孙们在外婆坟前，将这篇祭文给外婆诵读后，母亲的心里一下释然了。母亲要的，无外乎是自己和儿孙对外婆一生的评价，无外乎是自己和儿孙对外婆的怀念。她不会忘记她的母亲，我们孙辈、曾孙辈也不会忘记外婆和太婆婆。

从那时起，我觉得我的人生进入了另一个阶段。正视父母慢慢地变老，我们慢慢地长大——心理上的长大。

寿木做好了，父母非常满意，说是模样俊得很。父亲带我去看放在偏僻地方的寿木，揭开一层又一层盖得严严实实的塑料布，说大的这个是他的，小的那个是母亲的。母亲悄悄对我说："好是好，就是太重了，可要辛苦抬棺木的小伙子们。"我不知道该说什么，竟然无言以对。

父母的寿木做好了，父母身体健康，膝下儿孙成群。马家沟的大松树被雷劈倒了，听说树下又长出了很多小松树。

原本是这样，生命轮回，生生不息！

《星火》2019 年 11 期《驿站作者》专刊刊发

岭岗岩的似水年华

1

我认为冬季最能体现岭岗岩的凄凉,冬季的凄凉最能烘托岭岗岩的颓废。岭岗岩的颓废最能反衬岭岗岩的落寂,于是我选择大寒时节来岭岗岩,感受岭岗岩的感受,痛苦岭岗岩的痛苦,追忆岭岗岩曾经的似水年华。

对岭岗岩而言,大寒是一个节气,更是一个隐喻。站在岭岗岩,感觉到了一个高度,我不可逾越的高度。寒冷的高度,记忆的高度,过往的高度。我坚持大寒时节去岭岗岩,因为我觉得这个季节符合岭岗岩的气质。如果让每人说一个词表达自己对岭岗岩的感受,也许有人要说枯萎、荒凉、废弃等,而我的感受是凄凉。荒凉不足以表达我此时的心情,因为说荒凉的人他没听到过岭岗岩的哭声,没感受过岭岗岩的痛苦与寂寞。

岭岗岩只有靠回忆来度日,往日的车水马龙、人来人往似过眼云烟,留在时间的黑洞里,永不再来。

眼前的凄凉和大寒节气相吻合,不知是大寒时节的寒冷让岭岗岩更寒冷,还是岭岗岩的凄凉让大寒更凄凉。大寒这天的太阳离地球最远,太阳不再是炙热的红红的,而是像月亮一样冰冷暗淡。太阳白白的光芒没有热度,天空灰蒙蒙的,眼前的山水灰蒙蒙的,太阳光竟然照不透这寒冷的泛白的空气,灰白的光、紫褐色的山、青青的岩石构成大寒节气的岭岗岩的底色。太阳光和岭岗岩的山体,都没能阻挡住从岭岗岩脖子上吹过的凛冽寒风。岭岗岩身后的大山挡住了人的往来,也挡住了风的往来。这里不再是人行走的唯一通道,只是风的唯一通道、春天的唯一通道。岭岗岩满山草木枯黄、干瘪、凋零,在寒风中瑟瑟发抖。羊胡子草、白头翁、野黄菊不情愿地随着风向对着北方急匆匆赶来的寒冷低头俯腰,它们不得不这样。一阵风后,它们立马挺直弯曲的脊梁,恢复了常态。

这是岭岗岩植物的一种精神,一种反抗。虽然微不足道。

岭岗岩,它早不是殷商以来的地理坐标了。它从历史的舞台上谢幕,被丢弃、被遗忘、被荒芜。眼前的岭岗岩整座山被荒草枯萎的紫褐色所覆盖,像穿了一件被太阳晒得泛白的旧旧的袍子,这袍子显得破旧、沧桑、有历史感,它浑身是伤,千疮百孔。一切生命都躲在这旧袍子下,或瑟瑟发抖,或沉睡不醒,或死亡。

远看岭岗岩是一个龙头,河对面的小山包是凤头。有句俚语说"凤凰喝水张家湾,二龙抢凤大岩边"。岭岗岩的龙和对面的凤是一对恋人,他们隔河相望。他们将头搭在对方的肩膀上,情意绵绵,爱意悠悠。热恋中的情侣都是这样耳鬓厮磨。羊膊岭的白龙暗恋凤凰的美,变成白水河从他们相拥的颈子的空隙里流出,意将两人分开。

一段奇怪的三角恋,造就了今天看到的这幅"二龙抢凤"的画面。

一条羊肠小道像岭岗岩的龙须,从刀口坝斜斜地穿过山腰,直达岭岗岩的顶儿上,龙头龙脖子上。沿着龙须上到龙头,这也是敢在太岁头上动土了。龙头是最高点,龙脖子是南北分界线。过了龙脖子,沿着山的另一条龙须斜着就下山了。临近顶儿的地方，有一块巨大的方形石头，挡住了前进的路。人们用土火药炸，用凿子凿，开凿出一米开外的一条路。凿子留在石头上深深浅浅的印记，被千百年来来往往的人和牲口的脚磨得隐隐约约、若有若无。走在光滑的没有棱角的石头路上，仿佛看到马帮、牛帮、背夫们来来往往、川流不息，仿佛听到过往的马帮的马蹄声在石板上嘚嘚作响，伴随着马脖子上叮叮当当的铃铛声，时间显得悠长、缓慢、古老。石头搭的台阶，一步高于一步，呈 S 形通往顶儿上。背夫沉重的呼吸声仿佛在耳边回响，他们的眼睛看着不远处歇脚的歇台，那儿就是他们的目标。脊背被沉重的货物压弯，人生被沉重的生活压弯。他们的身影在古老的时间里若隐若现，他们的汗水落在地上的石头缝里，滋养着一片因干旱而休眠的苔藓。

　　台阶缝隙里有一片墨绿色映入我的眼中，是苔藓。"白日不到处，青春恰自来。"在环境如此不适应生命生长的地方，苔藓却凭着坚强的意志，长出一片绿色来。喜欢阴凉干燥的石韦，也在台阶的缝隙里低调生长着。我终于明白为什么石韦是"触不到的恋人"了。它小心地守护着自己的感情，像一个藏在门后观望外面的小姑娘，她在悄悄地打量你，可是当你回头时，她的头一缩不见了踪影，就像边远山区没见过世面的孩子，好奇、胆怯、含羞。这两种不起眼的植物，激励了我，启发了我，感动了我。

2

　　我感觉到岭岗岩的痛，不光是身体的，更多的是心理的。

　　事情都有两面性。传说岭岗岩的龙脉对扶州片区不好，龙脉对居住在龙身上高山的百姓又是百般呵护。高山上风调雨顺、人才辈出。山脚下的人们在顶儿上建造庙宇,以镇压顽皮的岭岗岩的龙。山上的人认为,在这里建庙对高山的龙脉有影响。于是岭岗岩顶儿上的庙,建了拆、拆了建,不知道拆拆建建多少次。这是两种文化的冲突、两种利益的争夺。从道德层面上来说,没有谁对谁错。

被打砸过的荒废了的庙宇,缺胳膊少腿的泥巴神仙塑像,七零八落的瓦片,六十度坡度的废弃台阶和台阶缝隙里半人高黄蒿的枯枝,没有土层的石头上长着的油碗碗草,因寒冷蜷缩成一团的九死还魂草,这一切无不加重了岭岗岩凄凉的感觉,无不让人感到寒冷的无情。

我去岭岗岩的次数不多,记忆里小时候有过一次。不去的原因很简单,因为必须要从棺山路过,而棺山的岩洞里存放着失去生命的年轻躯体。在肉身腐化之前,他们不能入土。家里人认为棺山是寄放死人的地方,有冤屈的年轻魂魄游荡,怕威胁我的小命。"架岩窝的"是对年轻人最恶毒的诅咒。这条路也是住在高半山人回家的必经之路。记忆里不时会听到女人悲伤的号哭声,为失去孩子而哭,为他们幼小生命的终结而哭。这是一个母亲用哭声对幼小的生命的挽留,是对上苍的祈求。也有为她们年轻的丈夫而哭,为逝去的年轻生命而哭,用哭声为她们的爱情殉葬,用哭声为她们远去的爱情送行。

岭岗岩顶儿上到山脚下的河面,几乎是九十度笔直的悬崖,悬崖下就是滔滔的白水河。家里人更怕我从顶儿上掉入河水里,也是不让我去顶儿上的原因。龙头的三面都是悬崖峭壁,只有龙脖子两米的宽度连着山体。北面的山脚下是右拐九十度的白水河,如一个巨大的S形,环绕岭岗岩悬崖左转两百多度后,逶迤而去。站在顶上向下看,河流的路径变幻莫测,让人胆战心惊。脚下震耳欲聋的水流声,打破了岭岗岩的寂静。爷爷经常说,藏在岭岗岩顶儿上龙脖子杀人越货的土匪,得手后,杀人不用刀枪,只需猛地一推,人就掉下山崖,落入旋滩,没人活得了。龙脖子和旋滩好像事先约定好的,在两米宽的龙脖子上,本身就无法施展拳脚。掉下龙脖子的人,失重的状态下纵然有天大的本事,也无法控制快速落下的身体。

旋滩确实当了岭岗岩的帮凶。

老人们说,夜晚旋滩那儿经常有冤死的鬼魂出没,神乎其神。我没见过鬼怪,倒是经常看见乞丐在岩底的洞里藏身。

于是,岭岗岩成了我每天眼睛能看见,却很少涉足的禁地。

3

岭岗岩是进出扶州城以及后来南坪城的主要通道。站在岭岗岩的顶儿上回头张望,刀口坝、扶州城尽收眼底。

站在这里,我终于看清了扶州城到刀口坝之间槐树的布局:从岭岗岩下山到刘家桥,是第一棵槐树,迄今百十年。这棵槐树是康家爷爷当年追求刘家奶奶时种的爱情树,槐树伴随着他们的爱情,长到两人粗时,他们的爱情经历了大半个世纪。康家爷爷寿终正寝,如今孑然一身的刘家奶奶和槐树一样孤独。刘家奶奶经常在槐树下打盹,在梦中和康家爷爷见面。他们百年后,槐树会继续带着康家爷爷对刘家奶奶的爱情生长,只是这份爱被槐树深深地留在心底。这是村子里唯一一棵被赋予了爱情意义的槐树。楼子街曹家院子旁是第二棵槐树。我家老房子门前是第三棵槐树,迄今150多年,是爷爷的爷爷种的。再过去到蒋家槐树是第四、五、六棵槐树,种于清康熙五十六年(1717),迄今300多年,是目前发现的唯一见证过扶州城的物证。

在历史悠久的茶马古道旁,槐树充当了什么角色?路标?卫士?还是装饰?槐树经历了怎样的感情波动?见面的喜悦?还是分别的悲伤?

我想象着太奶奶的侄儿薛世良骑马站在岭岗岩的顶儿，扶州和刀口坝的台地映入了他的眼帘。他朝着我家槐树的方向，将两根手指放在口里吹了几声响亮的口哨。声音像口中射出的一支箭，拨开空气的阻挠，笔直地射向我家槐树的方向，槐树叶子也发出唰唰的声音附和。口哨声震动着太奶奶的耳膜，她的耳朵一激灵。"是世良来了！"太奶奶肯定地说，"快！老二、老四，烧开水接待你们的老表。"然后杵着一双三寸金莲，站在槐树边眺望着岭岗岩顶梁上的方向。薛世良看着李家槐树，眼睛在丈量着距离，脚说还远，心说就在眼前，那不是亲人的身影，在树下张望着？

我能体会亲人们多日不见的思念，恨不得立马飞到身边的急切。那么这条路到底承载了多少思念与牵挂？路默默无闻，悄无声息地做好路的本能。可能只有门前的槐树知道，这匹马来过多少次，在这儿吃过多少草。就连槐树身上最早的铁马掌，横刀直入，强行要在槐树年轮的记事本上写上一笔。随之被槐树的精彩的故事吸引，再也不肯出来。

我仿佛看见，爷爷赶着他心爱的骡子，驮着腊肉、成县大曲、麻鞋等货物，到漳腊（四川松潘境内）做生意去。走到岭岗岩的顶儿上，回头看去，太奶奶拄着拐杖，站在槐树下张望着，可能她老眼昏花看不到自己的儿子，可是她能感觉到儿子站在岭岗岩顶儿上会回头看她。眼睛说儿子已经走这么远了，心说不远不远，才走到岭岗岩顶儿上。心问："儿子何时才回来？"眼睛说："我会每天在这里望着，我看见了就告诉你。"

最多半个月打来回的一趟生意，太奶奶却等了三个多月。爷爷在羊膊岭差点被土匪杀死。太奶奶的感觉一天比一天糟，不会出什么事吧？她每天站在槐树前，眼睛望着岭岗岩，望眼欲穿。爷爷终于奇迹般地回来了，虽然头上被土匪砍了两刀，但是确实活生生地从岭岗岩下来了。

爷爷的生还对于我们这个支离破碎的家来说，可谓奇迹。

岭岗岩传来的不会总是好消息。刚从地里回来的大姑奶奶家十几口人一夜之间被贪财的土匪灭门，这个消息也是从岭岗岩骑马飞奔而来的人带来的。当看到岭岗岩出现一匹飞奔而来的马时，家里人一万次地猜想快马会带来什么消息，却没想到会是这样的噩耗。

我更无法猜测，参加第一次鸦片战争的祖先李兴茂告别亲人们，在岭岗岩上策马回望家乡、亲人时的感受。翻过岭岗岩这个垭口，家、亲人都不再看见，而且这一眼，可能是他和亲人们互望的最后一眼。李兴茂的心里该是何等的悲壮、不舍、牵挂、内疚……可能更多的是作为一个军人保家卫国的责任……我无法猜测，见惯了人间悲欢离合的岭岗岩可能知道，李兴茂落在它身上的眼泪的炙热、眼神的留恋，最后转身一别时的坚毅。

两年后，岭岗岩迎来的是李兴茂的一根辫子，悲壮啊！李兴茂殉国了，岭岗岩等来的不是裹尸的马革，而是李兴茂的一根辫子。从此，岭岗岩和李兴茂的辫子坟遥遥相望一百八十多年。直到岭岗岩经历了几次大手术差点毁容，直到李兴茂的辫子坟被高楼隐藏在身后再也看不见……

人间的悲欢离合，岭岗岩见得太多、太多……

4

荆梢柴（当地一种植物）在寒风中挺立着。相对于草本植物来说，它是庞然大物，它有坚挺的根茎、粗壮的枝条。它习惯集体生活，一条根里发出多根枝条，大家一起生长，不辜负生命和时光。荆梢柴的性格耿直,它没有过多的枝丫,简单、明了。它的目标就是朝天上生长,再生长。一鼓作气朝目标前进,集中力量做好一件事。我敬重这样的品格。

虽然如此,因为土地贫瘠,荆梢柴也只能长到人的高度。这是种奇怪的植物,对生长地非常挑剔。作为一种植物来说,潜藏着传宗接代的强大基因,发展、传承是首要任务。但是对生长地点过度挑剔,对于家族的繁衍是有害的,随时有灭种的可能。

我不知道荆梢柴被岭岗岩的什么东西迷恋,以至于它放弃这么多的机会而死死守在这里。是什么留住了它?是土地?是石头?还是这里可以看见四面八方的风景?或者是和扶州有某种关联,让它若即若离?

这个时节,我只是见到荆梢柴的枝,没见到荆梢柴的叶。它对于我还是谜一样的植物。他们说,荆梢柴的叶子有臭味;他们说,荆梢柴的叶子是有缺陷的圆形。对于他们说的,我的头脑中没有直观的印象,更没有嗅觉的辅助。我想我更愿意用自己的眼睛看看叶子到底是圆的还是扁的,用我自己的鼻子闻闻叶子到底是香的还是臭的。可是这个时节,我错过了荆梢柴生命的巅峰时刻。

孤零零地在一个地方坚守一生,执着的荆梢柴让我想起邻居崔家奶奶。

崔家奶奶的老家在陕西,听说是为了逃婚,她放弃了曾经的一切,躲在这里。岷山的褶皱掩护了她的行踪,她在这里孤老终生。我记事时,崔家奶奶可能都有六十多岁了。头上裹着黑色的丝帕,穿蓝色大襟衣服,一双脚有被缠过的痕迹。她和奶奶一样的打扮,怎么看都是农村小老太太。唯独她的口音出卖了她,在这里几十年的磨砺,乡音未曾改变。没改变的还有她独特的焙核桃油的技术,以及核桃油对烧伤皮肤特有的抚慰,像极了崔家奶奶的性格。可能是我家好客的习惯温暖了她,也可能是我家狗吠鸡鸣娃哭的热闹吸引了她，在没有电视的年代，崔家奶奶几乎每晚都来我家烤火，有时在我家吃晚饭，然后在我将要瞌睡的时候，她也要回家睡觉了。奶奶赶紧在火台子上拿起筷子一样大小的松树枝点燃，吹灭明火，留下忽明忽暗的火柴头，递给崔家奶奶，并叮嘱她路上自己摇着点，免得灭了。崔家奶奶摇着松灯，靠微弱的火光照路，摸着墙壁回到她冰冷的家去了。只有几岁的我赶紧趴在门槛上说："崔家奶奶，你走好，如果你绊倒了，就来喊我，我扶你起来。"崔家奶奶总是感动地说："好，好，奶奶绊倒了就喊你来扶我。"这时，妈妈总会说："可怜，一个人的日子不知道怎么过的。"

每当我想起崔家奶奶，我总是想起她手里不停摇着的有微弱亮光的松灯。可怜的奶奶，这支松灯的微弱的光照不亮她的人生。

崔家奶奶是逃婚逃到这里的，靠给别人洗衣做饭缝补衣服过日子，对过往守口如瓶，没人知道更多的细节。在别人看来，一生未婚的她显得孤独，尤其是晚年，而我的记忆里恰恰只有崔家奶奶的晚年。我想，她的一生到底经历了什么？逃婚，对于一个女人来说，要有怎样的毅力才有此举。我不知道她的心里有怎样的力量在支撑着她，我想可能是永远没有结果的爱情吧！这永不再见的爱情陪伴了她一生，时间也被爱情赋予了爱意，它善待了孤苦的崔家奶奶。在我的心里，崔家奶奶虚无的爱情是个谜，她让我对爱情产生幻想和崇拜。但崔家奶奶孤苦的人生，又让我对未来产生了恐惧和悲悯。

崔家奶奶可能逃避一场没有爱情的婚姻。难道荆梢柴也在躲避什么吗？或者追逐什么？那么，它躲避什么追逐什么呢？难道躲避不适宜它生长的土壤、气候？还是荆梢柴也有暗恋的对象，它也在追逐爱情，于是定居在这里？我猜测它的命运也只有默默地守在爱人身边，远远地陪伴，远远地看着，就心满意足。

站在只剩下光溜溜枯枝的荆梢柴旁边，荆梢柴和崔家奶奶，让我百感交集。

5

一年中最冷的大寒时节，一切植物都在冬眠，这是对自己最好的保护，也是养精蓄锐，为明年更好发芽开花做准备。可是，很快发现我错了。在岭岗岩的山脊上，我看到了含苞待放的迎春花。

迎春花紫褐色的枯枝上有了浅浅的绿色，圆润而光泽，感觉有强大的生命暗流在涌动。枝条顶端集中发出一簇枝条向四周散开，每一根枝条上一个或者几个紫红色的花苞酝酿着花期。世人都说"梅花香自苦寒来"，谁知道，迎春花在最冷的大寒节气里蕴藏着如此蓬勃的生机！

这就是生命的力量。

迎春花是开花或者是发芽，都要进行统筹安排。一种植物具有的眼光着实让我感到惊讶。

一棵迎春花的母株，有强大的适应能力，不论土地贫瘠还是肥沃，它都紧紧地把根扎稳扎紧，周围地域几乎全是它的地盘。这个时节，它的养料一部分供应给需要打花苞的枝条，一部分供应给发扬光大迎春花家族使命的枝条。除了开花的枝条外，其他的枝条疯狂地抽条。枝条伸进土里，和土接触的地方，以最快的速度长出根须，成为一株独立的个体，完成生命的再生。它自立门户，从土壤里吸取养分，再长大，再分枝扩叶。它不断复制自己，完成了生命的繁衍。"落地生根"是对这个现象的最好解释。如果枝条落地，触角发现这里是石头，枝条就会再往前长，直到够到土层为止。枝条变成根，又一个新生命诞生。

迎春花的生长方式和榕树何其相似，它们都能独木成林。

有舍才有得，迎春花舍弃了开花的机会，得到了重生，而且不嫌土地贫瘠，开花，生根，再长出一株独立的新的迎春花，这是怎样一种蓬勃向上的生命力啊！迎春花让我浑身充满了力量，让我心存敬畏。

满山的迎春花七零八落，像被贼打劫过。一丛丛迎春花被利器割断，它的主根被盗走，割断的侧枝像一个个孤苦伶仃的孤儿，完全靠自己极强的生命力完成生命的再生。它面临两种选择：要么就这样暴尸荒野死去，要么将布满伤口的根扎向土地，得以重生。我丝毫不担心它会死去，对这样一种有着顽强生命力的植物，不需要对它产生怜悯和同情。只要迎春花的身体有一处能接触土地，它的生命就会继续。人类自以为是的自私，迎春花宽宏大量的大度。在迎春花面前我感到愧疚。

小小岭岗岩，万千大世界。

时间不停地前进，故去的人，过去的时间，都留在了这里。我为什么来到这里？我是在怀念一段岁月，怀念生命里有关联的一些人，想看看他们眼里曾经看见过的，听听他们耳朵里听到过的，感受他们的感受，心痛他们的心痛……

今天，我冒昧地来了，又匆忙地走了。岭岗岩给我的不只是心疼和眼泪，更多的是勇气和力量。我从来没有像今天这样零距离亲近过岭岗岩，岭岗岩和我一起追忆了一段似水的年华。

熊的眼泪

多年前一个秋天的夜晚,爷爷在回家的路上捡到一只小熊,将它抱回了家。

也许人到了一定的岁数,就会对生命产生悲悯,对幼小生命心生疼爱,并将自己的希望寄托在他(它)们身上。

听爷爷讲,祖上从明洪武二年(1369)戍边来到岷山余脉,战时为兵,平时为民,打仗狩猎,也种庄稼,在大山的褶皱里生活了几百年。祖上是职业军人,后代的血脉里有尚武的秉性,生活中传承着打猎的习俗。周边家家户户都种庄稼,家里都有火药枪。山里野兽众多,也许一夜之间,辛苦几个月就要收获的粮食被野猪毁于一旦。几百年来,人与野兽争夺生存权、争夺粮食的斗争就没有停止过。山上的野物被祖上用绳子套住的、用火药枪打死的,不计其数。百十年来家族流传的故事里,并非只有人取野物的性命,也有"千年白万年黑"的千年白狐取走太爷爷性命的故事。我体会不到幼小生命失去妈妈的滋味,但是太爷爷的死,让百十年后出生的我仍然感到不甘心。在物资匮乏的年代,岩羊、獐子、老熊、狐狸、兔子,好像就是为祖上填饱肚子而生的。这些野物的血肉作为产量不高的农作物的补充,养育着我的祖先。

打猎归打猎,每个行当都有自己的规矩。比如:不打怀孕的野物,不打幼小的野物。

爷爷晚年，特别珍爱生命，虽然年轻时打猎是他的最爱。对于爷爷的举动，家里人见惯不惊，因为家里不时会有爷爷捡回来的狗啊猫啊。

昏暗的灯光下，小熊因恐惧而瑟瑟发抖，黑褐色的皮毛，胸部有一圈绶带似的V形白毛，清澈的眼睛里露出胆怯的神情，更增添了它的可爱。我忍不住伸手摸摸小熊的脑袋，它头上的绒毛暖暖的、软软的、厚厚的。除了软和厚，绒毛用自身的柔软抵挡着外力，好像小熊的全身就是绒毛做成的，我竟然摸不到它的头骨。小熊躲闪着，眼睛警惕地看着我的手，好像我手里有刀或者枪，会伤害它一样。

"你是谁？"我瞬间读懂了它眼神的含义。对啊，我们可以用眼神传递信息，用心灵交流。

"你真可爱！"我热情地对它说。

"你也可爱。"它泪眼蒙眬，显得精神不佳，但不失礼貌。

"这是哪里？"它的眼睛露出恐慌的神情。一个幼小的生命在陌生环境中，完全没有安全感。

"我家呀！"看到它如此紧张，我感到好笑。家就是最安全的地方，用得着如此紧张吗？

"爷爷，它是一只小熊？真可爱！""它是一只小熊！你得离它远点！"爷爷警告我。"可是，你为什么把它抱回家来，它的妈妈呢？"我坚持要答案。"唉！"爷爷叹口气，"甲勿沟的几个猎户捕到的那只母熊，可能就是它妈妈。几天前掉到他们的陷阱里了。"

完了，小熊的妈妈死了！它的世界坍塌了！在这个世上，再没有谁保护它，它只有孤独地活着。对于幼小的生命而言，妈妈就是活下去的依靠。妈妈会寻找食物，会遮风避雨，会给予爱。就算平时性格温顺的动物，一旦有了孩子，耳朵也随时高高地竖着，眼睛警惕地环顾着四方，连睡觉都不敢放松，哪怕是一只苍蝇扇动翅膀的声音，都能让妈妈警惕地翻身坐起来。只有在妈妈的庇护下，幼小的生命才能长大。

人和野物都是大山母亲的孩子，大山母亲给予他（它）们一样的爱。于是野物的命运，始终和猎人纠缠在一起。

"隔山打猎，见者有份"的狩猎规矩，让猎人的职业自豪感无限膨胀，也提高了猎人进山的频率。打猎血腥的场面，我无法和眼前这只可爱的小熊联系起来。小熊长大后也可能被这样捕杀吗？我打了一个冷战。作为人类，我无颜面对小熊。我想也许只有悄悄放了它，小熊才会安全。对小熊的怜悯，促使我爬到山坡上四处观望，看看这荒野有没有能让小熊安全过冬的地方。

秋天，是个忙碌的季节。漫山遍野的树叶，像一夜之间突然变红，提醒着人们，冬天快来了，快点收庄稼、果子和蜂蜜。野外的、地里的庄稼早就收进了屋子。地里 "小京黄"或者"中单二号"的玉米秆上，玉米苞被剥了下来，玉米壳凌乱地坚守着空空的房子，像被贼偷过的屋子，杂乱地泛着乳白色的毫无生气的光；平日里柔软水灵、五颜六色的玉米天花，不知什么时候竟然变成了干瘪僵硬的褐色，像枪的红缨一样挂在玉米苞的顶上，显得老态龙钟；玉米秆上仅有的几片枯黄叶子，像战败方的旗帜，耷拉着脑袋，在寒风中窸窸窣窣，冷得瑟瑟发抖。

地里的野草无外乎两种结局：要么和玉米一样，枯黄衰败；要么迎合秋天，将自己的叶子变红，在冬雪降临前，给这个世界留下最后的绚丽。不管是哪种形式，都是满目荒凉和枯败。

冬天快来了。满山墨绿的青冈树叶也像丢失了魂似的，变得轻轻的、黄黄的，随风飘落，给大地铺上一层厚厚的地毯，脚踩在上面发出一连串清脆的断裂声。一夜之间，冬天强势地给群山以及村庄盖上一层厚厚的白色。四周白茫茫一片，除了雪，找不到可以吃的东西。

我想象着小熊在野外可能的生活场景：也许松树上挂有几颗松果，在寒风中摇摇摆摆，偷偷地藏在洞口窥视的松鼠饿了，看见松果子后跃上松树枝，树枝一阵乱颤，震动让松果子脱落掉在地上，正好被靠着树发愁到哪里找食物的小熊捡起放进嘴里；或者山核桃树下，在白雪覆盖的枯枝败叶底下，小熊的爪子拨开盖在上面的雪，找到颗山核桃，山核桃太硬它得使劲地咬，震得小熊舌头发麻，头皮都跟着抖动了好一会儿，山核桃的核桃肉不多，可总比没有吃的好；或者周边岩洞里或者树上的野蜂蜜，因为太高太远没被其他的熊发现，六角形蜂蜡围成的壁室里装着橙黄的蜂蜜，就算是被其他的熊吃剩的蜂蜜，也是上等的美味佳肴；如果在山上找不到食物，熊和狼饥饿难忍，在夜里会不约而同到寨子里寻找食物。他们笨重的身体弄出的声音，被安静的黑夜无限放大。听到响声，主人早有准备，拿起放在床边的猎枪，说不定一枪就会把小熊打死……

不行，小熊太小，无法生存！这个时候把小熊放回山里，对还没有生活技能的它来说，无疑是杀它。

因为小熊是雌性，还因为它脖子上长着圈白色的带子，我喊它"花花"。我们把花花关在一间空屋子里，给花花喂食物，草、核桃、肉。花花饭量大，从不挑食，你喂什么它就吃什么。吃得多排泄得也多，可能是喂它粮食多的原因，花花的大便白色里有些鹅黄，不怎么臭。喂它吃的喝的，给它打扫便便，是我们的日常工作。这个时候，花花总是静静地在一旁看着我们为它所做的一切，它安静、温良并快乐，野兽狂野和暴躁的性格，花花的身上好像没有。在我们的陪伴下，花花的眼睛不再是湿漉漉的，它渐渐忘了妈妈，眼神不再哀怨。奶奶和它说话，用棍子给它挠痒痒，它很是享受。花花能听懂一些我们的语言，它每天最期盼的就是我们放学后和它玩耍。时间一天天过去,花花和我们几姊妹成了好朋友。

我家独门独院,没人知道家里养着花花。日本产的三洋牌十四寸彩电,是个稀罕物,晚上来我家看电视的人会坐满满一屋子。有人来看电视这原本没什么,就怕花花大吼大叫,让人发现。奶奶给花花说:"晚上家里来的人多,你千万别出声,要不把你逮去了,我可管不了。"花花懂事地看着奶奶,退后两步,坐在地上,表示同意。

精彩的电视连续剧《霍元甲》吸引了人们的注意力,激烈的武打声掩盖了花花弄出的轻微响动。只要细心的人稍微注意一下,就会发现最近家里的气味还是与往日不同。花花身上散发出浓浓的野兽的膻味,有牛马身上的气味和羊身上的气味的综合,好像还混有和家禽不一样的野味。这股野味随着空气流动沿着门的缝隙四下飘去,气味是掩盖不住的,我紧张极了,生怕别人闻着气味发现花花,把它逮去。好在人多拥挤,每个人身上有不同的体味,夹杂着白天劳动时流出的汗味,还有从森林里回来,为赶看电视节目来不及换衣服的人,身上带着的浓浓的大森林里特有的树叶的腐朽味,还有抽兰花烟的烟味,在屋子里汇聚成一股复杂的综合气味,掩盖了从花花身上散发出的野兽味道。

于是,家里人多嘈杂时,花花静悄悄地听着,不发出一点声音。只是我们时间长了不去看它,花花不满意了,偶尔会用鼻子发出"噗、噗"的声音,提醒着我:"我寂寞了,来和我玩啊!"我们赶紧去安抚一下,和它说几句话,或者用棍子挠挠它的身体,花花高兴地站起来,来回地走着,手舞足蹈。

别看花花这么小,它的智力和三四岁小孩差不多。它会像人一样站立,用两只脚走路;它会伸出爪子和奶奶握手,拉着奶奶的手左右摇摆。当然,花花只和奶奶握手,因为奶奶天天给它喂食。它会四脚朝天地躺在地上，用四只脚蹬球玩，就像杂技表演蹬缸一样。时间长了，球在花花的脚上稳稳当当地转得飞快。更让我高兴的是，我教花花作揖的动作，它竟然学会了。站起身来，双手互握，弯腰作揖，憨憨的姿势特别可爱。

有时，我也学奶奶拿根棍子，给花花挠痒痒。花花很享受，仰面躺在地上，半眯着眼睛，两只手蜷着，尽量露出长有稀少的浅棕色毛发的肉粉色肚皮。花花最喜欢别人抠它的肚皮，手蜷着放在胸前，头扭向一边，嘴吧唧着，像在说着什么，口水顺着张开的嘴角流下来，把嘴边的毛粘成一缕，一会儿就在嘴边的地上汇聚成一摊。花花脸上露出幸福、安详的表情。

时间过得真快，寒冬似乎不那么冷。这一年的春节虽然晚，但总要来临。我特别不想过春节，不愿春节到来。春节一到，意味着春天来临，春天来临意味着花花将要被送回山里。也许是营养好，花花很快长到半大孩子那么高了。它每天一如既往地高高兴兴地吃着睡着，没有时间的概念，也不知道我和爷爷的约定。随着春天的临近，在花花面前，我越来越沉默了。

我哀求爷爷把花花留下，这次爷爷毫不理会我的哀求，用不容置疑的口吻说："必须将花花放回山里，那里才是它要生活的地方。花花越来越大了，野性难驯，会威胁人的安全的。再说，时间久了，它会忘了捕食。它以后会当妈妈的，你不会想让它饿死吧！""怎么会？花花不会的！"我哭了。爷爷说："你太小，不懂。听爷爷的话，找个机会，我们得把花花放回山里去。"

看到我耷拉着脑袋，饭也吃得少，爷爷沉默了。晚饭后，爷爷把我放在他的膝盖上，在幽暗的灯光下，爷爷端详着我，目光爱怜，欲言又止。爷爷干咳了一声，从腰后摸索着拿出烟袋，点燃一锅兰花烟，深吸了两口:"我的娃,野物终归是野物,喂不家的。人在算计它,它也在算计人。都是为了活着。我们不能喂养花花太久。你喜欢花花,爷爷知道,可是它就是个野物,这无法改变。人有时候太善良啊,是要吃野物的亏的。"

我心目中,人类无所不能。人怎么会吃野物的亏?我不相信爷爷的这话。我疑惑了,以为爷爷哄我。

四十多年后,当我大大再次对我讲起这个故事时,爷爷当年讲的他大大——我的太爷爷和白狐的故事,一百年前的人物好像从水底慢慢浮出,好像迷雾散尽时露出了本来面目,太爷爷和白狐突然从我记忆深处走了出来,故事逐渐从朦胧变得清晰起来。

我家世代居住在马家山的山脚下,太爷爷和白狐的故事和马家山有关。爷爷的大大,我的太爷爷,三十多岁,长年在村寨背后的马家山上打猎、放绳子。几天前放下的绳子,该去看看了。这一看可不得了,绳子套住的是一个年轻貌美的白衣女子,女子的一双媚眼漂亮极了,她匍匐在地上,不知道过了多长时间。太爷爷突然出现,瞬间让女子眼里满是泪水,显得委屈、哀怨。太爷爷从小生活在这里,认识周边的所有人,就是从没见过这女子,连忙问她是哪里人、怎么会在马家山。她说她是山后人,家里还有年幼的孩子等着她,求太爷爷放了她。看到自己放的绳子套住的不是野物而是一个女人,太爷爷也吓坏了。"狗咬一口,白米八斗",这可不是狗咬一口那么简单,也不会是赔八斗米这么便宜。太爷爷这下还真不知道怎么给人家赔不是,赶紧给白衣女子解开绳子的套子,白衣女子的腿上有一道宽宽的紫色的印痕,那是被绳子紧勒留下的。太爷爷放的绳子有个特点,被绳子套住的东西越是挣扎越勒得紧。当套子完全解开,匍匐在地上的白衣女子并没有急着起来,当太爷爷伸手想拉她起来时,白衣女子媚笑着在地上打了一个滚,眨眼变成了一只白色的狐狸。太爷爷一下子惊呆了,明明眼前是一个貌美如花的女子,怎么转眼变成了一只白色的狐狸?突然发生的事让太爷爷惊呆了。白狐踱着步,没停止用它那无比狐媚的眼睛目不转睛地看着太爷爷,像是要把他吸进眼睛里,吃到肚子里。

太爷爷明白了,被绳子套住的是一只千年白狐精。将这只狐狸精捕获,可是猎人梦寐以求的事,是一个猎人最高的荣誉。情急之下,太爷爷环顾四周,没有猎枪,没有刀棒,没有任何武器,只有这根套住过白狐的绳子。白狐已经被套住过一次,绝不可能被套住第二次。再好的猎人,没有打猎的工具辅助,对此也无可奈何。白狐看着太爷爷媚笑了一声,一转身向山里跑去,在山岗上转过身来,再次仔细打量太爷爷许久。

太爷爷感觉在做梦,许多人一辈子没见过的千年白狐被他看见了,又被他放掉了。听说太爷爷套住了千年白狐,寨子里猎人们的情绪激动起来,像瞬间充满气的气球。听到千年白狐被放了,又像在气球上扎了一个眼,瞬间放了气,瘪了。太爷爷又惊又喜,又恨又悔。和千年白狐就这么失之交臂,他不甘心。太爷爷回家就生病,卧床不起,半年后死了。

对此,坊间有两种说法。

一种说法是,能看到一只"千年白万年黑"的狐狸精,是一个猎人毕生的希望。能逮到一只"千年白万年黑"的狐狸,就是最好的猎人。太爷爷看到了白狐,白狐化身为一个白衣女子,迷惑了太爷爷,让太爷爷以为套住了一个良家妇女而心生内疚,放走了它。太爷爷放掉了白狐,让他这个猎人的颜面扫地,他也因此羞愧而死。

另一种说法是,白狐看上太爷爷了。她在看太爷爷时用眼睛把太爷爷的魂魄勾去，没有魂魄的太爷爷活不过半年。白狐不管太爷爷如何不愿意，如何放心不下年幼的七个孩子，以它的狐媚之术改变了太爷爷的阳寿。

身为猎人的太爷爷太善良，眼看着吃了狐狸精的亏。这就是爷爷说的人吃野物的亏。太爷爷早逝，爷爷年幼，为生活，为抚养兄弟姐妹，吃尽了苦头。爷爷对野物是憎恨的，为给太爷爷报仇，也是为了吸取太爷爷的教训，爷爷手里的野物，不管是狐狸精还是兔子精、岩羊还是獐子，都别想跑掉。也许是岁月化解了爷爷心里的仇恨，年老时，特别是有了我和弟弟妹妹后，爷爷冰冷的心好像被我们焐热，他不再那么憎恨野物了，心中的防范和憎恨也在慢慢消减。

我们几姊妹勾起了爷爷对幼小生命的关爱和呵护，他经常捡回猫啊狗啊，特别是捡回小熊花花。

还没等到过春节，花花就出了状况。我至今都没明白，是春天的讯息来得太早，让花花感觉到了，还是花花长大了，体内的荷尔蒙爆发，让它躁动不安？

花花拿下了挂在门上的锁，从楼梯爬到楼上，坐在高高的楼顶边缘上，望着远方，我们怎么劝也劝不下来。

我真不知道花花怎么了，为什么这样。难道是大山喊它回家，它想念大山里的生活？可是我说了过一段时间等过完春节就送它回去的呀！现在看来花花不想在我家生活了，它现在就想回去！

我突然想起，花花不是人类，为什么要用人类的春节来劝说它？它不会受春节的约束。我想再劝，花花站起身来，暴躁地朝我大吼一声，意思是别说了，退后坐在一根钉满钉子的柱子顶上。糟了，花花有危险，它下不来了。

人越聚越多,对着花花指指点点:

"早就知道他们家里有只小熊。"

"怪不得,看电视时听到过熊的叫声。"

"是说,闻到过熊的味道。"

……

花花越来越暴躁,场面几近失控。这时,我大大回来了。作为兽医的他,肯定有办法收拾这混乱的局面。他拿出麻药,把金属注射器绑在一根长长的棍子上,这根棍子负责固定。将注射器的推管绑在另一根长棍子上,这根棍子负责推药。一些人,包括我,在前面负责吸引花花的注意。大大在花花的背后两米多远的地方,像投飞镖似的将棍子使劲一掷,棍子带着注射器的针头,稳稳地扎在花花的屁股上,向前推动绑着推管的另一根棍子,将麻药飞快地注入花花肥厚的屁股里。花花感觉到疼痛,回头一看是大大拿着长长的棍子在打它的屁股,连它最信任的家人都在伤害它,花花发出成年熊低沉而又愤怒的吼声,这声音恼怒、暴躁、难过,好像在给自己壮胆,也好像在恐吓别人。

我听得懂花花的吼叫:"我那么信任你们,你们却这样对待我!你们怎么可以这样对待我!我得尽快离开这里!尽快!!"花花愤怒的眼睛和低沉的咆哮声,表示对人类彻底的失望,包括对我和我的家人。花花低头寻找着下来的路径。

麻药慢慢起作用了,花花的声音越来越小,越来越弱,它身体摇摆着,难以再保持平衡,最后一头栽了下来。花花落下来时,耳朵被挂在一根自制的半尺长的黑色铁钉顶端尖尖的挂钩上。薄薄的耳朵如何承受得起花花如此笨重的身体?在我还没来得及发出惊讶声的时候,花花的耳朵被钉子撕开了一道口子,随着一声沉闷的着地声,花花重重地摔在了地上,一动不动。周围安静极了,围观的人大气都不敢出一口,生怕惊醒沉睡的花花。花花躺在地上昏迷不醒，耳朵上鲜血直流。

很快，花花被几个小伙子装在一根大麻布口袋里，小伙子们费力地将口袋搬到拖拉机的拖斗里，拖拉机朝黢黑的山里驶去……几个月的相处，花花留给我的是地上的一摊黑红的血，关它的黑屋子里的小皮球，和一根给它挠痒痒的棍子，以及驱之不散的浓浓的野兽气味和欢乐的回忆。

三年了，谁也没见过花花。有人说在森林里看见过花花。它当妈妈了，带着它的两个孩子，住在一棵空心的大松树里。松树旁边是一棵五味子树，粗大的藤条，缠绕着松树的枝丫。秋天正是五味子成熟的季节，一颗颗红红的五味子，密密麻麻长在一根褐红的茎上，圆圆的叶子，叶子四周显出淡淡的黄色，表示秋天的来临。五味子挂在枝条上，远看像一串串红辣椒。旁边一树黑紫色的鬼指头，也熟得裂开了口，露出白白的内室和包裹着厚厚一层果浆的黑色果实。

秋天，到处都是成熟的味道，松树发出特有的香味，不知名的鸟儿在树上叫着，声音长短不一，像是在悠闲地对着话。太阳光透过层层树叶，斑斑驳驳的圆形光束照在黑黑的厚厚的腐殖土上，微风下，树叶来回摆动，地上灰色的斑也跟着来回摆动。

花花的周边放着一堆五味子，它懒懒地晒着太阳，对孩子们说："吃吧，吃吧，五味子可甜着呢！"突然，花花的耳朵竖了起来，它听见了半公里以外的人的脚步声。用鼻子再次核对，果然有人的腥味夹杂着汗味、硫黄味、铁锈味，还有猎狗的气味随风飘来。

"孩子们，小心，猎人猎狗来了，猎人有枪，千万别出声！"花花紧张地说。

秋冬季节，正是打猎的时节。随着猎狗由远而近的"汪汪"声，守在交口的人知道，猎狗发现了目标。花花也知道，一场关乎它们娘仨生死存亡的战斗开始了。花花带着两个孩子，转身朝山上跑去。"来了，来了，熊走山梁，猪走湾。"长期打猎的人总结了一套对付熊的方法。山上的人赶紧找块隐蔽的地方，屏住呼吸，等花花靠近。花花奔跑的速度非常快，奥运冠军都跑不过它，眨眼工夫就跑到了猎人的眼前。

看着四下无人，花花娘仨停了下来。两只小熊跑得直喘气。花花坐在地上，将两只小熊抱在怀里。

"妈妈，人类为什么要打死我们？我们又没招惹他们。"

"孩子，人类贪得无厌，他们要我们的掌做美味佳肴，要我们的胆卖高价做药。离他们远点。"

"可是，你说过，你和人类生活过，他们很好的。"两只小熊睁着黑黑的大眼睛，不解地望着妈妈。

"孩子，那只是少数人。我们熊从不主动伤人，除非我们身处险境。看见人类，要尽快跑掉，或者爬上树，或者蹚过河。记住，要远离人类！"花花再次警告孩子。

藏在暗处的猎人悄悄地举起了枪，从背后瞄准了花花。

危险！花花闻到了空气里热气腾腾的男人的浓浓汗味，硫黄味从身后越来越浓地弥漫过来，花花的第六感觉察到悄悄举枪的动作，同时听到了不远处的猎狗因为剧烈运动，腹腔猛烈一张一缩的呼吸声。

花花猛地将两只小熊推到一边。伴随着巨大的声响，一股红光从自制火枪的枪管射出，火光拥着铁砂子朝花花的方向飞驰而来，铁砂子像一根根铁钉穿过花花的皮毛，钻入花花的身体，花花的血从铁砂子穿过的皮毛里沁出来，顷刻汇聚成一股血流，花花倒在血泊中。猎人从隐蔽的地方出来，看到这两只还没长出硬毛发的毛茸茸的小熊，满是欢喜。

"这两只小熊好，这么厚的绒毛，肯定柔软热和。我要用这两张皮子做两床褥子，给我两个儿子用。用刺刀吧，免得皮子中央被打成一个个小洞,就不好了。"

两只小熊在猎人的眼里就是两张超级柔软保暖的褥子。这两张褥子没跑,它们吓呆了,眼睛里满是泪水。它们不愿离开妈妈。

"妈妈,你醒醒,妈妈,你不要死,你死了我们怎么办?"

小熊听说猎人不打幼小的动物,他们要的是成年熊的熊胆和熊掌。突然后颈上一股寒气袭来,小熊回头一看,是一把明晃晃的刺刀。它俩吓呆了。

"我们后退吧,妈妈说,后退表示我们不会攻击他,他就不会杀我们了。"两只小熊朝后退了一步,它们对望一眼,静静地等着猎人离开。

但是,刺刀跟着小熊前进了一步。

小熊互相看了看,是不是把意思表达得更明确点?再后退一步,这下猎人应该明白我们的意思了吧,我们不会伤害他,我们的意思是讲和。

身后是几十米高的笔直崖壁,小熊已经快退到了悬崖边上。

小熊想错了,面前的刺刀不但没有丝毫的犹豫,反而果断地再次跟进。还有一步,小熊再无退路。

看样子猎人不会放过我们,求求他,他也有孩子,会可怜我们,兴许会放过我们。小熊想做最后的努力:"这样,我们和解,我们不伤害你,你也别伤害我们,如何?"小熊哀求道。

"不,冬天来了,你们可不知道我儿子夜里有多冷。谁让你俩长这么好的一身皮毛?我要做一对褥子,那可比铺一床毡热和多了。我好不容易找到这好的一对褥子,我不会放过的。"猎人毫不为小熊的哀求所动。

一道寒光刺向小熊,小熊再后退一步。

"你看,你打伤了我们的妈妈,我们不追究,你放过我们,如何？"

"不不不，你们的妈妈今天遇到我，一定得死。你们俩呢，主要是这一身的皮毛太好，你们也得死。"

又一刀刺来，小熊本能地一退，一脚踩在悬崖边上。小熊摇摇欲坠，脚下是几十米的深沟，掉下去会粉身碎骨。小熊的身体失去重心，双手在空中乱抓，它真希望此时能抓住什么东西，哪怕是一根草，也会让它失重的身体立马保持平衡。猎人也愣住了，小熊可不能掉下悬崖，那可是他看上的上好褥子。

刺刀在小熊的头顶上发出寒光，这可是小熊唯一可以抓住的东西。求生的本能，小熊一把抓住了刺刀。瞬间，血的腥味和刺刀的铁锈味，生成刺鼻的气味，从小熊的手里弥散开来。一小股血沿着刺刀的尖部缓慢流下，小熊惊恐地看着自己的血流到刺刀的中部，慢慢地停了下来。

小熊哀求着："救救我！求你！"

不愿小熊带着一身好皮囊掉下悬崖，猎人把小熊拉了上来。惊魂未定的小熊以为猎人救了它，就是发善心不杀它。

"谢谢你！你真是个好人！"小熊以为安全了，放松了警惕。

看到不再防备自己而躲避的小熊，猎人的刺刀再次刺向小熊的颈子。猎人说："这个位置好，浑身都是完整的，不妨碍褥子的使用。"

小熊至死都没明白，既然猎人要杀它，为什么还要救它？小熊睁着圆圆的眼睛，盯着猎人，眼角流下一行泪水。猎人转过身，用刺刀对着另一只吓得呆呆的小熊。小熊惊恐的长长的哀叫，在山谷里久久地回荡。

鲜血染红了刺刀，染红了整个森林！

"好褥子！"猎人擦拭着刺刀上的血，心满意足地欣赏着战果。

猎人感到头皮发麻，第六感让他觉得身后有异常。他停下擦拭刺刀,慢慢地转过身去,看到两瓣耳朵的母熊,一身血渍,两行泪水,站在他的背后。

"你是花花?!"猎人惊叫道。

不用再说什么,叫什么名字都不重要了。重要的是花花的两个孩子被眼前这个人杀死了,就在花花的眼前。痛失爱子的花花,丧失了理智的花花,杀戮勾起野性的花花,扬起它厚厚的熊掌,"啪",猎人的眼前顿时一片漆黑,眼睛和脸上火辣辣地疼,背上的皮肤被扯裂,大腿的骨头发出被撕咬的声音……再然后,猎人的意识随着微风,轻轻地飘向远方……

结束了,世界真是死一般的寂静了。

半年后,猎人终于出医院了。据说他的右眼珠被熊一掌挖了出来,右眼成了一个黑洞。鼻梁断了,鼻子塌在脸上,嘴角被扯向耳朵边,吃饭时食物会漏下来,说话时口水会流下来。肋骨断了四根,大腿上的骨头被啃掉了一块,腿短了半截。背上的肉被撕裂成几块,缝合后长得像爬满背的一条条蚯蚓。人们都说他命大,要不,死了几次了。猎人心里明白,如果不是花花被驯养过,如果不是花花被打伤,如果不是花花在怎样处置他时心存犹豫,他怎么会有命在?

几十年来,猎人常常在半夜惊醒,梦见花花流着眼泪,和它的两个孩子站在他面前,求他放过它们……

猎人从此不再打猎。

《广州文艺》2021年第11期刊发(节选)

来去秋燕

1

四月，九寨沟的春天来了。

九寨沟离赤道太远，东南季风收敛起它的强劲，只是温柔地吹开了满山的桃花，吹绿了河边的柳树。

一天下午，眼前几团黑影迎面冲来，速度之快，竟然看不清是何物。我惊恐地退后一步进屋，原来是四只燕子在我家门口和楼梯狭小的空间盘旋。楼梯口打开的窗子是它们飞入的路径，叽叽喳喳，感觉它们有秩序有章法地说着什么重要的事。每只鸟的语速快慢各异，表达出来的情绪也不尽相同。此时鸟语听不听得懂无关紧要，我能感受到它们的情绪，能感受到它们在商量一件重要的事。其中的一只燕子在据理力争、舌战群儒。短暂的沉默，是思考时间，我不知道它们的争论有没有结果，我得上班去了。

小区单元楼顶楼的层高给了它们盘旋的空间，只是它们不能像往日在天地间那样像箭一样笔直飞翔。我突然出现没有让它们害怕，只是飞的高度略有提升。翅膀猛地扇动空气，甚至我能感觉到飞过我头顶时它们锋利爪子掠过的一股冷风。它们的爪子不会抓我的脸吧？我下意识地将手放在额头护住脸。它们在我的头上方没有停留的意思,只是在狭小的空间上方打着圈地盘旋。原来燕子在给我让路。小小生灵竟然懂得礼让,真是让我倍感意外。

门口左边墙壁离地两米多的墙上,有一个拳头大小的洞口,里面应该是一匹空心砖的空间。这个洞原本是留着藏匿电话线、网线或者电视线的,可是由于工人们的疏忽,没有安装洞盖。洞像一个没有门牙的老人,露出黑黑的内堂。洞虽不大,在雪白的墙壁上终究还是显得另类。

我在楼梯转弯处悄悄地抬头望去,燕子们继续盘旋着,没有让它们停止飞翔的地方,比如树枝,或者电线。一只燕子停在楼梯扶手上,它的爪子握不住宽宽的木质扶手,只有不停地变换着站立的两只脚。一只燕子头朝外尾巴朝洞里站在洞口,居高临下不停地对着另外三只说着什么,语速极快,感觉它的情绪很激动。另外两只在洞口处上下飞着,在窥视洞里?我还是不明白它们的意思,这是要干什么?由它们闹去吧!

二十天后,五月上旬的一天,下班回家刚走到楼梯转弯处,我就发现了异常。墙上的洞口被还饱含水分的一小块一小块的黄灰色泥巴围成一个半包围状的燕子窝,像白白的墙上打了一块黄灰色的补丁,泥巴的纹路像极了毛衣的反针,燕子窝又像老式中山装上衣挂着的口袋。这个燕子窝在光滑的墙上能挂住,它的存在多么不可思议。

我的心狂跳起来,天,燕子竟然在我家门口的墙上垒窝了!我突然感激起燕子对我的信任。因为,它回家的必经之路是楼梯转弯处的两扇不大的窗子。这个随时能开关的窗子,我必须保证开着,这是燕子回家的绿色通道,唯一的通道。

从此,全家人回家上楼的第一件事,就是抬头看看这扇窗子是不是开着。为此,我们全家深感压力。一年四季,出门向左看,回家向右看,成了我们一家人的习惯。

2

"小燕子,穿花衣,年年春天来这里。"我家老屋的屋檐下,年年都有燕子来。有时燕子会把窝垒高或者加固,但是位置没有变过。窝垒得比较粗糙,干燥了的灰色泥巴裹着一小截麦秆或者树枝的细枝条,像水泥加上钢筋,增加上下左右拉扯的硬度和柔韧度。窝下端露出的长长麦秆和细枝条,一截在燕子窝里,一截还留在空中,一阵风吹来,麦秆或枝条在风中一荡一荡。

这几年环境好了,燕子特别多。我家老屋门口的电线上,经常站着几十只燕子,穿着能登大雅之堂的燕尾服,拖着剪刀似的尾巴,三三两两,或者头头相交,像是情侣说着不想让别人听见的悄悄话;或者累极了,两三只并排站着,缩着脖子不动也不说话;或者尾部相对,头朝着两个方向,像一对生气的小冤家。一根电线上或三两只,或七八只。四五根平行的电线就像五线谱,它们随意摆的造型就是一首歌,一首生命之歌,春之歌。抬头仰望高高的电线,和电线上黑黑的小点,分明就是五线谱四分音符或者两个八分音符的组合。

父亲说:"燕子不到愁人家。"燕子来垒窝的都是和睦幸福、家人身体健康的家庭。可是,家人身体是否健康,燕子怎会知道?难道燕子有特异功能?其实,燕子最看重的是安全,燕子能看出主人的善良和包容。

燕子能预报天气可是不争的事实。万里碧空也好,烈日当空也好,只要燕子在低空中飞行逮虫,过不了几个时辰,乌云会覆盖整个天空,大雨会不期而遇。这是我长期观察的经验。

3

燕子在我家门口安家落户了，在这样一个几乎不可能的地方，燕子选择和我当邻居，我受宠若惊。它和我只隔着一层薄薄的水泥和一层墙纸。家里轻微的声音，它都会听见。每天出门抬头看一眼燕子窝，成了家人不自觉的习惯。我们努力保持良好的环境，让燕子生活得愉快。就连平日里高声说话的习惯，都在家人的提醒下有了改变，音调低了许多。控制好情绪，让家里有爱就是对燕子最好的欢迎。就像家里有个熟睡的婴儿，一切都要悄悄地进行，免得打扰宝宝的睡眠。有时邻居家亲戚孩子咚咚的敲门声，我都怕惊扰燕子，开门说小声点，或者拿出电话指了指门说：给你爷爷奶奶打电话吧！

这时候的燕子新婚宴尔，它们正在度蜜月。环境谈不上浪漫，保持安静就是对它们的尊重。它们正在孕育着下一代。随后两只燕子不再如影随形，燕子孑然一身，每日忙忙碌碌地往返于它们的窝巢与外界之间。匆忙的声影，小小的优美弧形，调整好姿势和方向，燕子飞出窗口，消失在天地间。每天中午我在厨房忙着煮饭，眼角总会看见一道黑色的圆弧，我知道这是燕子回家了。像飞机降落前的盘旋，燕子平稳地绕过窗口，速度越来越慢，然后调整身体的角度，笔直地飞进小小的窗口。这是燕子逮了虫回家，它们该吃午饭了。

过道的窗子，那可是燕子回家的唯一通道，我们最大的焦虑是怕有人关上。儿子在过道上左看右看，然后找来锤子和钉子，在两扇窗子闭合处钉上长长的钉子。这样，窗子不能移动了，给燕子留下宽敞的回家路，儿子解决了我们的担忧。从此燕子回家的路畅通无阻。

一天，燕子窝的下方地上，有两个琥珀色带黑色斑点的空蛋壳，比鹌鹑蛋还稍小一些。原来燕子孵出了两只小燕子。燕子爸爸妈妈轮流出去逮虫子，小燕子伸长脖子，张开与身体明显不成比例的大口，在窝里"叽喳"叫唤着："饿了、饿了……"仿佛小燕子随时都在饿着，没有饱腹的时候。怕它们在下雨天无法捕虫，先生特意在窗口放上一些小米，以备燕子不时之需。放置了多日，没看见燕子吃，于是我们认为燕子是肉食动物，不吃小米只吃虫子。是的，燕子只吃虫子，而且只吃能飞的活着的虫子。

4

在亲戚家筑窝的燕子可谓儿女满堂，一窝就孵出了四只小燕子。四张嗷嗷待哺的口随时大大地张着，发出稚嫩的叫声。燕子爸爸妈妈你来我往，不停地飞出去觅食。燕子爸爸连日辛苦觅食，好像还是不够喂养四只小燕子。当天空将要被一块黑布严严实实地盖住时，各种鸟儿、虫子都回家了。燕子爸妈感叹一天终于过去，四只小燕子吃饱喝足终于安稳地睡了。天色已晚，精疲力竭的燕子爸爸这时无法再出去寻找食物。只顾喂养小燕子的燕子爸爸，感到饥饿难忍。一整天了，逮着的虫子全给了四个孩子，自己没顾得上吃东西。熟睡的小燕子们不知懂不懂父爱如山。黑夜来临，除了人类，万物都歇息了。休息吧，早起的鸟儿有虫吃，明天还要早起给孩子们捉虫子去呢。过度的疲劳使燕子爸爸耷拉下灰色的眼帘昏昏欲睡，不久它的眼睛又睁开了，没有食物消化，胃酸在胃里倒腾着，就像一部机器在空转着，发出刺耳的摩擦声。胃部的饥饿感像一拨拨的海浪，刚压下去一拨，另一拨又冲了上来，饥饿感来得如此强烈，喉咙里像伸出无数双手，扯着食道和口腔，燕子爸爸感到一阵眩晕。它甚至明显地感到浑身发软，没有食物的补给，体力在下降，怕无力支撑明天长时间剧烈的劳动。燕子爸爸将头缩进颈子，灰色的眼帘颤抖着。算了，没法再坚持，非得找点东西吃不可！不论什么吃的，只要可以饱腹就行。燕子爸爸睁开疲惫的眼睛，鼓足一口气飞出窝，落在院子的苹果树枝上，四处张望。天色已晚，哪里还有可以饱腹的东西？墙角的一小堆白白的大米吸引了燕子爸爸的眼睛。

这几天老鼠活动猖狂，亲戚家的东西被糟蹋得一塌糊涂。亲戚将老鼠药拌在大米里，放在墙角，准备消灭它。

燕子爸爸吃着平日里从不曾吃过的大米，它没法比较今日的大米与往日的味道有何不同。它甚至认为大米本来就是这个味。只是这个味确实难以下咽。燕子爸爸不明白，这么难吃的东西人类为什么还天天吃？还是虫子美味多了。

明天吧，明天，一定再努力点，争取多逮一些虫子。自己还是要吃饱了才有力气养育小燕子。

5

这几天我家门口燕窝下方的地上，燕子的粪便突然比往日多了许多，是还不会飞的小燕子的排泄物。燕子是爱干净的小生灵，从来不在窝里随便大小便。邻居大叔在地上放上一个小纸盒，放上卫生纸，将燕子的粪便接到盒子里。楼梯的扶手上站着一只燕子，睁着大眼睛看着我，好奇、新鲜、友好，看见我走近它，没有躲避的意思，只是一跳一跳地调整着身子，转过长长的泛着墨绿色光泽的剪刀尾，将头朝向我，看着我，眼神里满是好奇。另一只燕子站在燕窝边上，我需要仰视它。看见它肉色的大长腿和五只紧紧抓住窝边的爪子，还有琥珀色的腹部，以及有虎斑样的棕色条纹。它居高临下，看着远方，像个将军，气定神闲。

可爱的小精灵，它们俘虏了我们的心。在我们的生活中，它们已经必不可少，它们像家里的婴儿一样，一举一动牵动着我们的心。

周六早晨，本想睡个懒觉，生物钟还是准时让我醒来。那去河边走走。邻居阿姨正在门外，看着一只站在楼梯转弯处的燕子。它的头抬得高高的，显出惊慌的表情，没有了往日的气定神闲。我一看着急了，小燕子怎么在这里？还有一只呢？阿姨说，在四楼的窗子上呢！四楼窗子是封闭的，无法打开，听到有人的脚步声传来，对人类敏感又胆怯的小燕子扑腾着翅膀，想飞走躲开人，这个刚学习飞翔的小东西怎么也想不通，昨天都会飞的，怎么今天碰得头晕，飞不起来呢？

我好奇这只小燕子怎么到和我差不多高的窗子上去的。难道小燕子会飞了？是的，是它自己憋足了一口气飞上来的。那就是说它必须一口气飞上一米多高的窗台。可是，它没有辨别好起飞的位置。如果是飞上五楼的窗台，这时它正在天空翱翔。可是，它不识路，偏偏跑到四楼封闭的窗台上，头撞得玻璃嘭嘭作响。

我安慰着小燕子："乖，别怕！别怕！"想用手去逮住它，将它放回窝里去。小燕子惊恐地回过头来看我，还没摸着小燕子，我的手就发麻。小燕子像一个未满月的婴儿，肉肉的东西，总会让人心生恐惧。还有它毛茸茸的身体，我更不敢触摸。几次伸向小燕子的手都缩了回来，小燕子惊慌地朝玻璃又撞了去。我怕小燕子的头在玻璃上撞坏，急得不知怎么办好。我在楼梯上跑上跑下想不出主意，急得直搓手。随手拿几张打印纸，我想用纸隔着手将小燕子逮回到窝里。

可是，这一切都是徒劳。几次试验失败，我骂自己，打印纸怎么能抓起小燕子呢？

小燕子的扑腾声、撞击声告诉我，没有时间了，必须尽快将小燕子逮下来，没有其他的办法了，只有用手来！我将头歪向一边，闭上眼睛，将手慢慢地伸向小燕子……知道这里飞不出去，小燕子倒是像视死如归，静静地站着，没有躲避，也不看我。光滑细腻的毛，温热的躯体，略为坚硬的毛根长在轻轻、软软的身体上，我摸到小燕子的身体了，我的指尖一阵发酥。手不敢用力，手心里这么小的生命，感觉却是重若千斤。我轻轻地捧着，像捧着一个稀世珍宝。手努力保持着不动的姿势，我小心地走上楼梯，来到燕子窝下，将手高高举起，想离燕子窝近点，想让燕子自己飞回窝里。小燕子站在我的手上就是不往窝里飞。对啊，它已经会飞了，怎么会守在窝里？它不想回家，那它想干什么？我想到它隔着玻璃往外飞的情景，难道它想飞？我试着将捧着小燕子的手伸向窗口，还没等我看清楚，手心感觉小燕子轻轻一踩，噗的一声，小燕子从我的手心飞了出去，转眼就消失在茂盛的梧桐树叶后不见踪影。这个速度，没留给我反应的时间。我惊呆了，小燕子留在我手上的温度、重量和感觉犹在，我还没有任何思想准备，小燕子已经在空中翱翔。

　　我见证了小燕子一生中最重要的时刻，我参与了小燕子的慢慢长大，我对小燕子的飞翔助了一臂之力。我倍感自豪。我的大脑处于复杂的感情中，我呆住了，举着空空的手，许久没有放下来。

　　窗子下面墙角的另一只小燕子跳过来向我求救。这只燕子的方位感比第一只强多了，至少它知道窗口在五楼。但是它的飞翔能力有限，还飞不上这一米多高的墙壁。于是，它就守在五楼的窗口下。我为燕子的智慧高兴，毕竟智勇双全的燕子才是最好的。小燕子走到我的面前，高高地抬起头看着我。圆圆的脑袋慢慢地摇晃着，像是在点头，它在同意什么吗？同意我将它也放在窗台上吗？黑色的眼睛，明亮中透出单纯，像一片黑色无杂质的净土。它眨巴着眼睛，祈求的表情，像极了婴儿渴望吃奶时对母亲的示好。看着这犹如清泉般的眼神，我的心都要融化了。如神助一般，母爱瞬间充满内心，小燕子更像是我的孩子，此刻它需要我的帮助。我已经没有触摸第一只小燕子时的恐惧，轻轻地捧起小燕子放到窗口。小燕子的爪子在我手掌心轻轻地用力，像是在一池水中丢入微小的一块石子，没等涟漪散开，小燕子翅膀一展，融入广阔的空中，没了踪影。

泛滥的爱心瞬间没有了寄托，唯有靠做了一件帮助小燕子飞翔的事的满满的成就感来填补此刻内心的虚无。肌肉记忆让我的手还保持着高举的姿势。我呆呆地看着摸过小燕子身体的手，小燕子温软略有硬度的身体，光滑的羽毛，让我的指尖产生麻麻的记忆，突然而至的幸福和幸福突然的离去，让我有一种恍惚如做梦般的感觉。

6

耷拉着脑袋，扑腾着凌乱、失去光泽的翅膀，往日墨绿色带金属光泽的羽毛暗淡无光。颈部一圈像围脖一样金色的羽毛被无力的脑袋压成一条金黄色的线条，健壮的腿已经无力支撑起沉重的身躯，就连散开的变成灰白色的翅膀也无力收拢。灰色的眼帘挡住了大半个无神的眼睛，就像一张灰色的幕布想挡住这不堪的一幕。橘黄的喙无力地靠在灰色的毫无感情的水泥地上，坚硬的喙对着坚硬的冰冷的地面，燕子爸爸得不到一丝来自外界的安慰。

毫无体面可言。它万般留恋地看了一眼屋檐下的窝，那里有它的爱情和希望。它已经没有一丝力气，它回不到家了，那个它辛苦垒起的有爱有孩子的家，那个依靠它才能存在的家。像有一万把刀子在体内倒腾着，它抵挡不住这种痛苦，它感到自己的身体就要四分五裂，肝肠寸断了。没有明天了，看不到明天的太阳了，现在的时间它都挺不过去。

它伸出灰白色的爪子，想借助地面的力量站起来，想要地面给它一丝勇气，可是地面给不了，它也得不到。最终，燕子爸爸的身体匍匐在地上，脑袋无力地耷拉下去，它用尽力气发出的几声悲鸣，像是在警告，像是在告别，声音里的不舍，让燕子妈妈肝肠寸断。

我的爱人，往后靠你承担养育孩子的重任了。

世上最残忍的事莫过于眼睁睁地看着亲人在自己面前垂死挣扎，而自己无能为力。目睹这些，燕子妈妈的自信心瞬间就如黄河决堤般地崩塌。我怎么这么没用？我怎么这么大意？燕子妈妈自责地用翅膀拍打着自己的脸。小燕子出生后，它们就是我的整个世界，我的注意力全在那里，都没注意燕子爸爸这么多天没怎么吃东西。燕子妈妈看着燕子爸爸在地上挣扎。天哪！如果燕子爸爸有什么不测，我和孩子可怎么活啊！

燕子爸爸慢慢地一动不动了，守在小燕子身边的燕子妈妈的世界坍塌了，陷入了一片黑暗之中。

7

无法想象，燕子妈妈一人面对四只小燕子嗷嗷待哺时的情景。没有时间难过，也没有时间回忆和燕子爸爸在一起时的甜蜜。燕子妈妈机械地在空中逮虫，给四只小燕子喂食。燕子妈妈没有片刻喘息的时间，更谈不上休息。几天后，身心疲惫的燕子妈妈感到身体像灌满了铅，飞不起来，它也累坏了。感觉自己就要累死了，它无力一人抚养四个孩子。

不谙世事的四只小燕子什么都不知道，只是在肚子饿的时候，一起伸长脖子张大嘴巴，守在窝边大声叫着，等着美味的虫子被妈妈放在嘴里，囫囵地吞下，然后美美地睡一觉。

燕子妈妈的暗恋者不忍心看着它如此地拼命。出于爱恋，出于同情。许多事情总是这么让人不可捉摸，已经灰心丧气的公燕子没想到此生竟然还会有机会向暗恋者示爱，和爱人一起生活。只要能和燕子妈妈一起，让它做什么都行。公燕子陪着燕子妈妈逮虫，帮助燕子妈妈喂养四只小燕子。在这种境况下，燕子妈妈没有选择的余地，谁能帮助它养育小燕子，它就会委身于谁。不会顾及习俗，没有考虑自我。没有选择，燕子们世俗的从一而终将会被残酷的现实生活打败，被小燕子大大张开的口吞没。燕子妈妈明白，将它们的孩子养育大，这是燕子爸爸的遗愿，燕子爸爸不会因为家里来了一只公燕子而怪罪于它。生活是残酷的，现实的，只能如此，别无他法。

燕子的习俗是"一女不嫁二夫"。新寡的燕子妈妈身边有了一只公燕子，别的燕子以异样的眼光看它们，燕子妈妈低头不予理会，公燕子和燕子妈妈轮流出去逮虫子喂养四只小燕子。将孩子们养大才是最重要的事，其他的流言蜚语和异样的眼光都不重要，燕子妈妈为了养育孩子能承受这些。多了一个劳动力，燕子妈妈轻松多了。外人看来这个家有爸也有妈，貌似完整幸福。

然而，一场阴谋正在酝酿。

几天后，当燕子妈妈嘴里衔着虫急匆匆地飞回来喂小燕子时，燕子窝里空无一燕。不可能，小燕子们那么小，羽毛还没长好，它们没有能力也不会离开燕子窝独自跑出去的，难道……燕子妈妈发出痛苦的叫声，口里的虫子掉到了地上。燕子妈妈不断的凄凉的叫声，是一个母亲失去爱子的心痛，是对命运的抗议，听着让人心酸。接二连三的打击，燕子妈妈好像发了疯似的，在窝边盘旋着，叫着，眼睛发红，声音嘶哑。

原来是公燕子趁燕子妈妈出去逮虫，将小燕子衔出去，不知道丢弃在了哪里。来回四趟后，燕子窝里空荡荡的，一切都安静了下来。羽毛还没有丰满的小燕子,一切都需要妈妈的照顾,它们既不会飞,也不会觅食,更没有燕子窝遮风避雨,只有死路一条,成为天敌的美食。亲戚亲眼看见眼前发生的这一切,他无能为力,不能改变什么。动物世界同样存在阴谋和欺诈,同样有同床异梦。他看见了燕子爸爸的大爱如山,看见了燕子妈妈的忍辱负重,也看见了公燕子的虚情假意。动物和人类有着一样的世态炎凉和人情冷暖。动物比人类更直接,更残忍,更无情。

为保证种族的纯洁,为争夺地盘,动物会毫不心软地斩杀血脉之外的同类。动物界对地盘、交配权、自己的基因十分重视。为争夺权力,它们可以付出生命。公燕子要的是自己基因的传承,它要燕子妈妈为它生儿育女。公燕子在打着自己的算盘,它要和燕子妈妈孵一窝它们俩的小燕子,赶在立秋前后带上小燕子去南方越冬。这样,公燕子的这一脉就会传承下去。基因的传承至关重要。如果等到这四只小燕子长大,公燕子可能永远没有拥有自己的孩子的机会。谁知道去南方的路上会发生什么情况。公燕子不能再等,再等时间就来不及了。

也许时间真的是治疗伤痛最好的药。随着时间的推移,悲伤总会过去。痛失丈夫和孩子的燕子妈妈,无力和命运抗争,逝者已去,生活还得继续,也许听天由命是唯一的办法,没有选择的选择,总得活下去啊。它已经和公燕子在一起了,难道还要再一次背负不贞的名声?燕子妈妈再也背不起了。

动物繁殖后代是首要任务。时不我待,必须只争朝夕。不久燕子妈妈又产下了两枚蛋,它们必须赶在立秋前将这两只小燕子孵出来,并教会它们飞翔。公燕子勤勤恳恳地孵小燕子,俨然是一个模范丈夫。此刻的温情覆盖了当初的残暴,亲情胜于生命。家庭幸福,儿女双全。公燕子以一个胜利者的目光看着眼前的一切,当初的残暴好像不是它的所为。原谅我吧，并非我无情，这是生存法则。

作为有思想有感情有道德有约束的人类，亲戚痛心疾首，陷入深深的自责中。一次消灭老鼠的行为，无意中竟然葬送了五只燕子的性命和原本一个幸福的家。罪过，罪过……

8

四季轮回，春秋更替，日头东升西落，不以人的意志为转移。人类的大脑木讷，只有身上的旧伤才对节气交替产生疼痛。动物们可不一样，特别是燕子，特别是立春和立秋这两个节气，是它们行动的指向标，是生命到达的最高点。遗传基因在每个燕子的大脑里篆刻有一幅南来北往的地图，有指南针，有定位系统。燕子在千里之外的两个家之间自由飞翔，回家的路径准确无误，不差分毫。它们春天从南方不远万里飞回来，生儿育女，立秋前举家飞往南方越冬。这是它们生命必经的程序，DNA 中携带的基因，任何人不得随意更改。燕子的这种生活方式注定了一生的辛劳。

立春时即起身飞往北方，谷雨时到达目的地，差不多要两个半月的时间。我不知道燕子飞了多远，但是从立春到谷雨七八十天的长途飞翔，除了筋疲力尽，它们还有更多的经历：狂风暴雨、电闪雷鸣、空中阻碍、人类的捕杀、饥饿、病痛……随时有可能让它们丧命。

燕子不会说话，但是我知道它们的旅途满是故事。

唯一不变的是燕子成双成对全时辰的陪伴和它们永恒不变的爱情。它们用不到一百天的时间选择良地垒窝、生儿育女，养大孩子并教会它们飞翔，然后又在立秋前举家飞往南方。它们的一生注定是如此忙碌，如此辛劳。

我不知道那天举起小燕子让它们学会飞翔竟然意味着分离。我甚至担心两只小燕子能不能找到回家的路。我幼稚地认为，它们只是学习飞翔，离开还有时日。小燕子能飞翔的那天，我看见燕子爸爸妈妈站在燕子窝前梧桐树最高的枝条上看着南方，神态肃穆，眼神决绝、坚定，好像宿命在那里等着它们，而它们有为完成这种宿命哪怕牺牲自己生命的誓死决心。似在因不知南方除了温暖，还会有什么在等着它们而迷茫。它们的眼睛半闭，眼神是那样坚定，不可更改。这是平日里没有的情形，平日里它们忙着逮虫，没有时间和闲情逸致荡着秋千看风景。今天，它们的孩子能自己飞翔，不需要它们逮虫来喂养了，是高兴？是失落？还是无所事事的无聊？就像儿女们成家立业，而家即将成为空巢时的矛盾心理。它们是小燕子人生的教练，在等待学习飞翔的小燕子回家，教它们认识回家的路，教它们生存的本领。训练是为了在未来不可知的环境中生存。它们看着南方，南方的温暖吸引着它们，燕子和我一样喜欢温暖不喜欢寒冷。它们眼神冷漠、孤傲，树顶细细的枝条不堪重负似的在燕子的脚下摇晃着，燕子随着摇晃的节奏，一上一下地荡着，竟然神情漠然，全身纹丝不动，这需要功力，难怪燕子能高飞，它们有如此好的轻功。它们是在天地间感知季节的变换，夏天从太阳的高度和热度推测仅剩的时日，在三伏天的热气里试探秋天的冷气，丈量着冷气到达的距离，计算着它们离开此地的时间。

　　如此匆忙地离开，让我们没有一点思想准备。没有告别就离开，对我们的感情是一种伤害。看着墙壁上空空的燕子窝，我的心里五味杂陈。我像一个初为人母的母亲，对幼小孩子未来的不可预知充满恐惧，它们有能力让稚嫩的翅膀飞这么远的路程吗？明年春天它们能找到回家的路吗？我更像一个空巢老人，孩子长大离家后的失落感如此强烈，我如此颓废。

燕子窝巢下方不会再有燕子的粪便了，在我们确定燕子飞去南方后，接粪便的纸盒没有了用途。门外没有叽叽的叫声，一切又恢复原来的安静。每天上下班回家时，面对燕子窝，我们留恋与关爱的眼光从未改变，是空巢父母对离家孩子的无比眷恋。

　　盼望着明年春暖花开，燕子一家又出现在我的眼前。

淡蓝色的人间烟火

立冬,特别是小雪前后,天和地是在淡蓝色童话睡梦里醒来的。这时的天是透明的、空旷的,特别干净的淡蓝。黛青色的山融进蓝色里,只有平面,看不见沟壑,从山和天际线的地方看得出山的剪影,是象形的"山"字被融进深蓝色的颜料里。房子在淡蓝色里参差起伏着,只有轮廓,房顶上冒出一股股蓝灰色的烟雾,在一片寂静的淡蓝色中飘飘袅袅,像是清水里滴进了一滴蓝墨水,慢慢地荡漾开来。路径清晰可见,纹路弯弯曲曲。蓝灰色的烟雾和周围的淡蓝色融合,还得需要一点时间。

太阳冒出山梁前,村寨里家家户户房顶上的瓦沟缝隙里会连续不断地冒出蓝灰色的烟雾。这是早起的人们用头天晚上牛马吃剩的豆角,或者晒干的玉米秆的须根引火。豆角的荚和秆坚硬如柴,像一个个性刚强、声音洪亮的男人,发出噼噼啪啪的高调燃烧声;玉米秆多须的根质地松软,像性格温顺的女人,细声细气,用手捂着嘴,发出咻咻咻的低低的笑声。在它们燃烧的短暂喧嚣瞬间,构成它们独特的生命交响乐。

在一片淡蓝雾色的氤氲中,新的一天开始了。

火,既可御寒,也可煮饭。

淡蓝色空气中柴火的味道越来越浓。房子、人、动物、植物都笼罩在烟火味中。烟火味,充斥到空气的每一个分子里,然后被人吸入鼻腔,到肺里,再吐出时,烟火味留在血液里,循环到了周身。

所以,从农村走出的娃,不论到了哪里,周身都会带着人间烟火的味道,性格是纯朴、敦厚、宽广的大地本色。

淡蓝色的烟雾,在房顶上连成一片,他们勾肩搭背结伴而行,升到一定的高度就停了下来,依恋地看着脚下的这片土地和土地上的人们。

想要感受村寨的早晨,看清笼罩在村寨上空的袅袅炊烟,得赶在太阳出来前,到马家沟沟口的山梁上。

眼前的白水河在岭岗岩的旋滩处迂回,岭岗岩像是被鬼斧神刀劈开,龙凤嘴子形成笔直的山体,在河的两岸对望着。白水河懂得河水应尽的温柔,它卑微地吻着大山的脚底并千肠百回。白花花的水汹涌着朝刀口坝的村寨方向流来。在扶州古城的大坎下,白水河尊重这里的沧海桑田。几乎是九十度的转弯,朝南方下游流去。站在高处,很容易看出,白水河这一段的路线是一个反写的"Z"字。河水发出轰轰的流动声,闭上眼睛,似乎听到的是历史的车轮滚滚向前时发出的轰鸣。

叽叽喳喳。早起的鸟儿你一言我一语,热闹极了。有的鸟平静、缓慢地说着昨夜的梦,有的鸟语速快、情绪激动地争论着一个伟大的真理。鸟的世界单纯而有秩序,今天怎么过,得好好讨论一下。

笼罩在村寨上的一层薄烟颜色淡得像是土白色,怎么看都是一幅黑白色的山水国画,我则是这幅画里的一个点,就像山水画里仰头背手的书生。敬仰地看着我眼前的一切,而我的眼里满是爱意,满是眷恋。

灰蓝色的雾笼罩着"人"字形木架子房顶灰黑色的瓦,灰色调露出深浅层次的参差。千百年来,青冈木用燃烧自己的方式,让这群人燧石取火，取暖煮饭。可能，我喜欢的这蓝色不是雾，而是柴火燃烧产生的烟，那我还该不该爱它呢？它总是像有一种魔力，吸引我的眼睛，控制我的思想，放空我的思绪，并让我对它产生深深的爱恋，多少年来我欲罢不能。

我喜欢淡蓝色，它总能使人安静，并给人深邃、神秘的感觉。不管这雾如何不好，我都是如此爱它，像是深深地陷入一段恋情，无力摆脱。

蓝色越来越浓！

当太阳金黄的光束从大寨子的山顶慢慢地往下移动，照到山脚时，沉重、浑浊的灰蓝色烟雾登时明亮了起来，轻盈了起来。阳光过滤了蓝色的杂质，成为让人心旷神怡的淡蓝色。这时候，看着眼前这一片淡蓝色，我觉得是一种幻觉，那应该是仙境，神仙居住的地方。而我眼前的这一片蓝，感觉却不真实。往往这时，我会意识全无、眼睛发呆，蓝进入大脑的空白地段，并占据了这里。大脑就这样处于待机状态，没有思想的活跃，没有信息的进入，眼睛、耳朵、鼻子等器官全部罢工。在这片蓝面前，我成了一尊雕像。

村寨像是在童话世界里，我想这淡蓝色的烟雾下生活着怎样的人，有怎样的房子，吃着什么饭，做着什么事。直到仿佛什么人扯起一嗓子高昂的南坪小调："云淡（那个）风清近午（哎呀哎嗨）天，青山（那个）绿水（是）照见茅庵……"这声音穿透层层蓝雾，冲向我的耳朵，一激灵，耳朵醒了，眼睛醒了，蓝雾也醒了。

等到整片淡蓝色的烟雾被太阳照亮，在我没有察觉的时候，蓝雾已经悄悄地退去，村寨豁然出现在眼前。不再朦胧，一切是那么敞亮和真实。

村寨边的槐树露了出来，看得见黑黑的躯干和一些粗粗的枝丫。这个季节槐树的叶子已经被季节剥光，树枝像暴露于体表的血管，离地面越远，枝条越细，离地面越远，显得越是年轻。盖着小青瓦的木架子房子，鳞次栉比。坡度构成了一幅立体的画，让每家的房子都在阳光下清晰可见。

　　脚下的村寨是一个古村落，老地名叫"刀口坝"，新名字叫"中安乐"，被两条横着的路分成条状的三块。上边的路从柳州街到槐树街，再向前就是水扶州。下边的路是一条古道，从岭岗岩下来过刘家桥、楼子、槐树街到水扶州。槐树是两条路的交汇点。除了这两条横着的路外，纵向的小路像毛细血管网，遍布整个村寨。不熟悉的人在这纵横的小路中会迷失方向，找不到出口。

　　空中传来奇怪的声音，抬头望去，一只老鹰飞着圆圈盘旋着，飞了一圈又一圈，有时渐渐地向低处盘旋，不知为什么，很快就会以一条直线俯冲到地面，然后又以直线上升的方式快速飞向天空。我知道，老鹰是看见一群小鸡了，并且想抓到一只小鸡。

　　一只鸡的生命和人的生命一样，是来之不易的。抱窝的母鸡浑身发热，连眼睛都是红红的，费尽体力和心思，用肚皮、翅膀抱着蛋，几乎不吃不喝地孵二十多天，可以说呕心沥血了。当母鸡的身体的能量快要被消耗完的时候，鸡蛋壳被小鸡用尖尖的小嘴啄开了，新的生命诞生了。

　　母鸡带着它的孩子们，教它们野外生存。老鹰也在天上盘旋着等待这个时机。母鸡警惕地看着天空，伸长脖子摇摇摆摆地跑着，咕咕咕地叫着小鸡。小鸡听到妈妈的叫声，连跑带滚地藏在妈妈的翅膀下，终于安全了。也有离开母鸡去远处独自玩耍的小鸡，被高空的老鹰看见。机会来了，老鹰像一支从天空射向地面的利箭，抓起了毫无防备的小鸡，快速地扇动翅膀飞上天空。小鸡叫着："妈妈救我！"当母鸡听到小鸡惊恐的叫声时,一切都来不及了。母鸡扑腾着翅膀,扇起周边的灰尘,想要飞起来,恨不能和老鹰飞一样高,从老鹰的嘴里夺回自己的孩子。老鹰抓着小鸡,越飞越高,最后成一个黑点,消失在山梁与天空的交际线。

母鸡抱着浑身瑟瑟发抖的小鸡们,流着眼泪告诉孩子们世道的艰险。

我同情小鸡的遭遇。于是在母鸡和小鸡边上,我们模仿老鹰、母鸡和小鸡的角色,玩起"老鹰捉小鸡"的游戏。每个人的角色不同,游戏中的任务就不同。当老鹰的负责进攻,当母鸡的负责防卫,当小鸡的跟在母鸡的身后,不被老鹰捉到。其实,这是老鹰和母鸡的博弈。当老鹰和母鸡互换角色,其实是进攻和防卫互换角色。这个游戏让我们明白:团结一致的重要性;跟领头人走的重要性;在什么角色,就做什么角色的事的重要性。

适应环境,适应角色,是这个游戏的终极目的。

旁边的皂角树露出暗黑色的树干,在冬天像皮肤皴开了一道道的口子,显得那么沧桑。我用手摸摸,感觉到皂角树僵硬、冰冷的态度,像是看破了世间的冷漠,而强迫自己坚强。

当一切都是黑灰色的时候,却有一片黄色的小花吸引了我的视线。脚下露出千里光的花朵,七八个黄色狭长花瓣永远朝一个方向心心相印。它是那么朴实,混杂在枯枝败叶之间,并不起眼。它只有团结一致,在地表连成一片,以最大的开花面积引起别人的注意。这时候的它,哪怕是被厚厚的一层霜覆盖,也挡不住它对日月的爱慕。因为眼睛爱它,它能明目退翳。

这个季节还有鬼针草在傲霜。它的针是独门暗器,仔细观察,针的顶端还长着三根有倒刺的小针。见人就刺，小针倒挂，暗中出手充满了暧昧的味道，从来不受人待见，不受人尊重。在秋冬时节，看着这是个嫁娶的好时光，它也春心荡漾，甘愿被岁月磨去了锋芒，露出了它的温柔，开出白色的小花。所以，人们会忘记它暗中使的坏。

　　野菊花也趴在地上怒放着，花朵小但是黄颜色的色度不变，用"遍地黄花"形容一点都不为过。虽然不显眼，但朴实、厚道，这是庄稼人的本色。"冷雨萧萧霜天寒，小径幽幽野菊开。"野菊避开了与秋菊争荣的季节，在田间地头、坡上坎下生长。立冬前后盛开，在空旷的冬季，发出幽幽暗香，这香味是如此独特，不同于别的季节混合的花香。"不与万花争春"，低调、不张扬，符合我做人的原则。

　　虽然失去了赖以生存的温度、湿度，虽然环境这么险恶，这些花找到了与霜、与雪、与寒冷相处的平衡点。所以，它们随时、随地、随心所欲地傲然怒放。

　　蓝雾褪尽，看清楚了，生活像被历史按了快进键，不停地前进着被收入历史。蓝雾下是一间间木头房子，和进进出出做事的人。三棵古槐树以长者的身份注视着地里收拾着枯草的人，山坡上静静吃草的牛羊，山坡下座座的老坟，还有添的新坟，静静地在回忆亘古不变的轮回……

剥离之痛

正在承受剥离之痛的大寨子,此刻已被白雪深深地覆盖了。

在岷山的边缘地带,在九寨沟白水河畔这座山顶上,大寨子的一只脚被撇在白水河边,它不想和岷山剥离,岷山是它的母亲,怎么能离开母亲呢?但是,我分明听到它在大口地喘气,从山的内心深处发出声音。你听,"呼——呼——呼——"伴随着肺部的啰音,大寨子此刻正在大口地喘着粗气,沉重,焦虑……

这是它不想承受的剥离之痛。它怎么了?

早上,太阳将第一束光芒毫不吝啬地给了这里。阳光像X线,将巨大的山体从上往下一寸一寸地扫描、切割,扫描过的部分变成了金黄色,切割过的地方边界明显。在金黄的底色上,有黑的山坳静静地矗立着;白的岩石反应迅速,和阳光反射打着招呼。这一黑一白之间,大寨子山上沟沟壑壑的轮廓出来了。山上的树一般是一个淡淡的灰色影子,或孤立一棵,或三三两两,静静地想着自己的心事。

小时候,每天清晨,母亲总会喊我们几姊妹:"快起床了,太阳照到大寨子山顶上了。"冬天,我们几个会赖着不起来。过一会儿,母亲又会喊:"太阳都照到大寨子的山脚下了。"我们得赶紧起来了,我们知道,这是最后的通牒。大寨子山的高度,成了母亲用来度量时间的尺子，也是母亲忍耐我们睡懒觉的最后限度。

经常有铃铛声在我家门前停下来。这时，大门外柿子树上或电杆上就会拴着一匹或两匹马，驮着胀鼓鼓的两个或几个手工编织的羊毛或者牛毛口袋，一看就知道里面装着粮食。不一会儿，就有人进到我家院子来，家里的爷爷奶奶赶紧招呼："快来歇一下，喝口水。"他们是不会喝开水的，不习惯。到我家水缸前，拿起舀水的瓢，舀起半瓢水，"咕嘟咕嘟"，一口气都不换，就喝下肚去。弯起手臂，用袖子在嘴上来回抹几下，然后满足地长长出两口气。转过身来，满脸的笑容，满脸的满足，露出白白的牙齿。

大寨子备受太阳的恩宠。太阳对这里的爱是专一的，它始终用手温柔地抚摸着这里，温暖的，情意绵绵的。当太阳不得不离开时，最后的一瞥还是留在这里。当阳光收回时，天马上黑了。这让我明白一个道理，什么都可以没有，但是不能没有爱。太阳用它的爱留住了这群离它最近的人，世世代代。

可是令太阳伤心的是，进入 21 世纪，被它特别关爱的大寨子已经不满足于这种精神之恋了。外面的世界太精彩，他们什么都要，精神和物质的。这群人准备在不远的山脚下修房造屋，永久居住。晒不久太阳也没关系，他们的生活早就丰富多彩，太阳已然不是唯一。

要说房屋建筑，大寨子的房子和河坝汉族的房子没有区别。本身就在深山，就地取材，木头房子是这里人的栖身之所。木架子的木头笔直，大小一致。寨子里的几十家人，清一色盖着小青瓦。是的，半山腰就有厚厚的黄土了。可是，黄土怎么才能变成小青瓦？这需要物理和化学双重作用。

眼前的这个寨子,我没有陌生感,因为这里的建筑和我生活的寨子一样。

可是我在偏僻的村巷中分明听到老房子孤独的呻吟。这是一个还盖着塔片的低矮房子。我知道,它想向我述说主人家昨日狩猎的威猛,和它今日所受到的委屈。甚至,我还能感觉到人们将它从生活中剥离时,它的泪水和对往日幸福生活的留恋。刮风下雨时主人不再需要在它身下躲避,寒冷时主人不再需要在它身下取暖……一切都过去了,那是这房子年轻时的荣耀,现在,它被主人从生活中剥离了,它将在这里孤独终老。

剥离之痛,将伴随它走完一生。我无法安慰它,我只有伴着它哭。

大寨子的老人们还保留着纯朴善良的性格,这一点在现今物欲横流的社会已经是特别稀有的宝贵品质了。看到你是个外来人,热情地招呼你,让人心里温暖。不可否认的是,随着爷爷奶奶的远去,爸爸妈妈还会和周边的人这样相处,可是我们这一代呢?我们的子子孙孙呢?他们在这个复杂的社会还能保持纯朴善良的本性吗?欲望总会将纯朴善良从人们的内心剥离出去。

这久违的乡村本色让我感动。

但是我还是感到一只巨大的剥离之手,我想奋力将它挡开,我的势单力薄能抵挡得住这只入侵之手吗?

是人总会有生老病死,婚丧嫁娶也是一种生活状态。大寨子人的纯朴也表现在对死者的尊重上。

当上天将这人从大寨子剥离出来,他的生命就走到了尽头。这是到目前还唯一保留着火葬习俗的藏寨,出于对死者的尊重和对后人的教化,大寨子的成年男人们每人要背两背柴到火化地,每家要送清油等物品,送死者最后一程。

人的灵魂是从虚无的世界来的,最后也要回到虚无的世界去。这是规律,谁也逃避不了。当熊熊大火将死者包围时,他的灵魂从肉体中剥离出来,回到了西藏拉萨和祖先们团聚。在大火前,除了对死者一生过往的追忆外,人的灵魂会得到一次洗礼,往往还会对自己的人生有个回顾,对未来有个承诺,如:不做坏事,善待家人,原谅别人,信奉佛教……

大寨子赵家大瓦房,是我特别想去的一个地方。在寨子里东走西走,终于找到一个人问路时,被带到了出发时的地方——村口。我心里不免暗笑了起来,人生失之交臂的又岂止这一个?

果然,这个地方确实与大寨子的其他地方不同。

地势相对平缓,门口有棵榛子树,也是这个寨子唯一的一棵。周围的黄土被人为地挖下去,修成了路,露出了土里的树根。只有比我高的树根盘根错节地暴露在我眼前。树根变成了树干的一部分,不由得让人感到一种和大自然、和环境抗争的力量,一种对命运的屈服,一种牺牲自己保全大局的崇高。站在路上,我必须抬头仰望,才看得见榛子树扩散的枝丫。榛子树的树叶已经掉光,剩下褐色的树干和树枝。掉落的树叶,枯黄、干瘪,随意散落。

在树根边,枝头上挂着一串串白色的果子,在阳光下闪着光芒,不时有小鸟来吃上几颗。

我突然明白,这树是赵家的先人们可怜小鸟冬季无处觅食,专门保留下来的,这是宅心仁厚的表现,祖上积有阴德,怪不得这家会出人才。

眼前的大寨子成了一个空村，寂静得像一个透明的锅盖，笼罩着这里。透过寂静，可以看见太阳、月亮和星星，蓝天白云，仅有的几个老人和空房子。我在寂静中穿行，寂静正慢慢地将我的视觉神经、听觉神经、嗅觉神经从意识中剥离。不行，我不能被寂静从现代文明中剥离出去。

山梁上是能看见刀口坝我家的最好位置。

眼前豁然开朗，感觉呼吸都顺畅了许多。一改几十年的习惯，对于眼前的一切，不再需要仰视了，一切都是新奇的。白水河左边的台地上，是我的家。那里有我家的老房子，房子背后是我的先人们身体和灵魂安息的地方。透过笼罩在刀口坝寨子上空薄薄的一层浅蓝色的雾，再透过空气间细小的分子，分明看见我太爷爷在马家沟套住了一只白狐；爷爷在马家沟沟口的地里种着粟米；奶奶在地里唱着山歌；父亲背着枪，在山上寻找着猎物；母亲在院子里纳着鞋底；我们三姊妹在院子里玩着捉迷藏的游戏……

是时间将太爷爷太奶奶、爷爷奶奶和我们剥离开了。

此时的我站在一条正在修建的土路上，这条路向山顶延伸。我看见黄色的路和白色的云在山顶的某个点交汇了。那里有什么？我想走近交汇点一看究竟。我向上走着，走着，这条路没有尽头。我突然明白，这不就是一个指引我前进的箭头吗？这是我人生之路的指示牌。只有站在大寨子的山上，站得高望得远，对于人生，我才会豁然开朗。

对不起，大寨子，我没看见你承受剥离之痛，但是我感到了你的剥离之苦。也许，痛过以后，你会开始你崭新的人生。

填满时间罅隙的亲情
——《血脉》创作谈

1

一个人的生命历程,是和一个时代紧密相连的,他们的悲欢离合、喜怒哀乐、生老病死,无不体现了一个时代的政治、经济、文化,每个人的身上都有着时代深深的烙印。然而,每个人的人生经历,都是唯一的、不可复制的。

我用非虚构的文字记录我的祖上,从江苏金陵到甘肃阴平、四川扶州边地的戍耕生活。一群人,或平凡、或伟大,或长、或短的一生,他们创造着历史,经历着历史。我唯一能做的就是真实地记录,将李旺、李通、李兴茂的忠君爱国情节,将太爷爷和白狐、太奶奶的小脚、大姑奶奶所受的匪患、大爷爷的端砚、爷爷头上的刀伤、奶奶的断手臂、四爷爷的山歌,从我头顶正要远去的虚无缥缈的云中下载,保存到我们的血脉里。

我所写的刀口坝(九寨沟县南坪镇中安乐村),是李氏家族迁徙到扶州戍边时插占为业的地方,也是我的出生地,我的童年、少年的天堂。我的记忆里永远无法忘记的亲人、邻居、小伙伴、大山、小河、大槐树、枣子树、花、草……所有的童年记忆、故乡印象，在我的心中生根发芽，并蠢蠢欲动。扶州、刀口坝悠久的历史文化，滋养了我的思想，肥沃的土地上丰富的物产将我养大。这里是我的精神家园，灵魂的栖息地。

我的祖上都是一些小人物，而历史就是由千千万万这样的小人物创造的。他们有血有肉、有思想有感情，他们既没有惊天动地的丰功伟绩，也不是地方权贵。但是，他们用生命、用时间、用一生创造了历史，丰富了历史。他们的吃喝拉撒、思想、行为以及习惯演变成当地的民俗民风。他们创造了当地的农耕文化、狩猎文化、婚嫁文化、丧葬文化、节庆文化……我试图还原他们生活的点滴，我努力了，但还留有很大的空间和空白，我能写出的只是祖上生活的冰山一角。

我试着透过我狭小的视线范围，从我能看到的、听到的某一个角度，来阐释先人们的事件脉络，也算是"管中窥豹"。对历史、对创造历史的先人，我像拿着放大镜，将他们放在一个特定的环境中，审视着他们的人生轨迹。人是社会的人，任何人在社会环境中都不是孤立的，他的所作所为、言谈举止反映的是当时的社会现状：政治的、经济的、文化的、习俗的……我想说，我祖上这群人，反映了当时的社会状况。以小见大，以了解戍边文化、宗教信仰文化、地域文化、农耕文化、饮食文化、民风民俗、节庆文化、多民族杂居融合等诸多方面，构成的社会镜像，以一己之力给几乎空白的九寨沟历史从家族流变的角度来填补一点内容，为了解几百年前的扶州寻找另一种解读的可能。

我曾在县旅游局工作十多年，也进行过关于这方面历史的思考，这也是我热衷于此的原因。除了部分"到此一游"的游客外，出发前做足功课，到旅游目的地后一一体验，是旅游给人的诱惑。旅游者乐此不疲。所以，对于了解旅游目的地的旅游要素的要求越来越高。这个要求是方方面面的，比如：饮食、习俗、服饰、建筑等。希望我能带游客打开一个了解当地历史文化的小小的窗口，作为一个引子，引出更多的人来研究九寨历史、书写九寨人文的文章，以飨读者。

非虚构写作只是一种真实的记录，一种模拟的还原，也算是抢救性的保护。也许，再过十年、二十年，我还能写，但是，只能凭借我的记忆和认识书写，内容不会丰腴。因为时间和人物终将远去，这是谁都无法抗拒的自然规律。

所幸，不管怎样，在一切都是最好的时候，我做了这件事。

2

我的创作是偶然的，也是必然的。

说偶然，起因来自一个梦；说必然，父亲三个月来对我的传袭，最终的结果将变成文字。

我陪父亲在成都近一个月的时间里，父亲讲家族历史，我记录。爷爷辈的故事几乎是完整地记录。我并没有急于写作，因为我知道，这只是我们家族这棵大树的一根枝丫而已。

爷爷去世三十多年，我已经有很长时间没有梦见爷爷了。对于梦见爷爷这件事，我心里是犹豫的，既希望又拒绝。希望梦见爷爷，是我内心的渴望。拒绝梦见爷爷，望他早日进入六道轮回。如果爷爷知道我还是如此思念他，他舍不得了断我们爷孙今世的情缘而不入轮回，这非我所愿。

本来准备写其他题材，爷爷托梦给我，说让我写写我家的几个爷爷。几十年来，爷爷已然成仙，我们工作生活的每一步都在爷爷的关注下。对于爷爷如此的疼爱，我除了心疼和不舍，还能说什么呢？

苏珊·桑塔格说："所有的写作，都是一种纪念。"纪念先人，是我的初衷。构思三天后,我动笔了。我计划用三四万字记录爷爷辈的坎坷人生。于是,如花似玉的大姑奶奶嫁入黑河草坝,生了两个表娘。因为家中当年的罂粟出产好,大姑奶奶家招来了土匪,全家十四口人死于土匪的刀下。大爷爷表现出来的是儒雅、才情,麻疹不光从他的身上发了出来,也从一家人的心里发了出来。看过许多医书,对医学知识略知一二的大爷爷,隔离自己,为兄弟们用土办法接种麻疹疫苗,至死未见亲人一面,保全了全家人和周围邻居的性命。爷爷一字不识,但是他养活了一家人,养大了几个兄弟。他迷信打卦、占卜,信奉家神、行神,相信无论何时何地,行神与家人永远在一起,是我们的保护神。他性格直率、爱憎分明,虽然在家里排行老二,但从小就肩负起扶养兄弟的重任。为生计去漳腊做生意时,在弓杠岭被土匪劫持,在头上被砍两刀的情况下逃生,不得不说是奇迹。因此爷爷恨透了土匪,历次的剿匪他最积极。他的思想、信仰、道德标准、对儿孙的慈祥、穿着打扮、习惯、劳动等无不表现出他独特的性格特征。奶奶年轻时的婚变,在封建桎梏下豁达、宽容的性格能够代表那个时代女人的善良。奶奶的生活智慧,使得一家人度过荒年。当妇女队长,以身作则,为给队里麦子脱粒,手被机器打残废。生活残酷,一只手的奶奶如何战胜困难,顽强地生活,在我的心里,满是血泪。三爷爷精明、睿智、多情,性格外向、乐于助人,他优秀的管理才能至今让许多人无法忘记。刀口坝从此不再耍龙灯,和三爷爷息息相关。三爷爷天生是做生意的料,他带领全村的小伙子走通了沿岷山山脉的一条货物流通的路线。三爷爷是多情的,他的多情,最终让他失去性命,留给亲人无尽的追思。四爷爷性格沉稳、忠厚,参加解放初期本县一次较大规模的剿匪战斗。四爷爷唱民歌的好嗓子,留在人们的记忆里。除了我的爷爷外,五个爷爷中,唯一抱过小时候的我和弟弟的是四爷爷,他对我们的疼爱,不亚于我的爷爷。因为香火传承对他们来说，是比天还大的事。母亲说四爷爷稀罕地喊我春牛，而我对四爷爷的记忆永远都是一截白袜子。四奶奶的命运同样多舛，疼爱儿孙，记忆里是一个慈祥的奶奶。五爷爷和六爷爷，年纪轻轻，一个得急性阑尾炎，一个得寒凉病，从而撒手人寰。丢下年老的母亲和年轻的妻子，是他们所不愿。这些病放在现在，就是一个小病，何至于死人？可怜我的五爷爷、六爷爷，你们生不逢时！

九寨沟县 2017 年 8 月 8 日发生 7.0 级大地震时，我正在写三爷爷在白龙江叫沙子河的地方被江水冲走，我写得满眼是泪。灾情发生后需要值班，在此期间夜以继日书写，写得眼睛发红、流泪，头发使劲往地下掉。爷爷们经历的磨难，让我眼中流泪、心中流血。

自认为已经完稿，我松了一口气。

3

主观上，我是文章的设计师，如何谋篇布局，我说了算。但是客观上，文章的走向、人物的出场，是爷爷说了算。

为什么这样说呢？因为自认为完稿时，又是一个梦，打开了通往历史的通道。太爷爷李跟成出现，他是一个承上启下的关键性人物。于是一个个的人物在我不知不觉中已经悄然入场。

在我给父亲宣布完稿的那天，夜里四点钟，爷爷托梦给父亲，清楚地给父亲讲了鲜为人知的一件事：太爷爷之死。太爷爷和白狐扯上了关系，使得这个故事充满了光怪陆离和魔幻色彩。是真是假，我无法判断。

为核实家谱上是否真有李跟成其人，我和父母去了刀口坝老家。在虔诚的、敬畏的气氛中，家谱在我眼前徐徐打开，近三百年来祖先们的画像栩栩如生，活在各自的位子上，他们早就忘记生活的艰辛与苦难，那样的慈眉善目，那样的开心愉快，连眼角的鱼尾纹都看得出是愉悦的。

李跟成，这个名字跃入我的眼睛。不用核实，我也知道会有其人，这是爷爷的父亲，爷爷最亲的人。我一个一个地研究家谱上的人物，想让他们带我从中找到一条通往扶州的捷径。

通过一段时间的努力，历史中的人物和故事逐渐清晰：李兴茂参加了第一次鸦片战争，在浙江宁波为国捐躯。清政府给李家送回来一个紫檀木的盒子，盒子里放着李兴茂的辫子。见辫子如见人，李家瞬间被哭声笼罩。李兴茂就是爷爷的太爷爷。我逐渐恢复的记忆中有了这样一段：小时候，爷爷带我们去上坟，指着这座坟说："这座坟里埋着我们李家的一个先人，坟里没有尸骨，只有一根辫子，是一群骑马的官兵用一个紫檀木的盒子送回来的。"我们云里雾里，记住的就这些，可能爷爷也仅仅知道这些了。

家族还有更远的记忆：明洪武二年（1369），巩昌归顺明朝管制，当时巩昌府辖阶、文、成、漳、岷。李通"召集旧部听调"。洪武二十一年（1388）正月十一日，李通为保家卫国，在临洮战死，李通家人居住文州。李旺在宁夏固原壮烈牺牲。他们的事迹在《甘肃通志》上都有记载。

在搜集资料的过程中，寻脉络，找古谱，查资料，访亲友，以虔诚的态度、实事求是的文风，记载家族历史人物和重大事记。宣扬家风家规，以继往开来、教化后人，不仅是李氏族人家国情怀记忆中的继承和延续，更是李氏一门忠君报国的家魂、仁孝的家风的砥砺和升华，既是一种对先人的纪念，又能起到激励后人效仿先祖、服务于自己所生活的时代、争做时代先锋的正气之举。

4

腊月二十七前后,是家家户户给先人上坟的日子。寨子背后山腰的山坳里或山脚的平整处,不时有鞭炮声响起,提醒着先人们,年快到了。不一会儿就会冒起一缕淡蓝色的青烟,飘飘袅袅,直上云际。上坟的路上三三两两的男人和小孩居多,因为女人们大多正在家里忙活着蒸馍。记得小时候爷爷总会拿一把砍刀,把先人坟边的杂草小树等乱七八糟的东西清理干净,亮亮堂堂地露出墓碑,就像年前家里打扬尘一样,一年一次,绝不含糊。后人要保证先人留在人世的坟头不被杂草淹没,告知来往的人,这个人的生前和身后事。坟头是这个先人给亲朋好友的最后念想,提醒着他生活了几十年地方的人们,他曾经来过,如今他去了,但是血脉留在这里,替他见证着社会的发展进步。就像接力赛,运动员总有退场的时候,但是比赛继续。是的,生命的传承遵循着这样的规律。

我已经有多少年没来上坟了?应该是给奶奶烧完三年纸后,就是从2010年冬季至今。世俗的说法让我警醒,让我驻足。我的家乡有个习俗,出嫁的女儿不能上娘家的坟,说是会将娘家的财气带走。父母怕我多想,说儿女都一样,都是我们的孩子,都是同样养大的,为什么不能上坟?我们不讲究这些。但是,从奶奶的三年纸烧完后,我决定暂时不上娘家的坟了。我爱我的弟弟,希望祖宗积下的阴德,祖宗的保佑,都落到弟弟的头上,保佑弟弟一家幸福安康。

父亲说:"爷爷安排给你的事,你完成了,该给爷爷扯个回销。"

我知道。这也是我这一段时间犹豫的事。弟弟也问我:"上坟时等你吗?"

今年比较特殊，我决定去给爷爷奶奶和先人们上坟，时间太久，去看看他们，给他们说说我写的家族的事。父亲带着弟弟和他的孙儿们已经在前几日就上完坟了，因为爷爷说"有儿有女早上坟"。父亲早早给我准备好了上坟用的香、蜡、纸，弟弟在家里等着我，他和他的两个儿子陪我们母子去上坟。打印了三百多页的手稿，和香、蜡、纸等作为给爷爷和先人们的新年礼物，装在弟弟和儿子提着的袋子里，随着脚步一荡一荡地来到爷爷的坟前。

爷爷的坟头一切如旧，除了茂密的草，其他都没有变化。但是对于我来说，爷爷的坟，感觉却是有变化的。从岭岗岩隧道出来，随着一幢幢高楼的落成，不知什么时候开始，挡住了我看爷爷坟的视线。前几年因为在县旅游局工作的原因，几乎每天都去漳扎镇的九寨沟景区。车子行到这里，我的头总是歪向刀口坝，看一眼爷爷的坟、奶奶的坟，还有我家的老房子。现在从路上看去，幢幢高楼林立，看不见爷爷奶奶的坟了，我心里莫名地惆怅。

我跪在爷爷的坟前，抚摸着爷爷冰冷的墓碑，还未开口，就感觉喉咙被堵住了，我使劲地咽下几口口水。眼睛发酸，泪水不受控制地流出来。抬头看着墓碑正中爷爷的名字，和左下方我们一家人的名字，我泪流满面。太久没来看爷爷了，我想爷爷。在我的哽咽声和泪如泉涌的陪衬下，我给爷爷说："您老人家安排写家族的历史，在您儿子的帮助下，我完成了。"这时，我感觉世界突然安静了下来，爷爷的坟头无比庄严。没有了风，香、蜡、纸的青烟直直升到空中，被烧的纸钱也是一团红红火光，没有了声音。我知道，爷爷在屏声静气，准备听我给他说。我知道，旁边的大爷爷、三爷爷、五爷爷、六爷爷和"辫子坟"里的祖宗也在听着。我给爷爷读道："一个家族的历史实际上包含着这个家族的血脉记忆，记忆里有戍边，保家卫国，壮志酬筹；记忆里有耕读，传家之道,继往开来;记忆里有迁徙,供给边关,竭尽全力;记忆里有生活,日复一日,生生不息。记忆泛着黄色,似陈年老酒,历久弥香;记忆有破损,似战火掠过,还流着血。翻开这个记忆,不难发现家族的血脉其实始终是动态的……这是一条血脉相连、魂魄相依的基因脉络,这是一段保家卫国、舍我其谁的战斗历程,这是一篇大爱盈胸、休戚与共的亲情诗篇。纵观家族历史,述说着生命的来源和去处,记载着血脉中永久的记忆,是一首从未消失的诗,是一曲永不停止的音乐,是历史的长廊中奏响在这片大地上的回声,是挥之不去的烙印,是心灵深处和祖先灵魂的对话。先人在时间隧道的背影从未消失,他们将基因永远留在我们的血脉里,为每个宗祖后人打上了家族的印记。"一张一张的打印稿在爷爷的坟前燃烧,成为一团一团的红光,红光里,先人们仔细地看着,频频点头。

我说:"爷爷,你认为还有没写到的地方,晚上托梦告诉我。"但是,我们一家人没有再梦见爷爷。我算是顺利地交稿。

写家族的历史,这是爷爷的心愿,爷爷希望我能帮他完成。在我家的家谱上,李瑞林、李忠堂的神主就是爷爷续上的。这两个人的辈分应在太爷爷之上。如果在爷爷手上不续上,这两个人年纪轻轻战死沙场,历史的尘土将会把他们淹没得无影无踪。对于一字不识的爷爷,做这些事并不容易。我明白爷爷的苦心,懂得血脉的代代相传。他知道父亲和我们将会努力完成此事。

弟弟和儿子则不停地给爷爷烧纸钱,在三九天气,两个小伙子被纸钱燃烧的热气烤得头上满是汗珠。弟弟的小儿子仅四岁,听着我哽咽变调的声音,看着我流下来打湿衣服的泪水,紧紧地拉着他哥哥的手,不谙世事的眼睛看着我,满脸的疑惑,不敢说话。他一定不明白,大姑为什么会这样。我想对他说:"孩子,面对你至亲至爱的亲人,无论他在不在世,他永远活在你的心里,滋养着你心灵,关注着你成长,从不曾离开。"

弟弟陪我跪着,不停地烧着纸,汗水从他的额头浸出来,在长达半个小时的时间里,动都没动一下。我知道,他想起了爷爷对我们的疼爱,我们的童年……在回家的路上,儿子说:"妈妈,我觉得舅舅好爱你……"

你的感觉是对的,儿子。

5

不容置疑,没有父亲的帮助,我完不成这篇文章。书写家族历史是我们父女俩合作的结果。父亲在家族中是个热心人,没有谁不认识他,这为他搜集资料提供了方便。访亲问友,寻找家族古老的宗谱,收集家族名人的故事,在这一两年内成了父亲的主要工作,他乐此不疲。每收集到一个新的故事,父亲就兴致勃勃地给我讲每一个细节,生怕我没听明白。父亲生长在农村,长期驻队当下派干部,造就了他随和的性格、出众的口才,极具亲和力。

时间如白驹过隙,转眼到了 2018 年劳动节,我在进行紧张的校对工作。对于文章中的插图,我突然心生一个念头,并得到了父亲的认可与赞同。我认为,家族内的老人日益老去,为他们拍照留影也是一种影像记录,和文字记录一起,相得益彰。之前的我们没有条件,但愿现在尽量少留遗憾。

甘肃文县和四川九寨沟的家族代表五十多人齐聚在李建林哥哥的"九寨人家",留下了珍贵的合影。听父亲说,来拍照的几乎都是老年人。男士理了头发,刮了胡子,换了干净的衣服,精神矍铄,面貌焕然一新。女士穿上自己最漂亮的衣服，头发吹得整整齐齐。特别让我感动的是，罗依乡（已撤销）的李灶女姑姑，特意找到嫂子，让嫂子给她画眉毛、涂口红。我听到后心里非常震撼。爱美是女人的天性，这得看每个人的生活环境。也许李灶女的一生，包括她当新嫁娘时，都不曾这样重视自己的容颜。可以肯定的是，李灶女非常重视此次拍照，她知道家人的合影照片将和家族文字一起永存。罗依古老的宗谱能保存至今，有她的功劳，她对得起先人也对得起后人。族人难得这样齐整聚在一起，哥哥嫂子做了四五桌丰盛的饭菜招待亲人，找时间和机会让亲人们互叙亲情。

之后，父亲又将刀口坝的亲人们聚在我家老院子，拍了一张人没来齐的合影。也许过不了多久，照片上的人就会有变化，谁又能预知自己的未来呢？细心的父亲和弟弟又给照片上的每个人冲洗了七寸的照片并塑封，以做纪念。

每个家族都有其隐晦的秘史，我们的家族也不例外。对于这一部分，我没有专门去采访、考证，故不是很明了。但是，历史就是历史，是不以人的意志为转移的，是不可改变的。我抱着家丑不可外扬的想法，回避了矛盾。对于家族内不甚明了的事情，我的观点是不写入文章里，故记载也有遗漏。到如今我感到了遗憾。为什么呢？辉煌和耻辱都是历史，后人该用辩证的眼光去看待，去评判。对于祖先们做得不好的地方，我们该吸取教训，引以为戒。但是，几百年的历史，我能写完吗？肯定不行。相信以后，我还会听到更多关于家族的传奇和故事。

"写作是朝向故乡的一次精神扎根。"扶州、刀口坝是我的根，我的写作源泉。我已经尽了我最大的努力。所以对于初次写作的我，不管是文笔上还是心理上，这也算是积累的写作经验吧。

越冬的反哺

1

陪父母去三亚越冬,是我 20 多年来未能实现的梦想。

大寒如期而至。我的家乡,北纬 33 度的九寨沟,寒冷、风雪也如期而至。在北纬 18 度的三亚,如期而至的是大寒节气,失约的是寒冷。可是,相差 15 度左右的纬度,大寒时节的北纬 33 度遇上北纬 18 度,会是怎样的一种情景呢?

终于在大寒节气前和父母登上去三亚的飞机。飞机抵达三亚时,是下午时分。一下飞机,迎面而来的是暖暖的、咸咸的、湿湿的空气,尽情地沁入我们北纬 33 度的干燥皮肤的细小毛孔,而我们身体上的每一个毛孔,像得到了温热的指令一般,尽情地张开,贪婪地将饱含着水分的空气揽入怀中。就像一个饥饿的人,突然看到一桌大餐,忘掉了温文尔雅,变得狼吞虎咽。之后,在 25 摄氏度热气的帮助下,身上的每一个毛孔都吸饱了空气中的水分。随后,每一个细胞都安稳了下来,不再那么心急火燎了。于是,我们的脸上、身体上的皮肤变得红润、有光泽了。脸的轮廓更好看了,更丰满了,就连眼睛好像也水灵了。

是的,这一天是二十四节气中的大寒。家乡九寨沟,此刻正是漫天飞雪、寒风刺骨,气温在零摄氏度以下。而此时的三亚,艳阳高照,碧海蓝天,椰树婆娑,气温在25摄氏度左右。在母亲近70年来对季节的印象里,两地的气温形成巨大的反差,颠覆了她对季节的理解。

  在北纬33度生活了一辈子的母亲,种了半辈子的庄稼,关心的是气候对庄稼的影响,从来没有想过气候对她的影响。只有节气变化前后浑身的疼痛,让她想起什么节气要来了,孩子们该穿什么衣服了。时间对任何人都是公平的,节气也一样。一年四季,春夏秋冬,谁都得一天天过。对于年近七旬的父母来讲,该冷的时节是冬天,冬天最冷的时节是大寒。对于没学过地理知识的母亲来说,在大寒节气里三亚是25摄氏度的温度,让她无法理解,这对于母亲而言是无法理喻的感觉上的错乱,就像是打乱了春播秋收、太阳东升西落的真理一样。母亲头脑中的地理坐标混乱了,她只记住了时间轴,可是她没法在头脑中构建一个空间轴。于是她相信上天确实是不公正的了,同一片蓝天下,明显的厚此薄彼。上天把太阳、温暖和最好的空气都给了三亚,把稀奇古怪的鱼类、水果给了三亚。而我们北纬33度,这时只剩下寒冷了。

  我已经忍受不了对大海的朝思暮想,就像恋爱中的男女。我今天必须去看看大海,听听它的私语。吃了晚饭,我建议去海边走走。

  天已经黑了,海与天相接的地方,云层的缝隙里漏出几条灰色的、褐黄色的光带,最后这光带逐渐变成藏蓝色、黑色的了。还未到海边,就听见"哗……啪……哗……啪……"的海浪拍打海岸的声音,富有灵动的韵律和固定的节奏,这是海浪心情的表现。我分明听见了大海的心跳声,我感受到了大海的情绪:这时的大海是寂寞的,嬉戏的人们都回家了;这时的大海是温柔的,像一个恋爱中的女子;这时的大海的心跳随着海浪的节奏,好像是在梦呓,是温情的、喃喃的……是的,海上的确是一片漆黑了,只有岸边的细沙,泛出幽幽的有别于大海漆黑的幽暗模糊的白光。远方的海边隐约有一排灯光，忽明忽暗，随着海浪忽上忽下。静静地站在沙滩上，感觉一片祥和、温馨、幸福和满足。海风习习，温柔地吹着我的头发，连我脸上的绒毛都感觉到这种幸福。裙子配合着海风，拍着我的腿，也是轻轻的、温柔的。脚下的沙也要表达它的热情，迅速地钻入我的鞋里，掩埋了我的脚，挽留我，别走，再待一会儿。

但是我感觉大海累了，需要休息了。

站在海边，我感慨万千。陪父母来南方过暖冬，是我二十多年来的一个梦。三亚，是我这个梦的载体。

当时，父亲的单位组织职工去三亚旅游，父亲给他自己和母亲报了名。临行前，母亲却犹豫了，她放心不下我，因为还有半个月就是我的预产期。父亲也犹豫了，他们想退团。母亲让父亲去，她留下来陪我。我认为他们都去旅游，半个月后他们回来时正好。母亲却说预产期不一定准时，执意要留下。对于母亲的决定，我内心感到踏实和感激，也有些许的愧疚。母亲难得有机会出门一次，却为了我，不能成行。那时母亲四十七岁，我认为以后有的是机会。于是，大大咧咧地同意了母亲的决定。儿子早产半个月，父亲旅游回来时给儿子节约了几张胶卷，儿子出生后的第一张在襁褓中的照片就是外公拍的。

我以为有的是机会的事，却一再拖延，未能成行。

几年后，弟弟、妹妹相继结婚。因为弟弟、妹妹的小孩前后相差一百天，母亲带着两个婴儿，更没有时间去看看大海了。如今，这两个孩子已经长到了一米八的个子，俨然是两个小伙子了。这一晃，二十多年过去了。父母已是满头白发，年近七旬。二十多年前襁褓中的婴儿，如今已经长大成人，在大寒节气前工作了。这对于父母是莫大的安慰，对于我是督促，是时候该陪父母去一趟三亚，完成一场时隔二十多年的约定了。

初到三亚，巨大的反差颠覆了母亲对季节的认知。母亲一再说老天对这里真好。因为在大寒时节，这里人人都能享受暖和，而北纬33度的家乡，地处冰天雪地的人们却在用电、煤、柴火取暖越冬。

赶快享受大寒节气里的温暖吧！我换上了裙子，也怂恿母亲穿裙子。穿裙子这件对于我们女生而言习以为常的事，对于母亲而言却是人生的第一次。我知道，劝母亲穿裙子得费些口舌，因为在母亲七十年的人生中，没有穿裙子这个环节。所以我悄悄地给母亲准备了一条裙子，装在行李箱里。

我要尽我的所能，不让母亲的人生留下遗憾，就像母亲尽她的所能，不让我的人生有遗憾一样。这得一件事接一件事地去做。

首先，让母亲穿上裙子。母亲说她穿裙子不好看。平时，对于母亲的审美，我认为没有一点问题。可是真的如母亲说的她穿裙子丑吗？并不是这样。母亲扭扭捏捏，我知道她在思想上需要一个接受的过程。来自旅游目的地的母亲，看惯了游客千奇百怪的个性穿着，思想容易开化。对于我们的身影会出现在别人的镜头里，而我们不能影响三亚的风景的劝说，母亲表示赞同。母亲终于同意穿裙子了，父亲这时也积极主动地帮助母亲穿裙子，对于这一幕，除了温馨还有感动。在我们的惊喜中，母亲穿上了裙子！这是母亲人生第一次穿裙子，我赶紧拍照，并将照片传给家人，母亲得到了大家的鼓励与赞赏。

对于穿着裙子的母亲，我和父亲大加赞赏，发自内心地赞赏，母亲真美！

母亲穿裙子对我的震撼，不亚于三亚的气候对母亲的震撼。都是意想不到的事，可是都发生了。看着已经没有腰身，背微微有点驼的母亲，我心里既高兴又难过。高兴的是，在母亲的有生之年，作为女人，母亲穿上了裙子，圆了我的一个梦。难过的是母亲竟然一辈子没穿过裙子，作为一个女人，多么遗憾！可是对于母亲这代女人来说，没穿过裙子又是多么的正常。

是时代、地域、环境、家境、观念、经济等因素，造就了这代女人只讲奉献、不求索取的价值观。谁没有青春年华？谁没有人面桃花？谁没有窈窕身姿？她们将这些打着捆，低价贱卖给了岁月，给了家庭。岁月是无情的，承载着这么多的青春，也并没有因此而感到不堪重负，时间铁面无私地对待每一个人。该长的白发，绝不延迟；该弯曲的身板，绝不笔直；该长的皱纹，绝不会少一条。但是上一代人经历过的苦难，对于儿女来说，是内心一道不可逾越的坎。除了内心的疼痛外，觉得过往的岁月不堪回首，更多的是为父母供养自己所付出的辛劳无以回报的愧疚。

北纬18度，你不但温暖了我们的身体，也温暖了我们的内心，更圆了我们的梦。二十多年了，让我对父母有了此次长时间的陪伴，我因此而快乐。

2

三亚湾的岸边热闹极了。热烈的阳光，像一张白得耀眼的纱巾，裹住了海滩上的人们和椰子树，裹住广袤的海洋和数不清的沙粒。我赤脚走在岸边，感受着沙粒对太阳热情的回馈。沙热热的、细细的，充实到我的脚掌心，有一种莫名的温暖、感动与满足。回头望时，沙滩上留下了我的一行足迹，一个浪冲了过来，我的脚印被浪花带到了无边的大海里，消失得无影无踪。

我的脚能体会：走在沙滩上，像走在梦境里，像是穿越了时间和空间的隧道。脚在对比着三亚和九寨沟的异同，在对比着三亚和九寨沟在我心里的分量。这番遐想让我感觉到了时空隧道。

这时一个浪花飞起落到我的嘴里，又咸又涩。沉睡着的思想火花却被这小小的浪花刺激得打了个激灵。味觉神经此刻满血复活，大脑神经也在想这滴水为什么是咸的。是啊，因为它是海水，所以是咸的。这广袤无边的大海里，蕴藏着数不清的盐。如果把海水中的盐提出来铺在地上，陆地的高度可以增加 153 米。

在三亚，最多、最便宜的就是盐了。可是，盐对于九寨沟等内陆地区来说，又是稀缺的、珍贵的。

我的思维穿过时间和空间隧道回到了九寨沟，回到了刀口坝。因为我必须回到马家沟去看看，看看爷爷奶奶在双石头和罗家岩挖土盐的大窑洞，还有那么多患甲状腺增生的男人和女人们。是谁给他们的脖子套上这么粗的一个肉项圈，如此沉重地凌驾于他们的人生之上，至死都不离开？脖子上美丽的蝴蝶飞走了，再也不会回来了。随之失去的，再也不会有的，还有年轻女人娇美的容颜和作为一个女人的骄傲。

早在春秋时期，当权者已经懂得将盐作为牟取暴利的工具。旧时的茶马古道，运输困难，只有拉出药材后返程的马帮，从甘肃碧口等地驮回锅巴盐。锅巴盐的形状像一块砖头，有一寸厚，坚硬无比。要弄碎它，必须先放在火边烤热。锅巴盐可能是来至自贡。还有松潘方向驮来的青盐——青海湖的盐。青盐长得像奶渣，一颗一颗的。这两种都是最好的食盐。当时判断一家人是穷是富，就是看能不能吃得起盐。

盐在九寨沟地区是宝贵的。直到新中国成立初期，在九寨沟干旱河谷的半坡上，青白色的土一度使人们的眼睛发亮，因为这种土里有盐。舌头被这土的咸味欺骗，被这土的涩味蒙蔽。吃这种土盐十年以上，有的人会因为体内缺乏碘而患上甲状腺增生，脖子上就会长出奇丑无比的包块。

盐除了食用以外，还具有消毒的功效。

记忆中我的手受伤了，爷爷就在椒艾水里加入一些盐巴给我清洗消毒，父亲则要用酒精消毒，为此爷爷和父亲有过争执。他们都是出于对我的爱，最后爷爷妥协。这不是爷爷对父亲的妥协，而是对科学的妥协。时代进步了，盐已经不是最好的消毒药了。

3

西岛的岸边堆满了人，或照相，或踩水，或坐在沙滩上看海……不时有一辆海上摩托风驰电掣般驶来，摩托上准会有两个人，一个是游客，感受摩托在海上360度漂移的刺激，另一个是驾驶摩托车的年轻人，一般个子不高，虽然全身防晒武装，但还是晒得皮肤黝黑。伴随着360度转弯时游客的尖叫声，转过身来时，我看见，这就是一个脱掉鱼鳞的人，和重返大海的鱼，有前世的约定，今生将以这种形式相见。

岸边不同的口音发出同一个笑声。有几个看样子退休了的阿姨，穿红着绿，在海边照相，"一、二、三、跳"，阿姨们使劲地跳起来，在我看来，脚还是没离开海水。再一看，在海水与沙滩交界处，有一层白色的泡沫，随着海浪一荡一荡的。可能是变成了泡沫的美人鱼寂寞，于是阿姨们的脚被美人鱼拉住了，美人鱼想留阿姨们再多陪她一会儿。泡沫混淆视听，欲将碧蓝的海水变白，而此时的太阳欲将蓝天变红。阿姨们和岸边的人们，还有在阳光下发出五颜六色光芒的泡沫，又一次发出笑声。

这时的人们是友善的、欢乐的。旅游确实是一个忘记自己、忘记不愉快的方式。

父母也在人群中欢乐着。我悄悄地沿着海边走去。我想在海边寻找什么，或是发现什么。能找到什么呢？能发现什么呢？

我的脚好像被什么东西硌了一下，低头一看，是一个贝壳。这里海边的沙滩上有许多贝壳和珊瑚的残骸，海浪还在不停地将海水里的贝壳和珊瑚的残骸冲上岸边。又一个浪打来，将这些东西又带回到海里……如此磨砺，贝壳和珊瑚的残骸终于成了一粒沙。贝壳磨掉了沉重的外壳，最后只留下一颗坚强的心。我豁然开朗，世事的磨砺，对于一个人的锻炼是全方位的。"天将降大任于斯人也，必先苦其心志，劳其筋骨……"做一粒沙都要承载如此的磨砺，何况人呢！

捡起贝壳，这是一个完整的贝壳，看得出在海里的时间不久，因为海浪还没有将它的棱角磨去。可是，这个东西为何如此眼熟？

想起来了，爷爷的抽屉里就有这样的贝壳。

记忆中那是一个完整的贝壳，像充电器插头那么大，里面装着一种褐黄色的黏稠的贝壳油——爷爷喊"蚌壳油"。冬天，爷爷手上的皮肤会被寒风拉出一条条口子，手皴了，爷爷就会买来贝壳油，晚上洗干净手后，擦在手上，在火边烤，几天后皴的口子就会痊愈。贝壳油价格便宜，几乎家家都用。但是，记忆中贝壳油有一股不好闻的味道，没有像百雀羚一样的香味，现在想来应该是鱼油的味道。当然，百雀羚是妈妈和我的护肤品，香香的，我喜欢。奶奶则喜欢用蜂蜜和着白酒，用凉白开稀释后，装在一个瓶子里，洗脸后擦在脸上。

那时的人们没见过大海，更没见过贝壳，听说是大海里的东西，异常地稀奇。是的，北纬33度和北纬18度，空中直线距离近两千公里。这是一个遥不可及的距离，想象力都无法到达的距离。所以，我家爷爷奶奶和他们以上的先人，除了李兴茂以外，都没见过大海。

我思绪纷飞到了一百八十多年前祖上生活的地方和年代，那是藏汉杂居的地方……

对于藏族，我们很熟悉，他们是我们的邻居、亲戚、朋友。我的脑海里出现了一个个藏族男人和女人，他们的表情、他们的衣着、他们衣服上的装饰品。我诧异他们的头饰和装饰品离不开贝壳。迄今为止，老年人的头饰上还有贝壳。他们将贝壳打磨成大大小小的圆形，或是将贝壳穿孔，用绳子连成一串。他们生活的地方离大海这么远，是怎样得到贝壳的？他们为什么要用贝壳当装饰品？一般情况下遵循就地取材的原则，为什么他们不用动物的毛皮或者骨头做装饰？我始终没明白。高纬度的内陆深山和低纬度的天涯海角，这是天与地的距离。迷茫的我像一片树叶，被一阵风吹着上下飘浮，四处张望，不着边际。

爷爷的抽屉里除了有贝壳油外，还有贝壳。遥远的、模糊的记忆中，又像是在梦境中，隐约中我看到过贝壳，父亲说有两个，这我记不清。它曾经是那么尊贵，在人们的心目中它有显赫的地位，被人们高高地戴在头上、辫子上。它被人们宝贝一样地珍藏、使用。它成了一个个家庭的传家宝，一代又一代地传承下来。它见到的是富贵荣华，听到的是歌舞升平。

什么时候，这些贝壳完成了它们的历史使命，静静地在黑暗的角落哭泣，忍受着被抛弃后的孤单寂寞？它们在黑暗中回忆着它们的一生，它们所受到的宠爱，它们所享受的尊贵。可怜的贝壳，时间和历史将它抛弃，人们的生活也将它抛弃。在这深山内陆，它属于孤魂野鬼了。

这两个贝壳，父亲说是在我家老房子后的城墙边挖出来的，我不知道这是不是盖州城（今九寨沟县南坪镇中安乐附近，史料记载不详）的城墙。历史的尘埃掩盖不住它们的与众不同。作为内陆少见的稀罕物，它们成了我们幼年时极好的玩具。可是，泥土掩盖不住它们显赫的身世。父亲说，这些贝壳除了做装饰品外，还当过货币。贝壳是作为货币流通到我们深山来的，当时的人们叫它们"贝币"。

那是先秦时期的事了。人们用刀子，在它们身上刻出一道道痕迹，作为物品交换的媒介。有交换就有流通，所以，贝壳由海边交换、流通来到内陆九寨沟。那山、那水、那树、那田、那人，或许贝壳清晰地记得。盖州城被毁，它们也惊慌失措，最终，贝壳和时间被历史深深地掩埋在黑暗里，直到被爷爷挖出。

可惜的是，这些贝壳又不知被我们玩丢到哪里去了。丢失它们，我又一次失去了和历史相约的信物。我和盖州又一次失之交臂。

我在海边呆呆地站着，海浪一如既往地温柔地拍着我的腿和脚。这时的我像一个导体，把三亚最便宜的热、最低廉的盐，连同隐忍在蝴蝶后的甲状腺、身受苦难磨砺的沙，连同贝壳，作为此行的礼物，用思绪带回到九寨沟。我不能将它们带上飞机，因为飞机不能承受如此之重的历史。

4

候鸟如期迁徙。

在冬天来临前，刀口坝老家房子横梁上的燕窝已是空空如也。昔日嗷嗷待哺的燕子已经长大，赶在寒冷的讯息来临前陪着它年迈的父母飞到南方越冬去了。来年，当燕子感知到空气中有春的温暖时，生命的密码在体内骤然发酵，它听到了远在北方的呼唤。于是燕子带着春天，千里迢迢回到了我家横梁上，开始新的生命轮回。不久，燕窝里会伸出一只只小脑袋，张着一张张肉粉的小口，用稚嫩的声音呼唤爸妈妈。千辛万苦找到食物的燕子，用箭一般的速度飞回来，站在燕窝边上，微微张开翅膀，拥抱着它的孩子，将嘴里衔着的小虫，轻轻地放入孩子的小嘴中。

这一幕是我所熟悉的场景，像母亲当年给我们喂奶时一样。

安乐寨传奇

儿时的记忆不时在大脑里回放,呈现出幸福、迷茫的味道。

以扶州古城为中心,左边是黑格浪,右边是都格浪(藏语,意为熊部落)。都格浪——安乐寨(九寨沟县南坪镇刀格坝村),像一个饱经风霜的老人,安详,静默,它有太多的故事,默默地回味着。我对于安乐寨这片土地深厚的感情和特殊的关注,是缘于这里是我奶奶的娘家。奶奶对生活的热爱和坚韧,豁达和宽容,让我对安乐寨产生了好奇。什么样的地方,培养了奶奶这样的一个女儿?于是思乡之情,像一根带着电流的线,通过奶奶的血脉,传递给了我。

大山深处的都格浪部落

安乐寨藏、汉杂居,历史上藏语称安乐寨为都格浪。这里人杰地灵,历史源远流长,藏、汉亲如一家,生产生活中互相关心、帮助,堪称民族团结的典范。但信仰、语言、民俗绝对是泾渭分明,各自有自己的坚守,而互相尊重,互不冒犯。从风水上来讲,安乐寨是出人才的地方。一个山坳,里面宽阔平整,两边是山梁。一股山水从右边的山脚下流出,滋养着这方土地上的人们。站在大寨子的山梁上看下来,右边的这个山梁确实与众不同，如东北方突然腾跃出的一条龙，龙头在安乐寨和甲勿沟流出的两股水的混合处，像在喝水。老人们因此说，安乐寨有龙脉，有龙脉的地方，就会出人才。历史上确实出了很多的能人：杨观成、杨承先、杨继昌等。这些风云人物，虽然随着时间远去，但是他们的事迹或浓墨重彩或轻描淡写，总在人们记忆深处生根发芽，不经意间就被说起，总在老人们被时间偷走牙齿而显得干瘪的嘴边挂着，是那么鲜活，带着体温和独特的气味，就像发生在昨天。

民族杂居地区的民族融合是在不知不觉之中发生的。但是在时间的长河里，在共同生活的影响下，藏、汉之间的语言、饮食、风俗习惯互相渗透，呈现出交叉部分的共性，表现出同质的生活细节，慰藉共同经历过的岁月。比如语言，藏族的语言里穿插了汉话，和藏族共同居住的汉族语言里也有了藏话的词语，就连对人的称呼也被同化。我听见我父亲喊藏族的老妇人"妈"就非常奇怪，原来藏语的"孃孃"就发"妈"的音。

碉楼——智慧的见证

每次回安乐寨，家家挨着请吃饭，肚子都要吃撑了。酒足饭饱，得走走消化一下。舅爷家的房子，就在碉楼的旁边。我牵着奶奶空空的袖管，在寨子里转悠。满路都是猪屎、羊屎、牛屎，我跳跃着前行。五岁的我，突然被高大的建筑——碉楼——所震撼，它就矗立在我的眼前，我必须抬头仰视它。奶奶说，碉楼是羌族人（据民国《松潘县志·边防》记载，叠溪、黑水、马尔康四土八屯诸部，为羌族人之后）花了三年时间修建的。从此，碉楼在我的记忆里从不曾消失。碉楼高大伟岸，笔直地耸入天空，那是我见过的最高的一幢建筑，我不由得发出一声惊叹。建筑的整体是深深的青石头，石头之间用鸡蛋清、熟糯米、毛发和黄白色的混合土勾缝。碉楼有四层高，四层是造型，有留空，只修了一半。在我童年的记忆里，碉楼威武、高大、神秘。它的内部结构，使人产生无数的想象：机关、暗道、宝藏、粮食、水道……如果下雨，烟雾环绕碉楼，似一根洁白的哈达，更增加了碉楼的神秘感。碉楼的形状底下大，越往上越小。这种造型显得很沉稳，不为风雨所动，不为世事所动。

它见证过太多的人和事，它已经欲哭无泪了。几岁的我，小小的个子，站在碉楼下，显得那么弱小，就像我知道的历史那样少。我注意倾听碉楼的声音，它已经声嘶力竭；我注意观察碉楼的外形，子弹擦过石头的痕迹赫然在目，不知道它还痛不痛。碉楼上子弹的擦痕好像打在我的身上一样，我心里发凉，身体疼痛，感觉在黑暗中坠落，吓得我紧紧地拉住奶奶的左手，让奶奶手里的温度温暖我颤抖的心，也让奶奶手里的温度和力量将我拉回到现实之中。

"谁不说咱家乡好"。作为安乐寨的女儿，奶奶对于娘家的土地上有此雄伟的碉楼感到无比自豪。

这个碉楼，一百多年来，任凭风吹日晒、风火雷电、枪林弹雨，都屹立在这里，纹丝不动。奶奶指着碉楼，一层一层地给我说。那里，看见没有？墙上有一个黑黑的小洞的地方，那是枪眼，里面能容一个人举枪射击，里面可不是我们看见的这么小，宽敞着呢。外边小，里面大，土匪的子弹射不进去，里面的人可以清清楚楚地看见外边的人，并击毙之。奶奶讲碉楼里有很多的机关、暗器，地下室里还有很多的粮食，储存量大，能吃几个月。土匪就算围了碉楼，也饿不死里面的人。我不由得惊叹：太伟大了！在我幼小的心里，我认为碉楼是世界上最伟大的建筑。它充满了智慧，它经历了无数的传奇。奶奶给我讲安乐寨沟里的土匪时，我不再担心土匪会杀人越货、烧杀抢掠了。碉楼给了我无限的安全感，让我有了生命是有保障的的幸福感觉，觉得有碉楼的庇护，岁月如此静好，生命如此尊贵。

新中国成立后碉楼被队里当保管室，当会计的舅爷被安排在碉楼里看守粮食。舅爷的床边有一根竹棍。四年来，舅爷没注意过这根棍子，更不知道这根竹棍的用途。直到有一天，一群人来到碉楼，找到这根竹棍并在墙上丈量着，然后拿起锤子在墙上敲敲打打，覆盖着的石板敲破了，银子像水一样泄下来，舅爷和大家都看呆了。原来碉楼门槛下，墙壁上机关密布，就是天天睡在里面的舅爷也不知道。碉楼粗犷的外貌掩盖了内部的秘密，悠久的历史挡住了往日的不堪。从此后，碉楼像一个病人，弓腰驼背，气喘吁吁，它受了严重的内伤。

碉楼是安乐寨人心里的安慰。它顶天立地，傲然屹立，它是智慧的化身，也是权力的象征。碉楼是安乐寨的标志，凝聚着安乐寨的人心，它是安乐寨人的主心骨，只要碉楼还在，安乐寨的人心就还在。

记忆中的碉楼继续高高耸立，碉楼给我的神秘感和安全感在心里也一直高高耸立。

安乐寨锅庄

每年春节，让小孩子又期待又害怕的，是安乐寨的锅庄。一阵枪响，是锅庄离开寨子的信号。节庆、红白喜事只打枪不放鞭炮，是安乐寨特有的习俗，是安乐寨独特的烙印，不论藏族还是汉族，都一样。"嘟、嘟、嘟嘟嘟——"长长的号声从远处传来，配合着鼓沉重的"咚、咚、咚咚咚"和清脆的钹的"锵、锵、锵锵锵"的声音，像是被声音从遥远的时间里带出来了一群人身动物头的生灵，他们祭拜着、劳动着、繁衍着,他们是神灵的孩子,也是大自然之子,他们信奉万物有灵,他们和大自然和睦相处,他们是这片土地的主人。这声音像是从远古传来,像是穿越时间从历史中走来。这声音中有太多的故事,有激情,有沧桑,像一个老者不慌不忙给你娓娓道来。

锅庄也叫伎舞,是安乐寨藏族对神灵古老的祭拜仪式。戴着动物头饰、穿着鲜艳服饰的人模仿着动物的动作,用舞蹈告诉你动物的生活、爱情、繁衍、生息。动作时而缓慢悠长,手脚配合默契,像打太极拳;时而热情奔放,双脚快速转动,身体像一个彩色的陀螺在旋转。舞者用舞蹈诠释着他们对掌管万物的神灵的崇拜,和同类之间的相亲相爱,以及对供养生命的五谷的感激之情。

队伍里有两个曹盖,我们喊"大鬼""小鬼",头上戴着粗糙的黑色面具,这面具没有队伍里其他的面具精致鲜艳,反穿着泛黄的羊皮袄,手里拿着黑色或者黄白色牦牛尾巴做的长长的掸子。大鬼小鬼举止轻率随意,他们更像是开路先锋,为后面的队伍扩场。他们单脚跳着,毛掸子往外绕着,活像调皮的孩子。大鬼小鬼专找小娃玩,要不把你抱在怀里,要不追着你不放,把这些小娃吓得鬼哭狼嚎。后面一丈远的地方跟着一帮小娃,"噢、噢"地叫着、笑着。看着把小娃吓哭,大鬼或者小鬼就会放掉这个娃,被放的娃没有了恐惧,一下就会笑起来,满脸眼泪和鼻涕伴着开心的笑声,真真的滑稽又好笑。不过游戏没有结束,小娃的目光马上会注意大鬼小鬼又会逮谁来玩。所有的小娃马上就会离大鬼小鬼远远的。或者,人群里有人恶作剧似的将一个小娃推出来,伴随着一声惊叫和一群笑声,游戏又开始了。小孩害怕的是那黑黑的面具,以及面具里神秘的力量。

跳伎舞的人,戴着十一种动物的面具,步伐沉稳规矩,像是得到了神的暗谕,手持降魔杵,用规范的动作不慌不忙地演绎着天、地、人和大自然之间的关系。仵舞希望给人们带来幸福,用彩色的裙摆将三灾八难旋转收拢,并带走。从此,所到之处风调雨顺、百业兴盛。

酒曲子唱起来,转转酒喝起来,敬天敬地敬朋友,总也唱不够。记忆中 20 世纪 80 年代,这些戴着仵舞面具的人,在我家厅房里喝了整整一夜的酒,唱了一夜的酒曲子。在我家喝酒是理所应当的,因为,我奶奶是他们的"阿依""妈"。

跳锅庄,是有哭有笑有期待有恐惧的记忆,把童年记忆装扮得五颜六色、充满欢乐。

纯朴的天性

奶奶回娘家,免不了东家进去、西家出来,让我感受到浓浓乡情,见识了他们好客的秉性、纯真的眼睛。

奶奶要见见她儿时的伙伴,以及她的亲戚。所去的人家,都热情挽留,并马上刨开火坑子里的火,续上柴,搭上三角,给我们煮饭。柴被放成花架子,中心留空,让空气能进入。"人要实心,火要空心"。主人张开嘴,慢慢吸一口气,腮帮子都鼓起来了,紧紧地闭上口,对着干柴"呼、呼、呼",将吸进肺里的空气经过转换再均匀地对着柴吹出来。接收到新鲜氧气的干柴,在温度和氧气的作用下,冒出一股股淡蓝色的烟子,烟子升起来了,屋里边朦胧了。火坑子上方挂着的肥腊肉和腊排骨,贪婪地吮吸着烟子的味道。然后烟子从火坑子上面钻到塔片房的缝隙里,再从压着塔片的大石头旁边袅袅地探出头来,一摆头一扭腰,脚一蹬,升到了空中。火坑子的柴燃了起来,发出红红的火苗,淡蓝色浓浓的烟子骤然减少,烟子变成白色的了。这时,看见火坑子边的人们一个个被烟子熏得满眼是泪,空气中有了木头燃烧的香味。常年的柴火烟子把楼板和墙壁熏得乌黑发亮。奶奶说，木头被烟子熏过后，不会被虫蛀，使用的时间会更长。柴的一头在燃烧，另一头则发出"哧哧"的声音，伴着声音，从柴的纹路里流出冒着白烟的水来，像柴的眼泪。

洗锅洗腊肉排骨，一会儿，腊肉的香气弥漫在屋子里。

炖腊肉排骨的这段时间，主人从园子的蜂巢里取来一扇蜡扇子，上面布满蜜蜂六角形的巢，将蜡扇子用手轻易地掰成几块，拿一块放进嘴里嚼，香香脆脆，化为细渣，从嘴里飞快滑入喉咙。手忍不住又伸向蜡扇子，直到头被甜味甜晕。或者从热气腾腾的火灰里刨出几个烧得粑粑的洋芋，剥掉洋芋皮，蘸着从蜡扇子里流出的蜂蜜，蜂蜜裹在洋芋表面，像戴着一顶金黄色的帽子。多余的蜂蜜左右拉扯汇集成一股，从圆圆的洋芋上流下来，流得很慢，在召集着四面八方的同类，这时得赶紧用舌头舔一下，要不，会流到拿着洋芋的手上，黏黏的。

安乐寨人好客。客人来了，所有的人家都要请吃饭。入门先是喝咂酒，这是安乐寨的习俗。一个土罐子里，玉米、小麦、荞麦等粮食酿的酒，酒味浓郁。里面放着一根一插到底的细竹子，用嘴衔着露出的一头，深深地一吸，口里满是食物发酵后的香味，既解渴，又解乏。如果是晚上，人们围在这罐咂酒边，一人一口，轮流喝着，唱一会儿酒曲子，说一会儿笑话，把单薄的日子过得比咂酒还浓郁厚重。

待客的食物中，腊肉排骨必不可少，炒炒饭就是主食。条件好点的，煮米炒炒饭；条件一般的，煮洋芋炒炒饭。摊荞饼，里面裹上葱，或者擀长荞面、长杂面……凡是他们认为最好的，或者他们知道奶奶爱吃的，全拿了出来。我不禁想，奶奶的胃口到底有多大，她怎样才能吃得下这么多？但是奶奶自然有她的方法：每家的肉和饭只是吃一点，酒喝一杯。其间往往会有这样一幕：不知道从哪里伸出一个勺子，一般是身后，装着满满的一勺饭，以最快的速度倒入你的碗里。让人望着这满满的一碗饭,哭笑不得。或者,从你的头顶,几片肥腊肉从天而降,落到你的碗里。主人从不担心客人能否吃完,他们待客的诚意和热情,以酒、肉或者饭为媒介表现出来,浓浓的,炽烈的,不容你推辞。然后,下一家请吃饭的人在旁边等着。这时,吃完这碗饭的决心,大过了浓浓的亲情和邻里间深厚的情谊。

记忆里的亲情是吃不完的腊肉排骨,喝不完的啤酒,走不完的亲戚人户……

可能都是小孩子的原因,对安乐寨的小娃,我有了特别的关注。最使我难忘的,是他们天真无邪、害羞的眼睛。当有生人来寨子里时,好奇心重的小孩比谁都着急,急于想看是谁来了、穿的什么衣服、说的什么话、带来了什么新的讯息。这对于处于偏僻山区且无任何机会了解外界的他们来说,是一个机会。但是他们害羞,对于平时少见的生人,他们没有勇气将自己完全暴露在他面前。于是,门和窗成了最好的掩体。将身体藏在门枋后,手逮着门枋,斜着身子,悄悄地将头伸出一点,或者只露出小半边脸上的一只眼睛。屋里的人只会看见杂草似的枯黄的头发、一只眼睛和黝黑的小半边脸。或者踮着脚,或者脚下垫着几根柴,手扒在窗台边上,露出头顶和两只怯怯的眼睛。无论是露出一只眼睛还是两只眼睛,表情都是一样紧张、好奇、害羞。

也许,这个屋子里的一切,对他们来说都是新鲜的:奶奶的断手臂,是他们无法想象的痛。靠在奶奶身上的我,包括我的发型和衣服,可能都是他们观察的目标。我也在观察着他们,猜着他们的心理。不同的是我在明处,他们在暗处。几十年过去了,我好奇他们露出来的一只眼睛或者一双眼睛,对于看见的情景还有记忆吗?我真想问问他们。

多年后再见时,他们的记忆里却是偶尔吃我家的一顿饭,或者喝我家水缸里的冷水,或者偷我家后院里的枣子。他们的注意力在我家的果木树上,而我的注意力在他们身上。

地球的眼泪——凉水

舅爷家有个老磨坊,坊后靠山根有块地,地与山根接合处有一眼泉水,一年四季泉眼里"咕嘟咕嘟"冒出地下水,从不间断。不曾改变的,是泉水的温度,冬天不冷,夏天不热,温度恒定。即使是大热的天,这股水也是凉凉的,我们称之为"凉水"。泉眼像一只眼睛,一只流泪不止的眼睛。我常想:不知道它受了什么委屈,有这么多的眼泪。难道是在地球内部没有它的立身之处?它逃也似的离开那里。按理说,眼泪该是苦涩的,可泉水明明是甘甜的。那应该是欢喜的眼泪吧。

我不禁想,水到底带来地球深处的什么讯息呢?我还没想明白时,它已经变了好几个模样,让我不由得惊叹。那么地球内部的热烈呢?凉水太愚钝了,它怎么一点都不知道;泉水太老实了,一点都没带来。难道它被地球边缘化了吗?但是,不管你用何种眼光看待它,它依然我心永恒,不急不忙,不冷不热,不因外界而改变,誓与天地共存亡。

周围的土层已经被水冲得没有了踪迹,只剩下指甲盖大的、黄褐色或者青黑色的小石头,和一些细小的石子儿。这些石子儿虽然小,但是稳稳地躺在那里,任水在身上流着,纹丝不动,践行着"稳如磐石"的誓言。这股水清澈若无,没有一点杂质。水不断地从地下冒出来,源源不断。阳光下,波光粼粼,五光十色。在微波里,水面像一面打碎了的镜子,从各个角度反射着太阳的光芒。在我的眼里,它像一个放大镜,随时调整着焦距,将随着水波而变幻莫测的石头呈现出忽大忽小、忽高忽低、忽黄忽绿的影像。

处于地球表面的我们,是渺小的,对待大自然的风雨雷电,可没有来自地球内心的这股凉水这般稳重和执着。

记忆里，当连天的暴雨使河水浑浊不能饮用时，这股凉水就解决了人们吃水的大问题。

于是，刀口坝到安乐寨的路上，提着茶壶、水桶的人在忙着提凉水回家煮饭。我和弟弟人小，一人提着茶壶，一人拿一根木棍，也跟着大队伍去提水。茶壶里灌满凉水后，将棍子从茶壶的手柄处横穿过，一人逮着木棍的一头，摇摇晃晃地抬着回家去。往往是到家了一看，只有半茶壶水，或者更少。原来走路的颠簸将茶壶里的水洒在回家的路上了。这一来一去，至少得一个小时。我想：茶壶至少有个盖子，水桶没有，岂不是拿水桶的人的水全洒在路上了？于是我注意观察，发现情形却不是这样。别人的水桶里至少有多半桶的水。我疑惑了：用桶提水的人怎么做到水不洒出来的？原来，他们在桶里放了叶子，或是一片牛蒡叶，或是几片核桃叶、柿子叶，或者几片鱼腥草的叶子，或者是谁家地里的小白菜的菜叶。找不到叶子时，旁边草丛的嫩枝条，按照器皿的直径别来几枝，放在水面上。顿时，水安静了下来，虽然在上下跳动，但是不会漾出来。原来如此！液体的水是流动的，在地球的引力下，在摇晃的外力下，还没有伸出头的水，就被叶子或者树枝给按了回去。我们也学着在茶壶里放上叶子，到家时一看，果然水还有很多。

事事皆学问，果然一点不假。

水的随意几乎让人认为它没有初心。之所以水没有形状，是因为它豁达。装在桶里就是桶的形状，装在盆里就是盆的形状。水不像桶或盆，固守着初心不变，坚持着原则不变。它没有宁为玉碎不为瓦全的信念。可能是水的这种随意，才让它能被舀在锅里、装在碗里。

记忆里下雨天的凉水是珍贵的，是峰回路转的惊喜，是绝处逢生的欢畅，是生活的温馨及满足……

生命的顽强

奶奶的妹妹——姨婆家，就在碉楼的下方。

一只麻灰色的老母鸡带着一群刚孵出几天、长着黄色绒毛的小鸡，在宽大的院子里用爪子在土里翻找着虫子。母鸡找到了一条蚯蚓，抬头发出"咕咕咕"的声音。正在四处打闹玩耍的小鸡们听到妈妈喊吃饭了，高兴地扑腾着小小的、露出粉红嫩肉的翅膀，跌跌撞撞地跑到母鸡跟前伸出黄黄的小嘴，贪婪地吃着妈妈找到的美味佳肴。一只小鸡耷拉着脑袋，迈不开步子。姨婆说小鸡病了。不一会儿，这可怜的小鸡倒在了地上，无力地眨巴眨巴眼睛，又闭上。它圆圆的灰白色的眼睑，将乌黑明亮的眼珠严严实实地盖上，将自己深陷于黑暗之中。我着急地又喊又跳，希望能唤醒它。这么幼小的生命，谁都不忍心放弃。姨婆拿来家里洗脸的瓷盆，将小鸡放在盆子底下，用一根木棍在盆子上敲打着。当当当地敲打十来下后，掀开盆子看看：小鸡抬起灰白色沉重的眼睑，慢慢地睁开了紧闭的眼睛，露出有一圈暗红色的黑眼珠，无力的眼神和我对视，紧紧蜷缩着的腿慢慢舒展开来，爪子摸摸索索地在地上寻找着支撑点，要挣扎着站起来。几次失败后，小鸡终于站了起来。太好了，一条生命得救了，我高兴地跳了起来，愉悦的感觉充满了我的心。

这件事给我的愉悦感是强烈的、永久的，不容置疑，在记忆深处顽强地占据着一席之地。几岁的我，知道生命的可贵，知道对生命的怜悯。对于小鸡的命运，对于生命的珍惜，在以后的岁月里给予了更多的关注。

吃酸梨的爷爷

记得小时候，安乐寨的杨继昌（班老六）爷爷，我们小孩喊"吃酸梨的爷爷"。我们把用大拇指和中指弹额头称"吃酸梨"。杨爷爷是县政协委员。他每次开会或者上街路过刀口坝时，总会拉住路上玩耍的小孩子，不论是谁，都会在他们的额头上轻轻地弹一下，小孩子摸着额头咧嘴四处跑开，他哈哈大笑，从口袋里摸出早就准备好的糖果，发给这些小孩。所以这些小孩子对杨爷爷又爱又怕。从此，一有小孩喊"吃酸梨的爷爷来了"，小孩子们便四处逃散，然后站住回头和爷爷相视而笑。其实，杨爷爷对小孩是无比的疼爱。给孩子们弹出的是他的爱心，只是稍稍加了一点俏皮而已。在我们这一代刀口坝孩子的心目中，吃酸梨的爷爷代表一种久违的关怀，人与人之间无障碍的情感，使人温暖。

杨爷爷从来没弹过我的额头。我是女孩子，他心疼我。但是糖可从来没少过我的。

吃酸梨的爷爷给我们留下了又甜又痛、又欢乐又憧憬的记忆，就像是在昨天，吃酸梨的爷爷口袋里装着满满的一口袋糖果，在寨子里转着，在逮小娃玩"吃酸梨"的游戏……

我的老太

奶奶回娘家，有时会带上我，那时我老太（奶奶的妈妈）还活着。她是厨子的妻子，对于这一点我深信不疑。因为头上包着的黑色的帕子下，是一张被烟熏得黑黑的脸。额头上有几道横着的黑黑的皱纹，特别像我们小时候画的丁老头画像的额头。穿着蓝布大襟的衣服，黑色裤子。一双大脚板,虽然在那个时代是另类,但说明老太是靠劳动养活自己的。她在安乐寨的河边看磨坊,在磨坊旁的一间小房子里吃饭、睡觉。一个火垅子,具备取暖和煮饭的功能。老太抽兰花烟,衔着烟嘴猛吸一口,两侧的脸颊向内凹去,颧骨高高地突出来,这一凸一凹的表情,使我常想:抽兰花烟,得使多大的劲?随着深深的吸气,烟锅子里的烟丝露出红红的颜色,老太的脸庞成了黑红色。当每个肺泡吸足了饱含烟草的气体后,随着肺泡的关闭,两股白白的烟子从鼻子里排了出来。老太的手指配合着呼吸,不停地用右手的大拇指和食指往烟锅子里压着烟丝。看着老太黑黑的厚厚的指甲卷成一个圆筒形朝一边斜去,我想肯定是烟锅子的火把指甲烧成了这样。

柴火将房子和老太的脸一并熏成黑色,这黑色是老太一生的累积、岁月的沉淀。

老太没事时总会站在磨坊的门口,和过路的人说说话。看到我和奶奶来,老太高兴地拿出蓖麻在锅里炒熟给我吃。蓖麻在热热的锅里跳跃着,发出"啪啪啪"的声音,像是过年放的鞭炮。炒熟的蓖麻香香的、脆脆的,牙齿用力咀嚼,使蓖麻破壁释放出浓郁香味,瞬间香味充满了整个口腔,令人回味无穷。或者,装了一戳瓢核桃,砸给我吃。在那个时代,这是老太能拿出来的最好的东西。

一整天,口里都是蓖麻的特殊香味。而奶奶把蓖麻叫"麻麦草"。于是,在这种香味的刺激下,和蓖麻有关的"吃人婆"的故事,在我脑海中呼之欲出。奶奶几乎每晚给我讲同一个故事的同一个场景:吃人婆藏在被窝里悄悄地吃着小娃的手指,发出"嘎嘣、嘎嘣"的声音。小娃问:"婆婆,你吃的什么,我也要。"吃人婆说:"我吃的麻麦草,娃没牙咬。"这是奶奶会讲的故事之一。天天听这个故事,我乐此不疲。而奶奶说到"我吃的麻麦草,娃没牙咬"时,我总会抢着先说出这句,这个故事在我的大脑里生根发芽。在奶奶充满爱心的描述下，吃小娃的吃人婆，在我的心里就像奶奶一样，完全没有狰狞和恐怖，竟然是一个慈祥的老奶奶形象，我竟然一点都不害怕。

这是一个不完整的故事，记不得是奶奶没讲完整，还是我的记忆有遗漏，当着一个小孩吃另一个小孩，还要撒谎说吃的麻麦草，逻辑上怎么也不对。我真想问奶奶这个故事的前因后果，可惜，奶奶早走远了，她听不到我的声音，更不会管我心中的疑惑。我像站在一块凸起的石头上，前后左右都是水，我不知道朝哪个方向走才能走到岸上。我无数次给这个故事设计了无数种开头和结尾，不知道哪一种才是当年奶奶的叙述。奶奶很少给我托梦，她不想管我了，彻底撒手。如此，不知道我还得要用多少年才能选对正确答案……

也许，此题无解。

也许，奶奶在训练我讲故事的能力。

也许，当我给我的孙儿讲故事时，我选择的一种叙述，就是孙儿一辈子的记忆。他不会选择，这样会不会抹杀孙儿的想象力？

我继续用戳瓢，在记忆深处打捞着关于安乐寨的点滴……

记忆里的安乐寨还有很多永不谢幕的事和不曾忘记的脸，其中有我的大舅爷。他在安乐寨属于有文化的人，长期当会计。大舅爷是奶奶的大兄弟。计划写这篇文章时，大舅爷是奶奶唯一一个还活着的兄弟。

亲人间肯定有心灵感应。我不知道大舅爷就要离开了，心里莫名的烦躁，觉得必须要写一篇关于安乐寨的文章才行。中午动笔开写，当天晚上十一点接到电话，说大舅爷去世了。我断断续续写完这篇文章时，舅爷已经长眠于生他养他的故土一个多月了。再一想，至亲的人里，我已经无爷爷可喊，心里不由得一阵难过。

生命代代相传，生生不息。无论这个寨子如何变迁，永远不变的是对于一个寨子的记忆，还有寨子里不随时光消逝的那些建筑、那些人、那些事……

阳光小院

我家老房子分前后两个院子。

前院由坐东向西长三间的正房子和左右两边的边房子围成，中间是一个能自由活动的院子。从早到晚，小院都是光线充足、阳光明媚。后院里种着菜，周围是柿子树、枣子树、梨树。

春天，坐在自家前院里，看着爬满黄土墙内外的蔷薇花，淡粉色的花朵层层打开，露出黄色的花蕊，敞开的身体发出幽幽的香味。眼睛看着，鼻子闻着，谁都知道春天来了，谁都会感到无限的希望。

这个时节燕子也从南方飞回来了。厅房台子的横梁上，燕子用一口口衔来的细泥，将一截截柔软的枯枝或草秆垒成一个窝，它们在窝里生儿育女，过着自己的日子。从院外扯进院子里的电线、有线电视线，平行排列，像五线谱的谱线，天色将暮的时候，燕子像穿着黑色燕尾服的绅士，三三两两自由组合站在线上。站在院子里向空中望去，黑黑的、直直的线条，线条上随意站立着燕子，这分明就是一首谱好曲的五线谱，那么这歌的名字就叫《春天在哪里？》或者叫《小燕子》了。

葡萄树苏醒过来，它解读到了春天的密码，于是，根部贪婪地张开大口，吸取着养料。不久，葡萄架上爬满毛茸茸的新枝。刚生长出的叶子没经历过风吹雨打，呈现有些稚嫩的浅绿。黄绿色的茎蔓赤裸着身子从枝条上直直地伸出，它的触角有感知点，寻找周边的着力点。当它的触角感知到葡萄架，就会牢牢地抓住，缠上十圈八圈。支撑着葡萄的枝条，将自己的一生拴在了葡萄架上，至死不渝。叶子的根部生出一串串黄绿色的正在孕育葡萄的花蕾，显现出生命的欣欣向荣。

一场春雨，房上瓦沟里干瘪的铜红色还魂草因雨水滋润而灵魂附体，迅速地醒来，贪婪地喝饱了水分，身体变得饱满起来，深铜红的颜色变成灰绿色。几天后，就长出了许多圆圆的厚厚的多肉的叶子，展示着它春天还魂后生命的旺盛和顽强。

院子里，两根十字交叉的铁丝晾衣竿，晒着刚洗好的被子和衣服，花花绿绿、五颜六色，洗衣粉的香味在太阳的热气里加快了运动，空气中暗香袭人。我喜欢这样的生活场景，生活不外乎就是一家人吃着一桌可口的饭菜，洗得干干净净的衣服在阳光下蒸发着水蒸气和香气。或者傍晚时，母亲和我将晒干的铺盖叠成长条，一人逮一头，同时朝两头使劲扯拉，让缩了水的铺盖恢复到原来的模样。母亲使出的拉力通过铺盖明显传到我的手上，这个力量像是要从我的手里将铺盖夺去。这时我应该也使力通过铺盖将力量传到母亲那边，铺盖的褶皱在两个力的作用下被抚平，经纬恢复到原来的长度。我觉得这个动作很好笑，往往笑得使不上力，被子随着母亲发出力的轨迹，从我的手里挣脱，在空中划出一条优美的弧线后散开落到地上。母亲使出的力没有得到抵消，她顺着使力的方向一个趔趄或一屁股坐在地上，模样狼狈。当然会被母亲呵斥，看到母亲没摔伤后又一阵忍不住的大笑……

生活往往简单而充实。

直至屋外水沟潺潺的流水声，空气中蜜蜂嗡嗡的飞翔声，路上牧归牛马嗒嗒的蹄子着地声，人们收工回家的说话声，在耳朵边响起……小院里，看的、听的、闻的，全奏响着生命的乐章。

这就是真实的生活,三十年来小院未曾改变,一派田园景象。

三十年前,小院前方是一个照壁,上面写着红色毛主席语录,字体方方正正,和书上印的一个样。院子里照壁后面是一棵苹果树,结着又大又甜的苹果,往往预示下一年的苹果就会又小又涩。苹果树要休息,这是规律。牵牛花的藤长得很慢,我每天都会看一眼,纠正它企图乱爬的路线,让它缩到苹果树的树干上。夏天,苹果树的枝上就会在早晨或者傍晚时开满紫色或者粉色的牵牛花,像花柱子。

像洋葱的百合的根茎,被我们从山上挖回来,埋在院子的土里,不久就会长出紫绿色的马尾巴一样的细长叶子。时至六月份,百合一下子长到高出人的头顶,一并开出五六朵白色喇叭样的花朵,发出醉人的香味。长长的铁锈红的花蕊,在风中摇摇摆摆,没有一点定力。花粉粘在花腔上,白色不再是纯净的白色了。看着不再白净的百合,我有些不喜欢,但还是喜欢闻百合悠长绵软的香味。从开花到花凋谢,一直是香味袭人。特别在夜晚,没什么风的时候,感觉百合的香味将空气不动声色地慢慢浸透。在大门口刻着扶州历史的石碑上坐着或者躺着,闻着花香,伴着虫鸣,听着爷爷奶奶讲故事,慢慢进入有花香的梦乡。

最期盼六七月到来。院子的右边有棵桃树,水蜜桃,味甜水又多。咬一口,甜甜的汁液顺着嘴边流下,整个脸上都是甜甜的,蜜蜂在脸边"嗡嗡"地飞着,奇怪这脸上怎么会有蜜的味道。赶紧将脸洗干净,不然说不定蜜蜂、蝴蝶都会闻着味道寻来。桃树枝上有疤痕的地方和桃子的根部会浸出琥珀色的树油,黏黏的软软的,有树枝的味道,粘在手上或者身上不容易洗去。

前几天回家,和村寨里的人说起我家的水蜜桃,都说不知道是什么品种,那么甜那么多的水分。砍掉桃树之前,应该在别的桃树上嫁接一枝的，没留下这个品种，可惜了。

听老人说，当年我家园子周围种有四十多棵柿子树。这么多柿子树，我想，每到深秋季节，园子周围该是怎样一种景象：厚厚的枯黄的柿子树叶覆盖在地上，早早落下的树叶的水分已经干了，树叶露出大地的颜色，脚踩上去发出脆脆的纤维断裂声。黑黑的树干上枝丫参差，树枝上挂着红红的柿子，没有树叶的遮挡，就像挂着一树小小的红灯笼。柿子在阳光下通体透亮，发出更深更亮的橘红色的光芒。

一群包座来的藏族人，穿着厚厚的皮袄和袜鞋，赶着牦牛队，驮着交易的酥油糌粑等物品，从岭岗岩来到柿子树下……这种盛况，我没见过。

后院有三棵树：柿子树、枣子树和梨树。后园仅存的一棵柿子树，树上有我的秘密。柿子树低矮处横长着一根树枝，直径有半尺左右，浓密、宽大的柿子叶将枝条覆盖。我能轻易地爬上这根树枝，这里成了我的密室。我经常一个人坐在树枝上看书、做作业。浓密的柿子树的叶子将我隐藏，没人能看见我在这里。横着的树枝中央有一个圆形的碗大疤痕，疤痕处没有粗糙的树皮，四周的树皮微拱且朝内翻卷，露出光滑的灰白的树干，质地细密，平整，中央粗糙，稍稍有黑色的凹陷，像一个身体有缺陷的人，在人前尽量隐藏自己。没有树皮的树干，就像一个手臂上露出骨头的人，随时提醒着伤痛。我十岁左右，不懂树的疼，凹陷处成了我的藏宝地，藏着我的宝贝：石子、骨头，偶尔还有硬币。我不知道树枝为何有这道伤痕，我也无法体谅它的疼痛，只是感觉粗糙的柿子树，粗糙的树皮，树皮特别干燥，皱得一片一片地翘了起来，只有我经常坐的地方显得稍微光滑。

一天雨后，柿子树上的情景让我又惊又喜：就在这个疤痕处，长出了一丛木耳。黑黑的，胖胖的，长得壮实又茂盛。木耳的生命力太强大了，一夜之间，它抢占了我的地盘。而且，这么不容分说，这么理直气壮，这么大规模。我甘拜下风，让位于它。我小心地摘下木耳，当我捧着满满一掌心木耳给母亲时，我的秘密也暴露了。多年后，这棵柿子树寿终正寝。它算是高寿了，当它的兄弟姐妹全不在了，它还陪伴我度过愉快的童年时光，给了我一生的回忆。不管它在与不在，活在我的心里，它就会永生。

枣子树长在院子的正中央，但凡在安乐小学读过书的孩子，都会记得这棵枣树。当枣子树挂满暗红色的枣子时，在一个秋天的早晨，一大早爷爷或者父亲就会拿一根长长的杆子，爬上树，将树上挂着的一颗颗暗红色或者一半暗红一半青色的熟透了的枣子用棍子敲打下来。以树为中心，树的周围地上落满暗红的枣子和厚厚的一层树叶。当打完树上的枣子时，这棵枝叶茂密的枣子树，像是脱掉了身上花色的衣服，露出黑黑的枝干，显得单薄、干枯，满身的褶皱，像一个高龄的老人。上学早的孩子，看到没有枣子和树叶的枣树，愣住了，不知是为枣树的裸体而诧异，还是为没有了枣子的枣树而悲哀。物资匮乏的年代，一棵水果树可能是一个孩子心目中的乌托邦，是童年的幸福记忆。善解人意的爷爷奶奶总会给守在树边的孩子们一些枣子吃，孩子们都一样，总念着吃口水果的甜。几十年后，总有在安乐小学读过书的孩子们说起我家的这棵枣子树，好像嘴巴里还有枣子的美味。

甘肃、陕西人喜欢种枣树。祖先们定居在这个地方，我们家的两处老房子都是前院种槐、后院种枣。这种情形在扶州周边是绝无仅有的。这棵枣子树是我们家怀念先人的精神寄托，也是希望家族人丁兴旺的美好愿望。枣子树被赋予了思乡的情怀，生长在异乡的土地上。几百年来，枣子树早就把扶州当家乡了。

园子里的洋姜春天发芽，开出黄色的花，结的洋姜全做了泡菜。枣子树和梨树，例行公事，春来开花，秋来结果，尽着自己的义务。有一次，爷爷正在梨树上摘梨子，甲勿沟的一个疯子来了。我们喊她"疯子老婆子"。小孩们吓得四散逃跑，我当时正在吃梨，疯子看见我手上的梨，抢来就吃。我当时吓哭了，爷爷赶紧从树上下来，赶走了疯子。从此后，这棵梨树结的梨子，我吃了就头晕，我也不知道为什么，后来梨树被砍掉了，我竟然觉得毫不可惜。

让人心里一直挂念的，是小院冬天的太阳。小院没有风，阳光静静的、暖暖的，热气不会散发。气象部门说安乐比周围其他地方的温度要高二至三摄氏度。多年来，冬天向往太阳温暖的我们，会开车回到老宅小院晒太阳。

小时候，我的膝盖总是响。父母带我去看医生，说是缺钙，要让我多晒太阳。果然，晒太阳后，膝盖不响了。如今，我体内经常缺维生素D，同样，医生让我多晒太阳。看来，不光是动植物离不开太阳，我也离不开太阳。我的生命里，阳光和亲人同样重要。

所幸的是，太阳对安乐特别关爱，日照时间很长。我想，这也是先人们将扶州城选在这块台地上的缘故之一。冬天，早上八九点钟，太阳光就照在小院右边的房子上。木黄色的门板和柱子将金黄色的太阳光线反射到左边的房子和水泥地面上，院子里瞬间亮了起来。烟囱里冒出阵阵浓烟，是父亲在生火。不过，一会儿就不会有人在屋里烤火了。暖暖的太阳，对我们有无限的诱惑。似一双温暖的手，抚摸着我们。中午时分，没有一丝风，太阳的热和光被关在小院里，久久不会散去。小院的温度越来越高，我们身上的衣服越脱越少，弟弟一般只穿衬衣。当晒得昏昏欲睡时，最抢手的是躺椅，可坐可躺，这可是爷爷奶奶的专座。如果有机会坐在躺椅子上晒太阳，那可是太舒服了，肯定立马就睡着，像小时候睡在妈妈的怀里，踏实、安全又暖和。父母怕我们晒着脸，总会给我们买几顶草帽备着。

　　小院永远充满着温馨,包括小院里的阳光、温暖、花香、果香,还有回忆。在小院里,我久久地看着眼前的景色,沉浸于往昔温馨的世界中,什么也不想,放空自己,无关时空,无关生死,进入一种无边的意境中,不愿醒来……

蛙声起时稻花香

蛙声起,稻花香。

不容置疑,在北纬33度,海拔1440米的地方,能出产水稻。

当人们还穿着夹袄的时候,草木们生长的劲头和十三四岁的孩子一样强,铆足了劲地疯长。一天不见,就长高一截。育秧的秧田里,看着看着,密密麻麻的秧苗就绿了。看着看着,修长的叶子就长出来了。不久,就该起秧子了。

秧田里早就灌满了水,被泥巴覆得厚厚的田坎上,马兰的叶子也长到一拃长。也长得太快了吧,叶子才是淡淡的绿色,叶子中的筋脉还是嫩白色的。像青春期的孩子,个子长得太快,营养跟不上,脸色就显得没有血色。它们还得经历几个太阳的淬炼,才能老练一些。一头牛、一个人,镜面一样平整的水面,山、树、人、牛倒影在水里,呈一幅黑白水墨画。牛的脖子上横着套着一副杠子,后面拉着一张耙子,梳子一样的齿被后面的人用手深深地压进黑黄的泥里,给泥土梳理着纹路。深色的泥土突兀地从水中翻出堆积,筑成生命新的高度。泥土拱起身子从耙子的缝隙里争着往外涌,随后自由落体跌入身后的水中。犁过的痕迹很快被周边的泥水涌来抚平,瞬间恢复了平静,分不清你我,好像什么也没有发生。天气逐渐暖和,农人的裤筒卷到膝盖上,光着脚,黑黄的泥水浆把他膝盖下染成了同样的黑黄色。过不了多久，身体的温度将脚踝上不接触水的泥巴烘干成土白色。农人赶着牛，来来回回地在泥水里，不厌其烦地犁着地。他倦了，牛也倦了，农人扯起抑扬顿挫的嗓子给牛唱起歌来："哞、哞、回！回！哞、哞、回！回！"农人的声音婉转、体贴，像是给牛唱着情歌。耕地的活很枯燥，牛却乐于享受农人给它唱的歌，该转弯时转弯，该退后时退后。

秧田里的水被牛的四只蹄子，人的两只脚，和耙的那么多的齿，搅和地和大地一样的颜色。

不出一日，楼子下面灌满了水的秧田犁好了。经过一夜的沉淀，泥土早沉入水底，安静地睡着大觉。早晨的太阳，晚上的月亮星星，天上的白云和飞鸟，山和树的倒影，全在这一块块的水里。近看是一幅微景，远看是一幅拼接的大图。大地开了眼，秧田是它的眼睛，看着眼前真实的世界。山、树、人和飞鸟，它全是第一次看见。水蚂蚱调皮地站在水面上，像一艘快艇飞速往前跑，寂静的水面拱起几条水纹，在水蚂蚱的身后向外荡漾开去。

稻秧子被捆成一把一把的，放在田坎上。男人、女人们卷起裤腿，下到水里。女人们一片惊呼：好凉的水。人们间隔一米多站好，捆好的秧苗被人一把一把地扔到面前。左手的大拇指配合食指、中指分好秧苗，递到右手，右手的食指和中指夹住秧苗，用手带着秧苗插入泥中，松手，退出手，不能带出秧苗。每人要插四五行，边插边退，动作之快，让人眼花。秧苗被人扔到面前的水里，隔一段扔一把。有捣蛋的，扔秧子时故意溅起水来，田里人的衣服上、脸上、身上全是泥浆。哪会如此罢休，一群女人蜂拥而上，将扔秧子的人拉下田坎，在泥巴里"筛糠"。啪的一声，这人就睡在泥水里了，满脸满身的泥。周围的人笑声不断，眼泪都笑出来了。

我们一群小屁孩也跟着傻笑,从秧田里抠出一坨泥巴,在楼子底下人们坐着休息的石头上玩着泥巴。

打开记忆,童年往事还在原地,不曾远去。和泥巴、秧田有关的往事,每个细节如刀刻一样,如此清晰。没读过幼儿园,散养的我,和秧田边的泥巴、蜻蜓、蝌蚪有了更多的故事。

插完秧苗的秧田里的泥水逐渐沉淀,上面是清水,下面是泥土。秧苗插在土里半个月就在泥土里扎紧根了。这时,猛然发现不知什么时候,一条透明润泽的带子里有一颗颗排列整齐的黑色的癞蛤蟆卵,一串一串,在秧田的水里漂着。太阳光把热量传送到水里,水里的癞蛤蟆卵一天一天地长大。十来天后,透明的带子不见了,水里游着黑黑的蝌蚪,非常可爱。蝌蚪成了我们的新玩具。找一个装文君酒或者韩滩液酒的空玻璃瓶子,在秧田边上玩半天,衣袖和裤腿让泥水打湿也顾不上管。将游动的蝌蚪装进瓶子里,谈何容易!所以,一上午或者一下午,我的瓶子里只有可怜的几只小蝌蚪。就这样玩着,过不了几天,小蝌蚪长尾巴了。爷爷说,别和蝌蚪玩了,它要长大,你会害怕的。我不以为然。猛然有一天发现田里的小蝌蚪都不见了,秧田里的水也没那么深了,秧苗也疯长着拔节。黑色的蝌蚪不知什么时候长成青色的小癞蛤蟆,特别让人恶心。从这天起,我和水田的玩耍告一段落。

当稻子像新生婴儿一样,怕风吹日晒,刚抽出来的穗就被叶子盖住,稻叶为稻穗搭建了临时庇护所。这时,我们的新玩伴来了。

红色的蜻蜓,身子像小火车车厢一样修长,背着四个透明翅膀,顶着两只大眼睛,在稻田上方来回地飞着,像一架巡航的飞机。蜻蜓修长的身材和大大的眼睛符合我的审美,意向中,蜻蜓是个姑娘,我觉得它美极了。于是,我爱上了这些可爱的小精灵。爱它,就想把它捧在手心里，像爱一个婴儿一样宝贝它。但是我没法把它捧在手心里，它飞来飞去，我用眼睛都无法锁定，用手更是逮不住。

办法总会有的。大一些的男孩，找来一根细竹棍，将竹子的一节从结疤处切断，再从横切面竖直二分之一剥开，再四分之一剥开，剩下的就是一条细篾条。它非常柔软，轻易地就能迂成一个圆，将两头插入竹子棍的一端，固定好。捕蜻蜓的工具就做好了。这是一根细长的棍子，顶上有一个椭圆的圈。然后，找房檐底下的蜘蛛网。将圈对准蜘蛛网，360度转动竹竿，蜘蛛网的丝就裹在圈上。当空空的圈上缠满蜘蛛网的白丝时，大功告成。当然，制作者肯定是使用者，骄傲地举着棍子，带头走在田坎上，寻找着蜻蜓，后面跟着一群小屁孩。随时都有蜻蜓站立在稻穗上，或者停在稻叶上，姿势优美，如同在跳芭蕾舞。这时是粘蜻蜓的大好时机。将手里的竹竿悄悄地伸出去，让有蜘蛛丝的一头对准蜻蜓，快速按下，蜻蜓大大的翅膀被黏黏的蜘蛛丝粘住，动弹不得。一粘一个准。

我总是大孩子们的跟屁虫，我也馋这工具，回家缠着爷爷给我做一个。

第二天早上，我和弟弟还在睡梦中，爷爷喊醒了我们，说是粘蜻蜓的工具做好了，快起来看看。我们一骨碌爬了起来。爷爷递到我和弟弟嘴边一个黑黑的圆圆的东西，发出一种烤肉的香味。我问："这是什么？"爷爷看了一眼父亲说："烤羊肉。"正在疑惑，那圆圆的东西被爷爷喂进嘴里。我吃出肉上面抹了盐，外面的一层被烤得很脆，肉质紧致，但是没有羊肉的膻味和纹路。肉脆而不焦，爷爷可能烤了很久。我疑惑地吃着，品尝着，怀疑着，看看爷爷的表情，又看看父亲的表情。看着我吃进嘴里，吞进肚子里，爷爷松了一口气，转身离去。这让我更加疑惑，父亲脸上的笑也不是平日里的那种。我明白了，他们又在给我们吃开胃的什么东西。我说："这不是羊肉，你们哄我。"父亲悄悄地说："真不是羊肉，是蜘蛛肉。"我立马感觉胃里翻江倒海，想吐。爷爷赶紧拿来他熬好的酽茶，我喝了几口，感觉好多了。可是为什么要我和弟弟吃蜘蛛肉呢？爷爷说，蜘蛛肉是开胃消食的宝贝，平时想吃还吃不到呢。我真是无语，也相信他们会这样干。为给我们开胃，父亲趁着黑夜，爬上海拔三千米的高山，逮来高山的旱癞蛤蟆，煮给我们吃。那时我还小，记不起来这事。五岁的我，知道人们不吃蜘蛛肉时，却把蜘蛛肉也吃进了肚子。

当然，爷爷在做网时，捣毁了蜘蛛的家，蜘蛛是顺便逮住的。因为要用它的丝，蜘蛛网就是蜘蛛的家。我再也不敢让爷爷给我做网了，我自己做。

稻穗越来越饱满，当人们夸今年稻子收成好的时候，它谦虚地弯下了腰，低下了头。而混进稻子队伍里的稗子，这时却高昂着头，趾高气扬。不产水稻的稗子，人们很容易分辨，并将它拔掉。田里的水逐渐干了，月光下青蛙蹲在稻田里叫着，从这里跳到哪里，伸出长长的舌头，吃着空中飞舞的害虫。

"稻子熟了，割稻子了！"四四方方的稻筒被四个人抬着放在田里。用浸过水的麦秆当绳子捆稻子，一捆一捆的稻子，放在太阳底下晒着。另一些人逮住稻子的根部，将稻穗和筒壁使劲碰撞着。任何美好的事物的产生，都要经历阵痛的过程，像母亲分娩一样。金黄的谷子在稻穗的一阵阵疼痛中，脱离了母体，"唰、唰、唰……"滑落在筒底。

一排排稻草放在田坎上晒着，蒸发水分，干燥后被移到房顶上、树丫上挂着。稻草可是好东西，在那个年代大有用处。晒干的稻草，是冬季牲口的好饲料，铡成一寸长，牲口吃了长膘。

每家的床上，铺着厚厚的稻草。稻草铺在床上，一则隔潮，二则软和保暖。每到收割稻子的时候,很多家庭就会用新晒干的稻草换下旧的稻草。条件好点的家庭在稻草上铺一层棉絮,条件不好的直接就睡在稻草上。每晚睡觉,身体的重量压在稻草上,稻草都会发出窸窸窣窣的声音,像是不能承受人身体的重压。

家乡有个习俗,人死后穿戴整齐收拾停当,放在几捆干稻草上,叫"停草"。这个习俗到现在还保留着。

稻子晒干后碾压去皮,每家可以分几十斤到一两百斤不等的大米。分米的当晚,整个村寨被一种奇异的香味所笼罩:柴火的烟火味,大米煮熟身体膨胀后从缝隙里钻出的香味,腊肉淳厚的香味,炒莴笋或者炒土豆的香味……对于劳作了一季的农人来说,这一天是对这一段时间辛勤劳作的犒赏,是对上天风调雨顺的感谢,是对生命的感恩。

抿上一口酒,黑红的脸上露出满足的笑意。"琵琶拿来,唱上一曲。"露出脖子上高高的板筋,日子悠悠,琵琶幽幽……

美中不足是这样的饭吃不了几顿,就这么点米,得省着过年吃,或者家里的媳妇坐月子吃,或者家里有人生疮害病时吃。

不知道是气候的原因,还是种子的原因,那时水稻亩产只有三四百斤。但已经很不错了,有大米吃是人们的终极追求。要知道大米在高原地区简直就是奢侈品,在 20 世纪 70 年代能吃上自己种的大米,简直就是极致的幸福。海拔更高一点的九寨沟景区,就不产大米了。妇女生小孩,或是有重病的人,凭乡上开具证明,可以在粮店买八两大米。

再后来,20 世纪 80 年代,土地承包到户后,因为产量太低,没人种水稻了。这时市场供给充足,哪里都能买到大米。大米饭作为一种家常便饭,走入寻常人家的餐桌,不再是奢侈品了。

往日种大米的秧田里,一座座木头架子的房子立了起来。三十年后,木头架子房子被拆掉,一座座楼房在原地矗立起来。虽然留恋原生态的木头房子，但时代的进步任何人都阻挡不了。

　　童年坐标系的时间永久地停留在应该属于它的空间里，与我渐行渐远……

　　我还是怀念那一畦畦的稻田，稻田里的稻子，秧田里青蛙"呱呱"的叫声，红蜻蜓婀娜多姿的舞姿。

　　楼子的墙上有我童年的印迹。时光里有那个玩泥巴、捉蜻蜓的小女孩。

放飞的梦想

我小时候没上过幼儿园,学龄期直接上小学。我的童年记忆里便没有约束和纪律,自由、散漫充满童年的岁月。白天和小伙伴玩水玩泥巴,晚上在夜幕下藏猫猫,饿了吃饭,渴了喝水,困了睡觉,完全遵从生物钟的安排。我像天地间自由生长的一株野草,也食人间烟火,也吸日月精华,完全自由生长。

看到我玩疯了,一天不着家,父亲让我跟着他。他要去药房煎药时,就带上我。他拉着我的手,大步朝前走,我一蹦一跳,小跑似的跟着,感觉怎么也撵不上他的步伐。我想:我什么时候能长个大长腿,撵上父亲的步伐就好了。在药房里,我东摸摸、西动动。看我无聊,父亲或者顺手给我掰一截刀口坝的特产党参(简称"刀党"),让刀党的甜味安抚我躁动的神经,希望能让我安静一会儿;或者拿出一个精致的棕红色小盒子,里面红色金丝绒上放着大小不一的白色铁圆柱,父亲说,这是砝码,上面写着"50""100""200""500"的字样,让我放在天平的秤盘上玩。我在天平一边的盘子上放个药盒,然后在另一边的盘子上分别放上标有"50""100"或者"200"的砝码。为了让天平两边保持平衡,增增减减,我绞尽脑汁。尝到甜头后,药房里挂着的一串一串的黄皮白心的刀党,成了我的零食。用手一掰,"啪",清脆的一声,手里就拿着一小截,放在口里用牙一咬,舌头上有了甘甜味,这甜味嫩嫩的、香香的,在没有零食的年代,我对美食、对糖的渴望,就用刀党来替代了。就这样,我想吃就吃,想睡就睡,玩到了七岁。散养的我们,田里坎里,上山下河,没人管你。只有晚上吃饭睡觉时,家长才想到把我们从外面喊回来。

七岁,是我人生的转折点。

爷爷说:"这牛儿子,该关到牛圈里去了。"父母也说我该上学了。昏昏然到了该读书的年龄,我将告别自由散漫的童年去读书了。上学,能读书写字,我既憧憬又害怕。憧憬能戴上红领巾,那是我非常向往的一件事;害怕我再也没时间玩耍,不自由了。果然,学校的纪律就像一把利剑,割断了童年的游戏、无拘无束的自由和所有属于我的散漫时间,我不得不强制性地坐在破旧的教室里,听这个那个老师讲着。而我的心,早飞出教室,惦记着上节课后未玩完的游戏。散漫习惯的我,野性难驯。

在课堂上,眼睛总会偷偷地透过没有玻璃的窗户,在校园的一角,两棵树的树干上拴着一根铁丝,上面晾着不知道是哪个老师家的被子,白色的、淡粉色的、淡蓝色的,在阳光下发出耀眼的光。我喜欢这样的场景,常常对着满满一铁丝的衣物发呆。温暖由阳光传递着,洗衣粉的香味被微风吹来,刺激着我鼻孔的细胞;五颜六色的衣物在阳光下发出刺眼的光芒,给视觉神经更加明亮的色彩。我的意识被围在这小小的一个空间,在充满香气的温馨里打转,不想离开。这是浓浓的生活的气息,能瞬间将人浮躁的心安抚平静,也能将不安现状的心拉回到生活琐碎里。这是生活的气息,感觉一切是那样的干净,那样的纯洁。

我思绪飞舞,想着当夜幕来临,这被子就会带着阳光、香味、干爽、舒适、柔软,盖在某个人的身上,当被子接触皮肤时那愉悦的感觉,这人肯定会好梦不断。那他会梦见什么呢?会梦见阳光和香味吗?

我的思想天马行空,跑得无影无踪。能把我思绪拉回到教室的,是下课的铃声。

最悦耳的声音,就是老师敲打着挂在折断了枝丫的核桃树上,一块当铃铛用的厚厚铁片时发出的当当声。铃声响起,我飞也似的跑出教室,裤子包里的骨头子儿,早就拿在手上,一屁股坐在地上,很快,围上来三个人,开始抓子儿玩。

我玩得忘了时间。我的家就在学校的下方。天快黑了,听到母亲拖着长长的声音喊我吃饭,站起身就往家跑。不是正常的左脚一步右脚一步地跑,而是两连跳跑:一条腿着地,身子弹起来又着地,换另一条腿着地,身子弹起来又着地,如此循环。觉得这样像小兔子一样,一蹦一跳很好玩。跳起落下时,感觉头发一上一下地跳跃着,像飞翔,我喜欢飞翔的感觉。边跑边唱,一溜烟就到家了。

母亲问我:"书包呢?"我一愣,是啊,应该在肩膀上的书包不见了。可是书包应该在哪里?我想不起把书包放哪里了。母亲从屋里拿出书包来,原来有同学将我的书包送到我家里了。母亲很生气,说:"读书的娃把书包丢了,还读什么书?"说着,用书包的背带在我的头上轻轻地一挥。我感觉有点疼,用手一摸,手指上有点黏,一看手指有一点血,可不得了,书包背带上的铁扣子把我的头皮划出血了。我放声大哭,边哭边朝门外跑去,被父亲一把逮住。我又哭又闹:"我要去告我外婆,妈妈打我,把我的头打出血了。"父亲看了一下,就划破了一点点皮,给我消了毒,我坚决不包扎。我的犟脾气,谁也没办法哄好我,父亲只好骑上自行车,陪我到下街拱桥外婆家告状。其实,就破了一点皮,早就没流血了。外婆见状,说:"这燕娃(我母亲的小名),书包不见就不见了,咋把我娃的头上打出血呢?甭哭,外婆明天就把你妈叫回来,我使劲骂她,看她还敢不敢再打娃的头了。以后犯错误了,外婆让她打屁股。她要不听,再打娃的头,外婆就打她。"听到外婆说打头打错了,我的哭声骤然停止,我不哭了。我像一个功臣一样被我父亲用自行车载回家。

那一天,挨打的我趾高气扬,没和母亲说话。我丢了书包是我错了,可是母亲打了我的头是她错了。两个都错了的人,算打成了平手。所以,丢书包的事,谁也没有再提。晚上父母的说话声将我吵醒,母亲带着哭腔说:"没想到书包带子上有铁扣子,平时都舍不得动根指头,今天却把娃的头打出血了。"父亲劝她说:"没事,铁扣子只是在头皮上剐了一下。只是,这娃的脾气不好,非得把事情争个对错。"我不明白了,凡事弄清楚对错难道不好吗?我猛然觉得我这样做自己是痛快了,没考虑母亲的感受,这事归根到底还是我错了。我悄悄地收起了胜利者的姿态。

可是,我的三观里对与错的界限非常清晰,对与错,互相绝不越雷池半步,谁对谁错,毫不含糊。

如今四十多年过去了,母亲就打过我这一次。母亲没读成书,她希望我能好好读书,将来有出息。对于母亲的苦心,我能懂得。老师说"书中自有颜如玉,书中自有黄金屋",渐渐的我喜欢学校,喜欢上学了。

20世纪70年代,是人口出生的高峰期,学龄期的儿童也特别多。学校只有南北朝向的三四间教室,和东西朝向的几间教室。当时是初中、小学合并,高半山的孩子必须住校。所以,教室严重不够用,学校得扩建,需要再修几间教室。

记得那是1978年儿童节前后,学校为节约经费,决定组织在校学生背砖瓦,我们一年级也不例外。不上课了,所有的学生到砖瓦窑背砖瓦。听到这个消息,我们欢呼雀跃,觉得背砖瓦比上课有意思多了。

爷爷专门找人给我编了一个小背篼,很小巧,适合小娃背。还编了宽宽的背篼带子,为增大着力面不勒着我的肩膀。因为那时还在合作社,我们几岁的小娃也得割青草,给队里积肥。这以后,小背篼就是我背青草积肥的工具。可是印象中只背过一次青草,倒入积肥的大坑里。

六月的天气渐渐热了起来,太阳很毒,照在这群像蚂蚁搬家一样在路上移动着的孩子身上。远远望去,瓦窑像一个黄黄的鸡蛋,竖直立在一堆黄土里,周围没有一株植物,到处是干燥、没有一点水分的黄土,发出耀眼的白光。一根发黑的朽木头,从中间剖开当引水管,一小股水沿着木头从山上流了下来。底下是一堆黄土,土被人从中间刨开,形成中间低四周高的一个盆形。这就是做砖瓦的第一道工序——发水。吸足了水的黄土,得用脚使劲踩踏糅合。这是我们小孩最喜欢的事。脱掉鞋子,挽起裤子,加入这个队伍。发好水的泥土,柔软细腻,感觉泥从脚趾缝里钻出来,凉凉的,脚趾缝痒痒的。踩好的泥土,光滑细腻,粘成一团,呈深黄色,放入砖或瓦的模具里,使劲压实后,倒在一处平整的地上,就是一块砖或一片瓦的土坯子。土坯子不能见水,否则会被水肢解。所以,一排排的土坯子被码成花架子,在简易的"人"字形的塔板房的庇佑下,从缝隙里将体内的水气使劲地吐出。渐渐地,当黄色越来越淡时,土坯子的身体越来越硬,逐渐恢复原本的土白色。这时就会被转移到窑里,等待被大火煅烧。

对于水,我从来不敢小视。虽说它不能改变物体分子的性质和结构,但是它可以改变物体的形状。在水的协助下,一堆散黄土变成有棱有角的砖瓦土坯子,煅烧前,还得将身体里的水分还给大自然,完全遵守着物质守恒定律。于是这一取一还之间,时间已经悄然流逝,一切都在悄悄变化。

砖瓦坯子,它们必须得经过大火煅烧这一关。如此,才会加固物质分子结构之间的内在张力,从而适应塑形过程中不断增强的力量,使之更加结实;名称上才称得上是砖或者瓦;功能上才可以承担千斤的重量或者遮风避雨;形状上才会退掉土色而变成洋气的青灰色;当砖和瓦被建成房子,它才有能力成为为人类遮风避雨的家,人们才会将身家性命交付于它,它才会被委以重任。

要成为砖瓦,不是一件容易的事。先要按成才的要求,改变自己的模样。要让自己坚强,能挑大梁,要忍受烈焰的煅烧。就像一个小孩子,要成为对社会有用的人,必须在学校里经过多年的学习。

还没有走近瓦窑,就感觉到圆圆的瓦窑里冒出的阵阵热气。于是在没有一点水分的热气中,脸上的汗毛被热气裹着向上飞,像是要脱离我的身体。太阳的热和瓦窑里冒出的余热,冲淡了空气中的氧气,感觉空气很稀薄,使人呼吸困难。热气使光发生折射,看见对面的东西形状都扭曲了。土白色的瓦在高温下退掉白色,变成黑与白的中间色——灰色。灰色是大火和物体之间的和解。幼稚的白和成熟的黑在大火长时间的高温锻造下,奇妙地发生了变化,从易碎的黄土坯到坚硬的砖瓦,不得不说煅烧的经历使得砖瓦更成熟。几个人从瓦窑里将围成圆圈的一张张瓦拆开,几张、十张地往外搬。装瓦的叔叔说,这么小的孩子,这么远的路,少装点,怕背不到学校。当我觉得我的背篼底朝下一沉时,我听见叔叔说:"好了,装了五匹瓦。"热气使我飞快地离开了瓦窑。背篼里的五匹瓦,我不觉得重,还在暗自高兴。我想,我没问题,一定会背到学校的。

走了一段路后,感觉背上的瓦在增重,越来越沉,脚步都要迈不开了。额头上的汗珠密密地渗出,边走边抬头看看太阳,白白的光射得我睁不开眼。树枝已经长得丰满,彼此交叉,像人的手臂,挡住了太阳的热和光。在树下歇一会儿,成了此时最希望的一件事。我找到了一处阴凉地方,将背篓放下,感觉身体轻了许多。远处的山被太阳晒得成了黑白色的水墨画,不再是彩色的了。随着距离越来越远,山的沟壑的颜色越来越淡,渐渐地,远处的山看不见轮廓,成了模糊的一片白,路也泛起了白色,热气从脚下往上涌来。同学们都走了,我也得走。我背上小背篓,咬着牙,往前追着同学。

平时三跳两跳就跑完的路,今天怎么也走不完,感觉路比平时不知长了多少。我的力气明显不够,离嘴最近的衣服领口成了我的救命稻草。我将头深深地埋了下去,牙齿使劲咬着领口。不经意间,衣服上的纽扣脱落了被我含在口里,好像这颗纽扣能够给我无限力量似的。口渴得不行,周围没有水。想象中一杯冰冷的水就在眼前,我咕咚咕咚地一口气把水喝进肚子里,条件反射般的重重地咽下了一口唾液。突然感觉喉咙处有个东西,糟了,唾液和着纽扣,被我咽下肚子了。我使劲地往外吐,除了吐出一口痰外,我明显地感到纽扣从我的喉咙处往食道滑落,沿着食道慢慢滑向胃里,然后没有了感觉。

我吓坏了,会死吗?会开刀吗?巨大恐惧如排山倒海的巨浪将我淹没。这时的我感觉不到瓦的重量。我几乎小跑到学校,放下瓦,飞也似的跑回家。父母不在家,爷爷奶奶听说我把扣子吃下,吓坏了,赶紧给我倒来半碗菜籽油,让我喝。闻着刺鼻的生菜籽油味,我怎么也喝不下去。爷爷捏着我的鼻子,让我闭住气使劲喝。我满脸鼻涕眼泪,就是喝不下。爷爷吓我:"菜籽油润肠,明天扣子就会排出来。你不喝,那扣子停在肠子上,可不得了,肠子就坏了,还得开刀做手术呢!"我吓得直哭,哭声也帮不了忙,菜籽油还是喝不下喉咙。

这时,父亲回来了。听明白缘由,父亲给爷爷奶奶说:"别让娃喝生菜籽油了，她喝不下。"父亲拿出一瓶液状石蜡油来，这是给牛马灌肠时用的。液状石蜡油没什么味道，比较容易喝下去。于是，在家人的鼓励下，我喝了小半瓶的液状石蜡油。然后我不敢走动，小心地捧着肚子，就像肚子里有个宝贝似的。晚上听到有人喊我玩，我忘记了扣子事件，和往常一样疯玩。到如今，我都不知道这颗纽扣还在不在我的肚子里。

半年后，新教室落成，我产生了强烈的成就感。此时的我已经习惯上学，不知不觉中学校将我从一个野孩子培养成一个热爱读书的学生。书本展示给我一个崭新的世界，我被牢牢吸引，欲罢不能。此时的我，因为有此特殊的经历，对教室的一砖一瓦有了特殊的感情。老师教导我们，好好学习，给共产主义事业添砖加瓦。我们何尝不是一堆散黄土，学校和老师按照人才的标准给我们加水、糅合、塑形，在学校这个大熔炉里煅烧后，我们成了一块砖、一片瓦，放在社会需要我们的地方。

砖的精神，是勇于担重任，身上不论压多重，都要顶起一片天地；瓦的精神，是无论正面反面，无论顺境逆境，为人们遮风避雨。这是我刚开始领悟的、原始的、刚萌芽的人生哲理。这段经历让我知道，想得到就要有付出，成长就要经历煅烧。

如今的老教室像一个耄耋老人，显得那么弱小。昔日它为我们遮风避雨，如今它老了，需要我们的关心和修复。四周安静了，没有了铃声，没有了学生，没有了读书声，没有了嬉戏声。像所有的老人一样，它在阳光下数着回忆过日子，在翻看着每个学生孩童时期寄存在它那里的梦想，将毁坏了的梦想的翅膀一一修复，并将每个孩子的梦想放飞到蓝天。

我家住在槐树下

这三棵槐树伫立在村口有多少年了？两百年？三百年？或者更久？没人知道。就是村里目前最高寿的双全奶奶，活了九十多年了，也说不清楚。槐树记不清见证了多少次的花开花落、斗转星移、四季更替，也记不清看见过多少次脚下这片土地种下麦子、谷子、玉米、黄豆、油菜、白菜、萝卜……

槐树见证李兴茂响应朝廷的召唤，毅然诀别家人，奔赴第一次鸦片战争的前线。两年后，槐树迎来了李兴茂的辫子，亲耳听到槐树下的李家撕心裂肺的哭声，亲眼看到一座辫子坟的落成；槐树也目睹两个民族的争斗，扶州城被毁时那遍地的血渍，挂满房檐树枝的尸体；槐树还看见我爷爷的爷爷出生、成长、娶妻、生子、死亡。它们听到过喜庆的锣鼓声、欢庆的鞭炮声、送葬的哭声、新生婴儿的啼哭声，还有白水河日夜奔流的咆哮声以及风儿温柔的细语声……

它们认识从树下走过的每一个人，为他们遮过阳、挡过雨。这三棵槐树，它们吸收了天地精华，能感知春夏秋冬、风雨雷电、花开花落。人们给它们挂红、焚香，寄托着希望，放置着信仰，它们是人们心里的神树，是扶州的标志。它们的生长和存在具有佛性，值得我用一生时间去领悟。

槐树长在白水河左边的台地边，岭岗岩到扶州城的官道旁。槐树随着年龄的增大，树干一圈圈地长粗，如今三百多岁了，四个大人都合抱不过来。早晨的第一缕金色的阳光照在树冠上，树叶笑脸热情欢迎。夕阳的最后一抹红红的余光从树冠上不舍地离开时，槐树对夕阳行注目礼。在雨露阳光滋润下，槐树长得粗壮健硕。

槐树是村里最高龄的老者，记得我们每个人。它又是一名史官，遵循司马迁记录史料的原则，真实地记录着它看见的一切。槐树已经修炼成一个入定的高僧，就像弘一法师所说：不为自己求安乐，但愿众生得离苦。所以，槐树下的这片土地被赐名安乐，被赐予安乐。树皮是它的袈裟，袈裟的每一个格子，是每一个人的档案，钥匙是每个人与生不变的指纹加一生难改的乡音。当你用手轻轻地抚摸它的时候，当你对着它喃喃细语的时候，槐树就会打开这个人的专属档案。槐树默默地记录着人们的生老病死、悲欢离合，还有所做的好事和坏事，清清楚楚，毫不含糊。不信你看，树上有一只只眼睛，注视着你的所作所为，你的过往全记在它的心里了。

说槐树有佛性，从它的生存方式可以看出一二。

它粗大的根系深深地扎到土地深处，不与地面的粮食争夺养分。这种智慧的低调使得我万分感动。

古往今来，人们长年辛苦地劳作，就是为了填饱肚子。保证地里的粮食高产，也是槐树的心愿。找到适合自己的生存空间，既是为自己，也是为别人。互相留出生存空间，在各自的空间里自由生长，互不干扰，这是何等的睿智！据说当时路边种了许多槐树，到如今只剩下这三棵。我不由得心里一紧，它们经历了什么？战争？杀戮？刀砍？火烧？百年槐树已成神，它们的身体是有痛感的。哪一棵树不是伤痕累累？哪一棵树不是在战火中死里逃生？

世上万物，存在即合理。

每每看到这几棵槐树，我总是为它们的沉稳所臣服，从而显示出我的幼稚与无知。沉稳与缄默、顽强与坚持使它们生存了下来。我会问自己，我领悟到什么人生道理，我从而改变了什么？槐树表皮裂开的一道道缝隙，总使我想到爷爷冬天皲裂的手。寒冷风霜算得了什么？厚厚的树皮就像手上磨出的老茧，是最好的保护措施，是对待外力来侵最有效的办法。槐树知道，谁活着都不容易，为适应环境，被迫强壮自己，这是生存之道。

槐树是扶州的标志之一，承担着迎来送往的职责。

为区分不同地点的槐树，人们用蒋家槐树、李家槐树、新桥槐树等来命名。除了老宅前的李家槐树，村口的这三棵蒋家槐树给我印象最深。站在槐树下，所有的山、水、人、房子全在眼底。刀口坝、水扶州、马家沟、张家湾和它背后的烽坪、扒拉沟、南坪老城、东山、黑格浪、西山，再远点，风成寺也清晰地在眼前。再高点，甲勿沟及大寨半山无一不在它的视线下。几百年来，它的眼睛能360度地看见四周的一切。

送别时，往往到蒋家槐树下就好像到了点，就此别过，后会有期。回家时，刚走过水扶州的城弯，远远地看见三棵槐树的树顶，就知道快了，那里就是家的方向，家就在不远处。脚下的步子加快了，心里充满了愉悦。

槐树是我到街上外婆家的必经之路。

记得我三岁时，母亲带我和弟弟去外婆家。母亲背着弟弟，我必须得自己走路。怎么去的，我没记忆，可是怎么回家的，片段的记忆在脑海里却是如此顽固。

从上桥到水扶州，有一条坡度三四十度的长长陡坡。宣扶沟的水从路的中央流过。只有走过宣扶沟的水沟，才有一截较为平坦的路。三岁的我，能爬上这个陡坡可真是不容易。母亲牵着我的手，鼓励着我。我小腿酸得想哭，腿重得挪不动。停停走走，母亲说了一箩筐的话，我终于爬上了这道坡，体力也几乎消耗殆尽。大姑奶奶的女儿，我的表孃，就嫁到了水扶州的马家，他家的房子就在路边。母亲鼓励我，再走几步就到表孃家了。前方如果有一个目标，毅力和勇气会瞬间恢复，我又坚持走到了表孃家。表孃免不了夸奖我一番，还给我找些应季的水果吃。歇歇坐坐，又得往前走。这倒是平路了，可是围着城墙弯弯的路还有这么远啊！从表孃家到城圈这一段，母亲得再找个目标来鼓励我。槐树，就是最好的目标。母亲说，看到槐树，就快到家了。我又看到了希望，于是感觉不到腿酸，连蹦带跳就到了槐树下。到了晚上，小腿酸、胀、疼的感觉难受极了。可能走的路太多，肌肉疲劳，我哭着让人给我按摩小腿的情景，记忆犹新。

到槐树下，就相当于到家了。

所以，槐树在我的心目中，是方向，是路标，是希望，是家。

小时候，父亲在我心目中的形象像槐树一样伟岸高大。

在一个三四岁的孩子心里，父亲堪比空气和水，是一个幼小心灵的依靠。父亲不在家的日子，就是没有了空气、水，心里空空的，不知道日子怎么过。

父亲去成都出差半个月。可能是父亲临走时匆忙，或者父亲认为我就是一个小屁孩，不用给我说什么，反正我就是突然找不到父亲了。看不见父亲的我，心里的恐惧与日俱增。我的这种恐惧家里没人能明白。我吃不下饭，饭量一天天地减少。一个星期后，我茶饭不思、水米不进，面黄肌瘦，奄奄一息，彻底病了。家里人吓坏了，母亲带我去找名医徐二先生看病，徐二先生号脉后说这娃是思虑过度，导致脾胃太虚弱，要引起重视。相思病！三岁多的我得了相思病？母亲百思不得其解，爷爷奶奶也面面相觑。

看病这个细节我没有记忆，是后来母亲告诉我的。长大后我试着理解当时的心态，可能是缺乏安全感的原因！我缺乏安全感！只能用安全感来解释。可能得用小孩子晚上要和母亲睡觉才觉得安全的理论来解释。父亲不在身边，我感到严重缺乏安全感，产生了严重的恐惧。那我到底怕什么呢？是怕黑暗里看不见的东西幻化成鬼怪？是担心父亲不在家，奶奶讲的故事里的吃人婆会来家里吃了我？还是怕被父亲遗弃，独自面对成长？或者是担心父亲的安危？或是怕父亲找不到回家的路？……

家里人认为只要我吃饭，怎么都行。于是我要求爷爷奶奶背我到槐树底下，我从早到晚都在那里，等父亲回家。

对于在槐树下等父亲这个片段，我的童年记忆里呈现出惊人的横切面式的清晰。在记忆的空间里，这一段是享受单间的特殊待遇，不与别的故事交叉混合。

好像是春夏之交的时候，太阳照亮了大地的每一个角落。水面、叶面，反射着太阳白白的光芒。地里的庄稼还不是很高，没挡住我的视线。扶州城的城圈，张家湾和南坪城清晰地在我的眼前。我记不清是爷爷还是奶奶陪我在槐树下等父亲。

我心里无数次想象成都的模样，但是无法想象，头脑里始终都是空白。没有见过城市，心里没有一点城市的印记，我想象的触角在空中乱抓，无处生根。成都是一个怎样的神秘地方？那里有什么？我猜想成都可能无边无垠，但充满着秘密，随处都是危险。

槐树对面的张家湾新修了几排砖房子，是我没见过的"洋房"。四周是小青砖砌的墙，"人"字形的顶上，盖着灰色的小青瓦。房顶有多处在阳光下闪着光，直射我的眼睛，像夜晚天空的星星。我第一次看见这么明亮的光，敢和太阳对视，佩服这光的勇气的同时，感觉那房子是那么的高大。我看惯了村寨里黄黄的土墙和房上黑黑的塔片，在我的认知里，这才是房子，一座座这样的房子修在一起就是一个村寨。看见青砖灰瓦，与村寨不一样的建筑，认为那是个未知的高端神秘的地方。此时的张家湾高大的气质在我的头脑中先入为主，我被它镇住了。那时，我不知道地名，刀口坝、水扶州、张家湾全不知道。

我使劲问爷爷或者奶奶，成都是什么样的、在哪里。爷爷奶奶虽然去过成都，但也是20世纪五六十年代的事，他们只是说成都有很多的瓦房，有宽大的路，有很多的人，得半个月的时间才能走到，其他的也说不清，更不敢对我说有多远。我指着张家湾问："那里就有瓦房，还发光呢！那里是成都吗？成都的房子是那种发光的吗？"他们灵机一动，对我说："对啊，你看到对面发光的地方，就是成都！"瞬间，我认为张家湾就是成都，张家湾在我心里的位置一下高大起来。我满心高兴，父亲就在我看得见的地方。我不再担心父亲找不到回家的路，我也不担心被父亲遗弃了。成都，就在眼前，过一条河，我怎么都会找到父亲的，父亲也会找到我的。我的心一下子放下了，恐惧感随之消失。

爷爷奶奶善意的谎言，使我的病逐渐好了起来。

于是，我每天去槐树下等父亲回家。我知道，父亲首先会看见槐树，我在槐树下，父亲也会看见我的。母亲说从那天起，我开始吃饭了。家里的亲戚们像都约定好了一样，全是一样的口径说张家湾就是成都。从此后很长的一段时间，包括我的姑姑们，都对我说张家湾就是成都。读小学后我指着张家湾对小伙伴们说，那里就是成都。小伙伴们的嘲笑让我明白,成都不在槐树的对面,离槐树还有四五百公里的路程。但是,成都在哪里并不重要了,父亲就在我的身边,只要父亲在我的身边就好。

想起不免好笑,我是如此孤陋寡闻。几张闪光的玻璃,青砖灰瓦,给三四岁的我大脑里绘制了一个具象的成都。多年后,当我和父母真的站在成都的大街上,想起我三四岁时认为张家湾是成都的笑话,我们不免大笑。两地差距之大,让我瞠目结舌。直到今日,想到三岁多的我站在槐树下,呆呆地看着对面的张家湾,想着父亲的情景,心里难免还会有疼痛的感觉。

把槐树视为家的,还有我家丢失的猎狗大黄。

爷爷和父亲有打猎的爱好,所以,家里总会养撵山狗。我们家的狗有个特点,都是黄色。当狗妈妈生下一窝小狗时,嫩黄色的小狗毛茸茸的,特别招人喜欢。这个时候,它们总会得到我的特殊关爱:抱着它们,给它们喂吃的,和它们玩耍。看着渐渐长大的狗,毛发变粗变硬,颜色变深,失去了小狗的可爱,我不喜欢它们的模样,故而离它们远了。狗看着我远离它们,呆呆地望着我,眼中满是疑惑。时间一长,它们懂事地不来找我,只是远远地望着我,想到我身边来,抬起的右前爪,犹豫了一下后又放回到原地。这个阶段,它们学习如何协助父亲上山围猎。它们像一个个年轻小伙子一样充满着朝气,浑身充满了男性荷尔蒙的气息。

大黄学会了围猎,而且特别优秀,得到父亲的特别关爱。每次回来,父亲都会给大黄开小灶,犒劳它。大黄围猎的技术越来越熟练,其他寨子的人都知道我家有只特别会围猎的猎狗。没想到,"人怕出名猪怕壮",大黄名声在外的同时,也让它身处危险之中。

大黄失踪了，记不清是如何失踪的，反正，有一天大黄不声不响地不见了。父亲视大黄为家人，心急如焚，四处寻找。给大黄的食物在盆子里原封不动，几天后再看，食物的边缘偶尔有老鼠吃过的痕迹。半个月后，大黄吃饭的盆子里再没有了食物，残留在盆子边缘的食物失去水分而成干壳。再过几个月，大黄吃饭的盆子里积了一层厚厚的灰。看着狗窝里杂乱的稻草，父亲的脸一直阴沉着。

寻找了很长时间，一直没有消息。父亲不甘心，继续寻找。两年过去了，家人关于大黄的记忆渐渐地淡了。大黄留在窝里的气息被时间和风带到了遥远的地方，大黄在家人记忆里渐渐模糊。父亲也慢慢接受了失去大黄的事实，从父亲看大黄狗窝的表情，我知道父亲的心里也有疼痛的感觉，就像我在槐树下等父亲时心里的疼痛一样。

又过了两年，一天，父亲和母亲在槐树背后的地里劳动。下午回家经过槐树时，远远地，父亲看到了一个熟悉的身影，难道是大黄？父亲不敢相信。父亲正在发愣时，狗跑过来，围着父亲转了几个圈，尾巴使劲摇着，鼻子在父亲的身上嗅着，身体磨蹭着父亲的腿。是大黄！父亲丢掉手里的东西，蹲下抱着大黄，抚摸着它的毛，惊喜交加。"大黄！大黄。"母亲急切地喊着，生怕大黄没看见她。大黄跑到母亲面前，使劲地给母亲摇着尾巴，黑水晶一样的眼睛里泛起一层雾水，眼巴巴地看着父母。像我多日不见父亲，父亲突然出现在我眼前时那样，更多的是喜悦，但又有点委屈和伤心的感觉。父母好像看到自己两年没见的儿女，高兴得不知如何是好。

父母知道，大黄找到了槐树，就找到了家。

亲热了一阵，父母说："大黄，走，回家了！"没想到大黄退后了几步，摇着尾巴，犹豫着，满脸的可怜样。父亲走上前，摸摸大黄的头说："大黄，回家了。"大黄又退后了几步，看着父亲，眼里满是泪水。

父亲总说不能把狗当动物看,要以人的思想感情来对待狗,狗是动物里最有感情的一种。父亲知道,大黄的内心这时正在挣扎,它在和自己斗争。

我们不知道这几年大黄到底经历了什么,遇到了什么人,经历了什么事。总之,大黄生活得不错,可以断定它的新主人很喜欢它。从它犹豫的眼神里可以看出,大黄对新主人有留恋。父亲明白了,时间和经历已经让大黄的生活和我们的生活产生了距离。大黄有了新家,有了新的主人,有了新的生活。大黄已经不属于他了。

狗是一种有灵性的动物。我最喜欢看动物的眼睛,眼睛是心灵的窗户,不会说话的动物用眼神和人交流,人类也读得懂。因为不会说话,所以动物的眼睛比人的眼睛更有感情,更擅于表达感情。加上肢体语言,和一颗善解人意的心,大黄怎能不知道父母对它的好、父母对它的挂念和不舍?

可是,听到父母让它回家时,大黄的后退表示什么?表示一种决心?一种坚持?一种忠诚?……大黄的梦里会经常出现父亲的,对于这点,我十分肯定。就像我永远不会忘记父母对我的疼爱一样,爱怎么能忘记呢?不论我是三岁还是三十岁,无论我在故乡还是在异乡,记忆中的爱都不会改变。

我想,是忠诚让大黄难于抉择,因为忠诚是狗的本性。

既然花如此大的气力将大黄偷到手,这样的人也会是特别爱狗、懂狗的人。大黄的新主人如何用心打动大黄的心,让大黄渐渐淡化对我们的想念?这个过程我不得而知。有一点我知道,大黄生活得很好。可能在新家里,大黄更能发挥它围猎的特长,一条狗的价值被充分体现,大黄在做着自己喜欢的工作。

这个时候,让大黄从新主人那里回到我家,这是个让大黄难以选择的难题。让忠诚的大黄再一次背上背叛主人不忠诚的罪名？那样的话，就算回到我家，大黄以后的生活也不会愉快。我们理解大黄的心，心疼大黄抉择的艰难。

在离父母十步远的地方，大黄的眼泪终于流了出来，它不停地摇着尾巴，嘴巴里发出呜呜的哽咽声。片刻后，它慢慢地后退几步，转身朝着山里跑去。这时父母没有喊它，他们的心意是相通的，他们理解大黄的艰难选择，他们唯愿大黄生活愉快。

大黄成了记忆，成了父母经常念叨的名字，就像他们思念一个远行的孩子一样。特别是在槐树下，父母总会想起大黄和它的眼泪。槐树下就是我们的家，父母希望大黄永远不要忘记家。

槐树见证了太多的悲欢离合、喜怒哀乐。

村口的三棵老槐树，是扶州独有的标志，是游子回家的路标，是寄托亲人们相思的载体。槐树有多高，思念就有多深。

长大后，我在成都读了几年书。回家的第一眼，看见的还是槐树。看见槐树就是看见家了，家里有我的亲人们。槐树还在老地方等我，我永远不会迷路。时至今日，三棵槐树在村口纹丝不动地守望着我们。每一次经过，槐树和我都心领神会地打着招呼。

槐树就是我的家，槐树像母亲一样盼着我回家……

谁给谁安魂

  死亡对于一个七岁的小姑娘意味着什么呢？特别是当死亡的人是这个小姑娘的妈妈的时候。面对死亡，七岁的孩子又能感受到什么呢？她会留下什么印记？对她的一生会产生什么影响？也许，面对死亡，种种想象：臆想中的未知，无尽的黑暗，传说中的酷刑……对于一个小姑娘来说，对死亡的恐惧比死亡本身更让人备受折磨，更让人备受煎熬。

  我的好朋友燕子的妈妈，在她七岁时的一天突然永远离开了她。

  这事发生在四十多年前的一天。日子周而复始，一切都在按部就班地进行。燕子和我刚上小学一年级，相约放学后去扯猪草。她妈妈快要生小宝宝了，那天要去医院做检查。

  燕子和我就像刚冒出地面的青草，或者刚升起的太阳，对眼前的一切充满了好奇。我们对生命充满了想象：我为什么是我妈妈的孩子，而不是燕子妈妈的孩子？我和燕子为什么长得不像？我从哪里来到这儿的？我以后也会像妈妈一样结婚，那我和谁结婚？他在哪里？他姓什么？生活和生命的复杂性被我们凝聚成这样一些问题。嘀嘀咕咕，燕子和我躲在房子背后，交流着对眼前世界的认知。

  脱离大人们的视线，我们自由了。抓骨头子，抓石子，忘了还有扯猪草的任务。看着天色已晚，胡乱扯了些草，在背篼里松松，就回家去了。燕子说:"扯这么点草,今晚猪要挨饿了,我要挨打了。"磨磨蹭蹭,还得往家里走。燕子家往日冷清的气氛,被喧闹的声音、开水的雾气、柴火的烟子包围了。眼前的一切似乎很遥远,但是真真切切就在眼前。我们都有点恍惚,这情景太离谱了,只有婚丧嫁娶的人家才有这般热闹。燕子家,最近好像没有大事发生。我和燕子对望了一眼,确定她家真没有什么大事值得这么兴师动众。

可是,家里好像真发生了什么大事。

燕子藏在我的身后,我们悄悄地朝院子里看去:厅房门边的几捆稻草被人拿进屋里,听到有人说:"停草了。"天色将暮,屋里十五瓦的电灯泡发出昏暗的光,一个人平躺在两条凳子和几张木板临时搭的床上,露出白白的、僵直的脚,这双脚一动不动地朝向门外,似乎在拒绝着什么。这双一动不动的脚成了一切的焦点,似乎人们所有的忙碌都在围绕着这双脚。我纳闷了,一双脚,到底能代表什么呢?它的主人是谁?脚应该踩在地上不停移动,可是这双脚却横在木板上一动不动。此刻,脚的职能好像只是挡住视线,挡住屋里的一切,把主人的脸和身体也全遮住。灯光幽暗,人影朦胧,屋里的一切都陷入了神秘之中,宛如梦中。

燕子的大大蹲在台子边上,双手抱着的头埋在两腿之间,只能看见他的后脑勺而看不清他的脸。燕子的奶奶身体向着厅房侧坐在台子左边的糍粑槽上,腰向下一弯,右手在空中朝前一挥,右脚同时朝前一踩,像是要抓住厅房里空中的什么东西一样。伴随着手的动作,喉咙里发出悠扬婉转的声音,像是在唱歌,又像在哭。右手在空中摇几下后,左手捏住鼻子,将鼻涕捏在手里,反手一甩,甩在了厅房发黑的门板上。鼻涕像一条亮晶晶的蚯蚓粘在门板上。

"你奶奶和你大大都在,厅房里朝着门外睡着一个人,只看见一双大脚,看不见脸,不知道是谁。还有一些人在从楼上往下抬木头。"我对藏在身后的燕子说。他们在忙什么?年幼的我们茫然了。

听到人们说燕子妈妈死了。

谁死了?我和燕子蒙了。

如果要以人的器官代表人的状态,童年的我对死亡的认知是一双苍白、僵硬、没穿鞋子的脚。这双光脚牢固地印在我的心里,并且代表死亡,代表着未知的黑暗的世界,代表着永不再见。有时,这双脚演化为两扇门,门内是一个我们永远未知的神秘的黑暗世界,门外是我们正在经历的懵懂童年……

奶奶和妈妈在厨房里煮饭,两个都在抹眼泪。

"可怜啊,都要生了。说是去县医院检查一下,也没人陪着去,一个人挺着这么大的肚子。"

"她娘家的人说,不知道怎么了,是从灵觉寺的坡上跑下来的。也难怪,那坡上曾经有过一个庙,古得很,又是下午时候,肯定是遇到邪了。"

"医院说是大出血,她跑过的地上都是血。"

"她为啥跑?难道她看见了啥不干净的?她没留啥话?"

"只是说,有人在后面追她。鞋都跑掉了,死的时候都是光脚板。"

"没等到上手术台,人就没了。"

"人死如灯灭,可怜娃还这么小,咋办呢!"

"女人可怜,生娃时就像一只脚踩在棺材里,会要命的。"

"这就要看各人的命了!"

"其他的都是男孩,打得粗。燕子一个女娃可怎么办?啥时候才长大哦!"

奶奶和妈妈的对话让我紧张得汗毛倒立。女人生娃会死人！我长大了也会有自己的娃，我为自己是个女娃感到害怕。我想象中长大后的美好生活，被燕子妈妈的死击了个粉碎。恐惧和难过接踵而来，像一潭水慢慢地将我淹没，我感到窒息。身为女娃，我感到悲哀和恐惧，未来世界对我来说不再五彩缤纷，我不再憧憬未来的美好。我陷入茫然。我的未来时光被燕子妈妈的死像割麦子一样割掉，扔在了地上，踩在了脚下的泥土里，陷入了一片黑暗。

可怜的燕子从七岁开始就没有妈妈的陪伴，将独自面对长大、结婚、生子，乃至死亡。她得有多可怜，得有多孤独。

多年后，我人到中年，经历了许多事后，才感知幼年丧母对于一个几岁孩子来说的恐惧。当你惯有的东西越来越少，不想要的东西越来越多，当你越来越多地思考人从哪里来要到哪里去，当你对未知的前途茫然并没有妈妈陪伴，当你孤独地一个人面对前方黑暗中的虚无时，那种孤独、无奈、自怜、悲观。知道人是从虚无的黑暗中来到这个光明的世界，最终还会回到黑暗的虚无去。妈妈在混沌中找到你，领着你涉过黑暗，涉过虚无，以一个人的形象，让你来到这个世界，陪伴你长大。在生的黑暗和死的黑暗之间，有妈妈陪伴你，牵着你的手。长大的过程是漫长的，对黑暗的恐惧、对时间的恐惧、对生长发育的恐惧、对结婚生子的恐惧、对生老病死的恐惧、对人生的不确定性的恐惧……这些恐惧中，妈妈在前面经历，在前面带路。没有了妈妈，没人鼓励、安慰，内心深深的无归宿感将会伴随一生。

我感到背后有一股阴冷、凄凉的风，在慢慢地沁入骨头里，然后从骨头里蔓延到肌肉，从毛孔里钻了出来。这股风在身体内使出了洪荒之力，使得毛孔向上凸起，让我起了一身的鸡皮疙瘩。我不由地打了一个激灵,感到浑身的冷气。眼前是黑暗的一片,黑暗里有什么?有燕子妈妈的影子,还有我的第六感能感觉到的,但是我看不见的东西。

我当母亲后,想起这双脚,体会到燕子妈妈当时的切肤之痛,体会到她对于生命的不舍,她对于父母的不舍,她对于丈夫的不舍,她对于儿女的不舍,体会到她的害怕,对臆想中穷追不舍的鬼怪的害怕,对没娘的娃能否长大的害怕,对黑暗中找不到光明的害怕,对肚子里的孩子不能来到人世的害怕。

生命的终止,是被迫的、无奈的。

家家大门紧闭,门前煨一堆柏香末,冒着青烟。

奶奶把我关在院子里。我悄悄地从大门的缝隙里望出去,飘飘袅袅的烟雾里,有女人一把鼻涕一把泪,却哭唱着悠扬婉转的歌。"我命苦的姐姐,你倒是去了,留下这么造孽的娃,咋办呀?啊(哪)天才长大呀!"

奶奶拉住我,不让再去看了。我看见奶奶泪流满面。

"奶奶,燕子的妈妈再也不回来了?"

"回不来了!宁隔千山万水,不隔一张四页板。燕子妈妈这世人活完了,又是另一世的人了。"

"为啥呢?"

"隔千山万水,十年八年的,总有见面的机会。一张四页板,把人阴阳两隔,永世不再见面了。"

四页板,在我心里成了薄薄的但永远越不过去的障碍。它比包公的铡刀都利索,它铁面无私,像一把刀一样,将一个人在世间的一切利索地砍断,毫不拖泥带水。一边是阳光明媚,岁月如梭;一边是无尽的黑暗,时间静止。它比世间最绝情的人都绝情,它将生死界限划分得这么清楚,它永远不给你机会重新来过。我终于明白,在入殓前,亲人们撕心裂肺的哭声,是对四页板的哀求,对于不给亲人们一点机会的唾弃。可四页板是木头做的,它没有心肝,依然尽职尽责、我行我素。银钉铆一钉,这一生将是永别,永不会再见!

奶奶对燕子说:"妈妈在天上呢,你看,月亮里呢!你长大有本事了,妈妈就会来看你。"我心里感激奶奶能这样对燕子说,奶奶的心真好。

这句话成了燕子的希望。

奶奶说七月七,牛郎织女一年一次的见面时间,土地爷爷会让地上长出一架豌豆箩(野蔷薇)的刺架,一直伸到天上。牛郎会挑着箩筐,里面坐着他们的两个孩子,沿着豌豆箩刺架,爬到天上和织女约会。于是我陪燕子在七月七的那天晚上,守在朦胧的月光下,仔细看地上哪里会长出豌豆箩的刺架,做好偷偷跟在牛郎后面爬到天上去的准备。我无数次地哀求上苍:您不要如此铁石心肠,您看看,一个没娘的娃是怎样的可怜。

是希望就不放过,我们幻想沿着这根刺架往上爬,设计了无数种方案。等到月亮西落,天空一片漆黑,想来牛郎织女可能早以其他的方式见面了,心里不免凄然,充满了再一次被人遗弃的无奈和惆怅、失落和遗憾、孤独和寂寞。一晚上白白的等待,换来的是燕子对妈妈更加强烈的思念。我听到燕子的眼泪落在冰冷的石头上,发出金属般的声响,并且以更小的形式向四面八方飞溅。眼泪以飞溅的形式将悲伤扩大,于是这一块地都在陪燕子哭泣。我希望接纳她眼泪的地面,明年长出一根藤状植物来。并且,我希望这根藤无限地往上长,直到云间,燕子妈妈就会沿这根藤来到燕子的梦里,给她梳头,给她煮饭,更重要的是给燕子拥抱，给燕子生活的勇气和希望。

我理解燕子对妈妈的思念。没有母亲陪伴的童年，是孤单寂寞的。没有母亲陪伴的少年，内心是自卑的，是耻于往人前去的。没母亲陪伴的人生，是残缺的，不完整的。燕子是个女孩，当她结婚时，没有母亲见证并祝福，她内心是忐忑的。

我心里始终放不下，不知道燕子妈妈最后穿鞋了没有，为什么多年来我的脑海里始终是一双光脚？

我讨厌记忆，大脑的海洋里被放置在最底层的事，它总会在某个时间冷不丁将这事翻出来，放在你的眼前。以为已经遗忘的事，是这么清晰，这么执着，强势地占据着我脑海的一个角落，没有一丁点想走的意思，不论时间过了多久。好像已经在脑海里生根，时间越长，根扎入得越深，挥之不去。记忆好像有一只手，总是牵着我，走入时间的褶皱，走入空间的罅隙。记忆总是打乱时空，打乱过去、现在和将来，让人产生错觉、幻觉。我讨厌记忆，总是让我穿越时空，再一次想到没穿鞋的一双脚。

奶奶继续编着童话，安慰燕子说："如果有一双世间最漂亮的鞋，妈妈穿在脚上，就会来看你。"于是燕子刻苦地学习做鞋，她要做一双最漂亮的鞋，让妈妈穿上，这样妈妈就会每晚来到梦中看她。在每一个有月亮的夜晚，我陪燕子仰头看天，看月亮。"你看，那朵云是不是一个仙女？"我的眼睛随着燕子的手在天空中搜寻着。我知道，燕子其实在寻找着她的妈妈。

燕子关心怎样才能做出最漂亮的鞋，我关心怎样给记忆深处的这一双光脚穿上鞋。于是，我和燕子有了关于一双脚、一双鞋的共同点。我陪伴着燕子做了一双又一双鞋，我关心燕子每晚所做的每一个梦是否梦见了她的妈妈。说梦,成了我们的共同关注点。

当燕子练成一双做鞋的巧手,她妈妈终于来梦中看她了。

梦中的燕子妈妈始终不说话,抱着燕子,默默地流泪。燕子紧紧地拉住妈妈,对妈妈说着她的思念、她的孤独。燕子将亲手做的最漂亮的一双鞋给妈妈穿上。这下好了,妈妈终于穿上鞋了。燕子为人子女的心愿了了,她的内心满足了。她不允许、不忍心让妈妈光着脚走入黑暗。这黑暗到底有多长,谁也不知道。妈妈要走的路还很长很长,也许几年,也许几十年。此后,天堂里的妈妈不再是光脚。燕子相信,有鞋的妈妈经常会来到梦里看她的。她不再是个没娘的娃,她的精神世界里有妈妈的陪伴,她不再孤单寂寞,不再内疚难过。

这个梦,终于让燕子摆脱了心魔,解脱出来。她知道,妈妈会在梦中陪伴她长大。她突然发现,生活如此之美!

今夜,月光如水,燕子妈妈会如约而至。燕子已经进入梦乡,妈妈穿着燕子做的新鞋,在来梦中的路上……

油菜花又开

春天里,我的鼻子总是在空气中使劲地闻着、辨析着、寻找着。在汽车尾气、煤气、天然气、火锅味等混杂的多种混合气味中,筛选着我熟悉的那种味道,期待想闻到的那种味道。那是一种令我魂牵梦萦的味道,我的鼻子因它而激动,我的味蕾因它而颤抖。

它是我童年记忆不可分割的一部分,对它的思念终将贯穿我的一生。不论在任何地方,它总能提醒我,我是谁、我来自何处、我去向何方。

是的,每年春天,油菜花总会在我梦中反复开放。

油菜,是一种让人尊敬的植物,低调、内敛,毫不张扬。

它的生长期在冬天,利用冬闲时的空地,在人们藏在家里烤火取暖的时候,在人们不注意的时候,它在凛冽的寒风中悄悄生长。这让我不由得心疼。

这是怎样的一种植物?

秋末,地里的高粱、玉米收回家了,农人们架着牛,将地耕一遍,失去了生命的玉米秆歪歪斜斜、东倒西歪。抖掉玉米秆根部的土块,露出茂盛的根须。把玉米秆背回家当生火的引子,一点就着。重新耕过的地平平整整、干干净净。大地真像一个不停止生育的母亲,又准备孕育新的生命。油菜籽和细细的泥土掺和，为的是让油菜籽均匀地落在土地里。农人抓起一把和了土的菜籽，手臂伸直一扬，小小的油菜籽裹着细细的泥土，落入以人的手臂为半径的土地里。重见大地的油菜籽是多么欢乐啊！我听见它们"唰、唰、唰"地唱着欢快的歌，扑到大地的怀里。它本来就是大地的孩子，和土地有着一样的肤色。这时我在地里怎么也找不到油菜籽了，它已经和大地融为一体。

长出两瓣圆圆叶子的油菜，满是婴儿肥的可爱。当它长出长长的、尖尖的两片或者四片叶子时，冬至到了。天气越来越冷，油菜不得不放慢生长的节奏，保存实力，以抗拒严寒。冬至带来的不光是一个季节，更重要的是冬至和太阳背道而驰。冬至的任性，让人们离温暖越来越远。人们躲进房子里，生起大火取暖越冬。

地里的油菜是怎样抗寒冷的？我不得而知。一场大雪后，我到地里去看油菜。眼前翠绿的油菜，让我万分惊喜！它们在严寒中长大了，长壮了。在灰暗的冬季，眼前的这一片绿色，带给我强烈的震撼！细看，它也有冻伤：叶子的边缘，在离它心脏最远的地方，血液的供养不足，它长冻疮了，暗红色的冻疮。油菜生冻疮的细胞快要冻死了，但我又不能给它加热，这会让油菜无法适应而死亡。我该怎么办？我只有满眼含泪，任凭寒冷肆虐，一步三回头地离开它。母亲说："油菜就生长在冬季，不与其他农作物争土地。它能扛过寒冬的。"

这时我恍然大悟，冻伤的油菜在牺牲自己，给新的叶子输送营养。它在完成生命的接力！植物和人一样，它有感情，有思想，有志向。

时间一晃就到了七九。"七九八九，沿河看柳。"这时已经立春，春天来了。油菜在春日里又会有何作为呢？我到地里一看，真是吓我一跳！油菜像一个亭亭玉立的少女，身材高挑。绿绿的叶子肥大健壮，头顶长满黄绿色的椭圆的花蕾。一层一层的花蕾，次第开放，它不会让春天冷场。

终于，油菜战胜了严寒，迎来了春天，也迎来生命的灿烂时刻。

我的眼眶湿润了，为油菜的坚韧！为春天的来到！为生命的伟大！

油菜籽熟了，收油菜籽了！

人们拿上镰刀和皮绳，来到油菜地里。这些油菜经历了比别的植物更加严酷的生命轮回，硕果累累后，悄然退场。眼前的油菜枯黄干裂，头顶的果实是生命的沉重，是对生命的膜拜，也是生命的密码。寒冷带走了生命中的黄色和绿色，给春天留下满世界的枯黄。油菜将生命的密码、坚韧和顽强遗传给了油菜籽。在下一个寒冬，这些油菜籽将重复油菜的宿命，完成生命的接力。

在场坝里，收割回家连枝带叶的油菜，根部向内，围成一个个圆形，让太阳的光和热带走水分。

油菜里夹杂着一些野豌豆荚，混在油菜里悄无声息地生长，谁也不会注意到。但是我们小孩子知道，在油菜下生长着这样一种植物。豆荚秧上挂着小小的、圆圆的叶子，多个小圆叶子整齐地组合成一片狭长的叶子。在叶子和根茎相连的地方，挂着一串串淡紫色的小花，形状像蝴蝶的翅膀。一串串淡紫色的花，像一根枝条上飞来很多紫色的蝴蝶，驻足观赏眼前的景象。豆荚的胚胎慢慢地长出来，紫色的花凋谢了。当油菜黄了的时候，野豆荚也成熟了，被收割油菜的人，一镰刀搂来，从根部割断，油菜和野豆荚颤抖着被背回到了场坝。

收割油菜的季节，是我们小孩子最高兴的季节。不完全是有香喷喷的油咕嘟（一种油炸食品）和千层油饼，更重要的是严寒已去，春天来临，万物复苏，晚上可以打豆角子仗了。

夜幕下，耳朵竖着辨析着空气中的每一个细微的声音，生怕错过，可容不得一点马虎。"阿些娃些耍来，家什盘到这来……"终于等到了！

我的小心脏立马乱跳，热血沸腾，这是我们召集人的口令，所有的孩子飞身就跑出大门。

朦朦胧胧的夜幕下，三三两两的伙伴们已经候着了。老规矩，分为红、黑两队，人员自选，还得看队员有没有道具。道具是一根细细的、手指长的空心竹棍。两队人马分别在划定的油菜堆里寻找野豆角，装满所有的口袋，这是子弹。子弹采集完毕，归队。两边的队长交接好后，正式开始战斗。

规则是将野豆角含在口里，从竹筒里吹出子弹，射向"敌人"。如果敌人被打中，就算阵亡。可以躲避，油菜垛当掩体。边躲边进攻，这是战略战术。最让人生气的是发现了敌人，子弹却用完了。还是得还击，竹筒里往往射出来的是口水，敌人满脸都是。野豆角从嘴里吹出来，可能用了很大的劲，落在身上，有些疼。有些小女孩被打豆角打中，哇哇大哭。哭几声后，擦干眼泪，继续战斗。

油菜垛可以当掩体，也可以当进攻的高地。夜幕下的油菜垛背后，不知有多少个孩子，做着他们童年的打仗梦、英雄梦，塑造着他们的原始的荣辱观和集体主义精神。

晒干了的油菜籽，在连枷的敲打下，从狭长的豆角里啪的一声裂开，窸窸窣窣地跑了出来，落在地上。这时我才看清，豆荚里有一层薄薄的透明的隔离层，将豆荚分为两半。油菜籽落地，豆荚的形状也变了，包裹着油菜籽的姿势，就像一个母亲抱着婴儿，身体是微微弯曲的。在婴儿需要她的时候，这个姿势她感觉不到累。当婴儿成熟，自己独立了，从她的怀抱挣脱跑了出去时，她才感觉到这个姿势一动不动多少时间，太累了，伸伸腰，抬抬手，真舒服！

没有油菜籽的壳，全是直直的，松开抱紧的双手，伸着腰身，伸直手臂，慢慢地变得僵硬。

褐红色或者深黄色的油菜籽，在太阳下晒得流出了眼泪。这是欣喜的眼泪，它们就盼着这一天的到来。在一口大铁锅里，或是一个巨大无比的大铁铲，或是一把铁锨，在不停地搅拌着，将热传递给它们。在翻炒的过程中，油菜籽体内的荷尔蒙被激发，发出诱人的香味。它们也知道了如何让自己更好看，体内的油脂浮出体表，包裹着它们成熟的身体，它们显得更丰满更美丽。它们成熟了。

村寨边的油房，是油菜籽的新房。对我而言，这里充满着神秘。因为菜籽油对我们太宝贵，我想象不出一颗颗圆溜溜的褐色油菜籽怎样变成黄澄澄、香喷喷的液体。对这个转化过程，我曾经无数次地想象过可能的情景。有一天，终于有机会了。我悄悄地藏在榨油坊的门外偷看里面的情景。

几个赤裸着上身的男人，将炒过的发出香味的油菜籽放入铺满稻草的圆形圈里，用稻草将油菜籽盖住压实，竖着紧挨着放成一排。半空中一根铁链子，吊着一根水桶粗的圆木，赤裸着上身的男人们在一头推着这根木头，使劲地砸向对面放着油菜籽的圆圈。"嘿！""咚！"在这有节奏的声音里，一股黄黄的液体从缝隙间滴滴答答地流下，一滴，两滴，然后成一条细细的直线，流向地上的容器里。榨油用的木槌、木楔子这些古老的东西，菜籽油年复一年包裹着它们，黄色的木头早变了颜色，呈黑黄色，更显得古朴和简陋。

这时，空气和菜籽油像是发生了化学反应，发出一股奇异的香味，弥漫了整个屋子，然后从门缝里飘出。鼻子在贪婪地闻着这难得闻到的香味。我的味蕾瞬间被这种香味刺激地清醒过来，唾液从口腔的两侧向舌头中央汇合，然后从嘴角流了出来。我赶紧抬起手臂，用袖口擦了擦嘴巴。

发现有个小孩在偷看,工人们一点都不友好,把我赶走了。也是,榨油这活危险。这根木头砸过去的劲儿太大,一不小心,楔子就会被打飞伤着人。越是不允许看,越是神秘。在我们小孩子的心里,榨油坊是个充满神秘的地方。

队里分菜籽油了。

消息一传出,就像一盆水里丢进了一块石头,空气躁动了,很快消息传递到村寨的每一个角落。母亲和我拿上家里的盆盆罐罐到榨油坊领我家的那份菜籽油。我和母亲弓着背,弯着腰,一身肌肉紧张,手里牢牢地端着一盆油。这一盆油,是一家人吃一年的份,对一家人的生活来说无比珍贵。我端着满满一盆油,小心翼翼地走着,既要注意脚下,怕被脚下的石头绊个趔趄,那我手里的这盆油的命运就值得担忧,又怕手里的油不小心洒了出来,洒一点出来,一家人就会少吃一顿,这会对家人产生犯罪感。我的眼睛在手里和地上不停地来回看着,在保持盆的平衡和脚步平稳之间艰难地交替着。这一趟,我没有用平时蹦蹦跳跳的蜻蜓点水的动作,而是用脚实实在在地仔细地丈量着脚下的这片土地,可谓一步一个脚印,一步一步地认真走着。我生平第一次感觉到压力如此之大。

作为一种生活物资,名不见经传的菜籽油,为何给我的感觉如此珍贵?是外婆和母亲炒菜时不自觉的动作让我感到菜籽油的稀缺。

外婆一大家子,十多口人,吃喝拉撒睡全是外婆一人计划。外婆将仅有的菜籽油倒在一个手掌心大、浅口的青花瓷小盘子里,一根小木棍的一头绑着碎蒸笼布。炒菜时,拿着木棍在油碟的油里蘸蘸,然后用油布将锅底的每一个地方用油打湿,再在油碟里蘸蘸,再在锅里抹一遍,如此几遍后,菜籽油均匀地铺满锅底,然后炒菜。外婆的这个动作,让我明白菜籽油的稀缺和珍贵。后来物资没这么匮乏了,母亲炒菜往锅里倒油时，顺着油桶边流下的油让母亲手忙脚乱，赶紧放下手里的东西，认真地用手指将桶边流下的油收入油桶。外婆和母亲的动作，加深了我对菜籽油珍贵的印象。

我长大了，物资已非常充足。幼时的记忆和对母亲的模仿，我也有母亲的这些动作。当我看着顺着油桶流下的些许菜籽油，我经常问自己：这可能就是一滴或者两滴油，这么少的油，我不去收它，任它流到地上，会对我产生多大的影响呢？答案是：对我没有任何影响。那我为什么还会如此紧张呢？因为小时候的经历，我对菜籽油产生了独有的物以稀为贵的印象。

终于将一盆菜籽油端回家，我好像完成了一件特别重要的事情，长长地松了口气。但是在记忆里，这盆菜籽油还端在我的手上，我不敢有丝毫的懈怠。我们总会吃到油咕嘟和母亲最拿手的核桃千层油饼子。对于我们来说，这一天是除了过年以外最高兴的时候。家家的厨房里飘出菜籽油的香味，还混杂着熟蒜辣子的香味，在村寨的上空久久不散。

忆端阳

1

当太阳照在一天比一天黄的麦田的时候，人们磨镰刀，准备收麦子了。

临近端阳，我不由地想起小时候端阳节吃的新麦面圈圈馍的香甜，放羊娃们烧的"高高山"的火热，荞凉粉的酸辣，露水的冰凉，艾草的清香，雄黄酒的辛辣……

周围的人习惯把端午节叫端阳节。满脸的皱纹在爷爷的笑容里上扬："端"是开始的意思，"阳"和太阳有关。一般几天或者十几天后就是夏至，端阳节到夏至这一段时间是一年中白天最长的时候，天气开始热了。

端阳节如此热闹，我对端阳节充满了期盼。

还有半个月就是端阳节了，放牛娃们把牛、羊放到南岸山上吃草后，上、下刀口坝的一帮放羊娃在南岸山的山脚下一个叫水泉湾的地方，商量烧"高高山"的各项准备事宜。等到大家聚齐，南岸山山顶的天边才绕着山的形状发出一圈亮光，亮光向天空逐渐从白色过渡到浅蓝、湛蓝。在湛蓝色的苍穹里，半弯月亮并不醒目，像一个白色的影子。它知道这时的它已经不是主角,就像一个误闯误撞到别人家里的莽撞小孩,主人虽然没说什么,但是毕竟是客人,不能喧宾夺主。月亮悄悄地向天边滑去,顺带把几个调皮的不肯离场的星星也带走了。

从马家沟沟口沿着山梁横着往南岸山的方向走,就到南岸山的山腰上。说是山腰,其实是相对而言地势比较高的地方,准确地说就是坪,一个相对平坦的地方。这个地方是烧"高高山"的最佳地点:有水、平坦,特别是地势高,全寨子的人都看得见。烧"高高山"重要的一点,就是要全寨子的人从各个角度都能看见红红的火焰冲上黑色的苍穹。特别是人在低处仰望,能看见熊熊的火焰带着星星点点的火星,像流星带着长长的尾巴,冲过山顶,冲向天空。看见"高高山"熊熊大火的人家,牛羊牲口才会得到山神的庇佑,才会六畜兴旺。这就是放羊娃们烧"高高山"的目的。

放牛娃们找到一处看上去有一层细土的地方开挖,他们判断这里的土层较厚。挖下去不深处就是岩体,露出了瓦灰色的石头。

尖角锄头和石头的碰撞,闪出火花,在石头上划出一道深深的白白的痕迹。锄头总是以这种形式和石头见面,它总是打破石头沉静的睡眠世界,不但要让石头醒来,还要让石头对它一见钟情,立马产生火花。锄头有这个自信,它会不断地唤醒石头,离开原来的地方,又不断地和其他的石头产生火花。被唤醒的石头一块块被锄头抛弃,躲在一旁哭泣。锄头不断地和新的石头摩擦,不断地产生火花,不断地有石头爱上这个对它造成伤害的东西。

人说这种畸形的恋情是斯德哥尔摩现象,即受害者对施暴者产生感情。感情的事情总是这么不可思议。

栽杆子的坑,必须挖一尺五深,往坑里栽一两丈长的杆子。等到刀口坝的寨子被太阳的光辉照得金灿灿时，杆子栽入坑里了。大家将挖出的土回填入坑中，用石头将土沿着杆子周围钉紧。看到高高耸起的杆子就像是一面旗帜，一个冲锋号，这群放羊娃知道，烧"高高山"的仪式正式步入正轨。看着此事步入正轨，大家轻松地出了一口气。这时才感觉钻进鞋子的小石头硌脚，一屁股坐在了地上，脱下脚上的这双已经咧开了嘴的布鞋，将鞋里的土和小石头抖出来。

几个放羊娃知道，除了每天放好羊外，每人每天一背柴是必不可少的功课，也是这半个月的主要工作。回家的途中，看见地里小麦的麦穗已经灌满浆，露出圆圆的、丰满的身体。小满节气已过，青色正在逐渐褪去，黄色悄悄地占据了大部分颜色。

眼看着端阳节就要到了，放羊娃们每人每天背来一背柴，沿着这根木桩，底下大、上面小的圆锥形柴码子也在逐渐升高。

几天后，地里的麦子收割回来了。在经过几天大太阳的暴晒后，场坝上麦子的水分被晒干，用手一掰，麦秆就断了，人们用连枷将麦粒从麦穗上敲打下来。连枷的叶片围着连枷杆一头的木头把，360度地旋转着，每转360度，叶片就在地上拍打一次，发出沉闷的声音。地面和叶片接触的声音响起时，叶片被轻微地弹了起来，是大地回弹的力量，虎口隐隐地发麻。就像拍打衣服上的灰尘一样，手拍在身上，手和身体都会感到这股反向的力量。因为连枷的拍打，麦子上的灰尘飞了起来，弥漫在空气里，也飞到了人们的衣服上和鼻孔里，他们闻到了一股甜甜的麦香和一股麦秆的清新味道。

也许是为了端阳节那天孩子们能如期吃到新麦面的圈圈馍，这是他们努力的动机。

2

转眼就是端阳节,家里开始忙碌。

端阳节吃凉粉是必不可少的程序。黄豆芽是吃凉粉的标配。黄豆要经过筛子的挑选,肥肥胖胖的黄豆将接受此项使命。它们在十来天前已经在木桶里接受着特殊的服务。每天加少量的水保证桶里的湿润,黄豆在水温柔的抚摸下,身体一天天长大。一根根白色的胖乎乎的豆芽,冲破淡黄色、几乎透明的黄豆皮,像个婴儿般强壮地生长着。

家里人几天前就在石磨上把荞榛子磨好了。打开拴口袋的绳子,看见黑色的三棱形的荞麦被磨成黄白色的一颗一颗的颗粒,偶尔有力道过大磨成两半的,露出了里面白白厚厚的荞麦心。木盆的水里泡着荞榛子,在水的折射下荞榛子显得更大、更白、更丰满、更圆润。检查荞榛子是否泡好,用大拇指和食指轻轻一捏,完全吸饱了水分的荞榛子像喝醉了酒的人,不再保持挺阔,浑身酥软,在手指的摩擦力中成了粉末。这一盆荞榛子被捞出沥干水后,被几双手在案板上使劲搓、揉,一颗一颗散兵游勇似的荞榛子,黏成了一团。团状的荞榛子又要被放进木盆,不情愿地被动地改变自己的形象。这时的木盆里,水就是水,清亮透明;荞榛子就是荞榛子,圆圆的团状。它们固执地维持着各自的形状,僵持着,没有融合的意思。直到几双手伸进木盆,不一会儿就将这美好捏碎,成了一盆浑浑的荞面浆。

弯弯的灶里大火燃起来了,很快空气中弥漫着柴火烟子的味道。锅里的水不一会儿烧开了,水蒸气沿着锅的边缘和木头拼接的缝隙轻盈地冒出,然后伸伸腰肢,修长的身体摇晃着向空中飘去。这冒出木头锅盖的水蒸气就是水的精灵,它们在沸腾的水中分离、跳舞、旋转、上升……太阳光透过厨房上方的一根根木头窗棂的缝隙,将升起的柴火烟根和锅里冒出的水蒸气均匀地分割,形成一段白、一段黑的四边形,太阳光斜斜地落在灶头上,一个个黑白分明的平行四边形覆盖在灶面上,像一个巨大的黑白相间的网盖在灶头上。柴火的烟子冲出灶门时,形状在不断变换,在空气中成了淡蓝色的光影。从锅的四周和盖的缝隙里钻出的水蒸气,发出乳白色的色彩。淡蓝色和乳白色互不相容,在自己的轨道中朝上方升去。空气不再是透明的了,是有颜色的,淡蓝色的、乳白色的;烟雾和水蒸气在上升的过程中终于被人看见了行踪,染成淡蓝色和乳白色的空气,在这个狭小的空间里被勾勒出了空气流动的轨迹。这时的厨房在一片氤氲中,宛如仙境。

盆里的荞面浆要用细纱过滤。过滤过的荞面浆就是做荞面凉粉的材料。大火将一锅水烧开,一根叉棍在锅里搅着,荞面浆细细地往锅里倒下去。在锅底大火的用力下,在叉棍一圈一圈的搅动中,锅里乳白色的荞面浆迅速在圆形的轨道中变换颜色,形成一圈白一圈黄褐色的圆。这一圈一圈的印迹就像树的年轮,记录着时间。或者,荞面在回忆着什么吗?万物都有几分相似。再往锅里看时,锅里已经是均匀的黄褐色了。煮好的荞面凉粉舀到盆里冷透,等明天中午时,用刀切成长条,加入黄豆芽和调料,这就是端阳节吃的美味佳肴。看到美味,我的味蕾激动地有些迫不及待。

爷爷还要去药店买雄黄,酒也要打回来。晚上还要把第二天用的水挑够,因为明天是端阳节,传说不光是人要在这一天洗澡,连河里的癞蛤蟆也要洗澡。癞蛤蟆有严重的皮肤病,所以端阳节那天没人从河里挑水吃。这晚孩子们会早早地睡下,等待明天清晨打露水去。

3

  我和几个小伙伴在端阳节的清晨也去打露水。

  "五月五,过端午。"端阳节在人们的期待中准时到达。五点钟,东山顶上的天就发白了。孩子们早早地起床,洗好脸,站在柳树街,朝着寨子里打了几声长长的口哨。这是端阳节呼唤起床的暗号。不一会儿,一群少男少女集中在柳树街,找到自己约好的伙伴后,女孩子们要去打露水,男孩子们要去烧"高高山"。在黑暗中,孩子们朝着自己的目的地快速离去。

  打露水,是端阳节少女们不可或缺的项目。老年人说用端阳节的露水打湿头发,头发就会长得又黑又长。用露水洗脸,皮肤会又白又嫩。一年中只有今天,露水才会让女孩的头发疯长,才会让女孩子面如桃花。不知是谁泄露了这个天机,全部的女孩子这天都早早起来,找露水,打露水。这个传说对情窦初开的女孩子是有强大诱惑力的。爱美之心人皆有之,谁都希望自己有一头又黑又长的头发,谁都希望自己皮肤好,能面若桃花。对于美的认同,不同的年代有不同的标准。但是对于美的追求,从古至今,从未停止,从未改变。

  露珠是如何形成的?露珠是上天的眼泪。人的眼泪怎么也没这么大、这么多。这个时辰,天和地经过缠绵,刚刚分离,天不舍,眼泪落在了地上植物的叶子上,形成一颗颗圆形或椭圆形的珠子,好像它有一层透明的皮肤,把眼泪包裹在心里。它依附在叶子上,但是明显它和叶子没有关联,只是短暂停留而已,当太阳升起时,它还是要回到天上。露珠坚持自己的形状不变,它始终是圆的,水却不是这样,它在圆形的器皿里是圆形的,在方形的器皿里是方形的。如此看来,水比露珠可圆滑多了。这是露珠的原则,我对露珠有了新的认识。叶子上的这些露珠是晶莹透明的,当露珠从叶子上滑过时,叶子的茸毛都留不下它的一点痕迹。但是和叶子接触的地方,有一层白色,像隔着一层白白的东西,将露珠和叶子隔离,又不露痕迹。这是露珠的底线。

爷爷说端阳节下雨最好,庄稼会有好收成。但是无论这天下不下雨,无论天气阴晴,植物叶子上总是有非常多的露水。在一丛丛马兰花狭长的叶子上和蓝紫色的花朵上,在光明草椭圆的叶子上,在艾草虎形的叶子和菖蒲剑形的叶子上,在一切植物的茎叶上,停着一颗颗圆圆的的露珠,像一颗颗大大的钻石,晶莹剔透。这些露珠也只是暂时停留,等待着这些小女孩,赴她们一年一次的约会。当太阳东升,它们就会回到天空,消失得无影无踪。

看着这么多的露珠,我心里一阵欢喜,仿佛看见自己又黑又长的头发、又白又嫩的皮肤。解开扎着头发的头绳,将头发从颈子后面翻过头顶,垂在眼前,盖住面部。蹲下来,将头发放在马兰花的叶子上,用手将马兰花的叶子轻轻地往头的方向拢来。这些露珠从各个方向滴到头发上,像打秋千或者过溜索一样沿着发丝流过,一丝丝的冰凉感延伸到了头皮。露珠怎么这么冷?毕竟这个时辰太早了,我不由得打了一个冷战。用露水打湿的手在脸上拍着,沾着露水的脸上也感到一丝的冰凉,毛孔好像也冷得关闭了,露水久久地在脸上停着。不一会儿,头发全打湿了,成一绺一绺的,贴在头皮上。头发湿了,脸湿了,衣服裤子也湿了,一阵凉意袭来。脚上的布鞋也打湿了,感觉鞋子非常沉重,好像鞋子跟大地不想分离。找一块石头坐下来,解开鞋带,果然,鞋底粘着厚厚的一层黑黑的泥巴。

4

女孩们的头发全湿了，衣服也湿透了，衣服和裤子贴在身上，冰凉冰凉的。到烧"高高山"的地方烤衣服，吃羊肉，暖和暖和。抬头往南岸山方向看，放羊娃早就点燃了被太阳晒透的柴。在鸡叫前开始烧"高高山"，这是祭祀山神的规矩。"高高山"的火燃得正旺，红红的火光照亮了半边天，真正像是火树银花，远远就听见柴火燃烧时发出的欢快的啪啪声。

这天人们都起得早，看着山上烧"高高山"红红的火光，都要说一句："山神保佑今年的牛羊牲畜兴旺！"然后，三五成群地去地里割艾草和菖蒲。

清晨，本来没有风，火苗裹挟着亮亮的火星，星星对直朝着天空飘去。这么大的火，烤得人不停地往后退。一张张桃色脸上的水分子，在大火的柔情下，忘了对脸、对头发的滋润，连同衣服上的水，变成了水汽，不断地从头上、脸上的毛孔里，衣服的纹路里冒了出来，朝上升去。不一会儿，几个女孩子的头就像一个个刚出笼的包子，冒出热气腾腾的青烟。一根柴火从中间烧断，从高高的柴堆顶上掉了下来，落在了女孩们的跟前。火熄灭了，柴火冒出浓浓的蓝色烟子。女孩们被这股浓烟呛得忍不住咳嗽起来，眼睛发酸，眼泪流了下来，她们不由得往后退了几步。

几个放牛娃口里大声地说了起来："烟子烟子甭烟我，高高山上拢大火，猫轧柴，狗逗火，老鼠子擀面笑死我。"好像这么一说，烟子确实不会朝这个方向飘来。大家一起喊了起来："烟子烟子甭烟我，高高山上拢大火，猫轧柴，狗逗火，老鼠子擀面笑死我。"这时的气氛不再是别扭的，在火光的映衬下，少男少女们一个个笑得满脸花开，连火都忍不住笑了起来。"火笑了！火笑了！"欢乐在这一刻荡漾开来。

5

南岸山的脚下，生长着茂盛的杂草：光明草、车前子、艾草、菖蒲、苜蓿、蒲公英……女孩子边走边用手扯着自己喜欢的草，抱在怀里。爷爷说，端阳节前后草药的茎叶成熟，是药性最好的时候，这就是"采百草"习俗的由来。今天百草为药，过了今天就不是了。所以，她们得扯些草回去，中午时分在大锅里煮成沐兰汤，全家人用此药水洗浴，可预防皮肤病。从我很小的时候开始，每年端阳节的中午，妈妈都会用沐兰汤给我们洗澡。

每个女孩的怀里抱着一抱百草。走到自家大门口时，长长的艾草和菖蒲被红绳子绑着，高高地倒挂在大门上。艾草已经长到一人高了，到了该收割的时候。人们几乎都是在端阳节这天收割艾草，然后晾干。艾草对治疗肚子痛、皮肤病有很好的疗效。记得爷爷说，艾的形状是老虎，招百福，所以艾草又叫艾虎。细细观看时，觉得确实是这样。所以，每家每户都会在这一天收割艾草，并挂着晾干，以备不时之需。妈妈还要将艾草叶别在我的头发上辟邪。艾草被倒着悬挂着，改变了以往的姿势。在地心引力的作用下，深绿色的叶面被盖在底下，露出了长着一层白白茸毛叶子的背面。

菖蒲和艾草并排挂着。今年的菖蒲长得正好，像一把把绿色的宝剑。我喜欢形状简单、线条流畅的植物，菖蒲正好就符合我的审美。老人说菖蒲是水剑，这怎么是水剑呢？明明是草剑。既然是剑，就有辟邪的功能。能辟邪的还有桃木，也是木本，木本还真不简单。我边想边往大门内走去,将怀里的百草放下,妈妈忙着清洗百草,放在一口大锅里煮沐兰汤。

褐黄色的沐兰汤散发出一阵阵的药香味,使人神清气爽。很快,满屋子弥漫着这种香味。洗完澡,一身清爽。

6

这一天放羊娃的主要工作就是祭祀山神。他们放的这群牛羊,全依仗山神的庇佑才如此兴旺。这群放羊娃看着"高高山"的火燃过半时,就将旁边拴着的一只精心挑选的骚胡羊(公羊)拉到水边,拿出三副马纸学着大人的模样给山神禀告:"今天是端阳节,马家沟、杨家山、南岸山的土地山神,保佑今年风调雨顺,土地山神把豺狼虎豹隔到阴山背后,让豺狼虎豹别杀牛羊,保佑刀口坝的牛羊成群,放牛娃、放羊娃避开祸事,平平安安!各位神仙先领生,后领熟。"

"高高山"的火燃得正旺,照亮了半边天。这也是放羊娃的暗号,大家知道该来吃羊肉了。将各自放的牛、羊赶上山后,这群半大的孩子,一个个像飞毛腿一样从各个方向跑来。放羊娃越来越多,上、下刀口坝的放羊娃、放牛娃都来了。几个放羊娃七手八脚,将这只羊祭了山神。

剥皮的剥皮,三个石头垒个灶,一口大锅稳稳地放在石头上。当锅里的水就要烧开时,羊也被剁成了大块,放进大锅里煮上了。锅里加入花椒、盐巴,扯一把旁边野草丛中的野藿香丢进去,浓郁的香味在空气中瞬间弥漫开来。煮的时间不需要太久,他们用灌木的几根嫩枝条当筷子,从锅里将羊肉捞出来,一块一块地分给旁边的放羊娃吃。这是这群放羊娃一年一度的盛会,也是打牙祭的时候。

7

晚饭是端阳节最丰盛的一顿饭。凉拌鸡肉、腊肉排骨、腊肉炒土豆丝、凉拌粉条、炒豆芽、炖鸡汤……往往会摆满一桌子。

家里还会有一股浓浓的雄黄味道,满屋子都是,就连厕所里都有。爷爷在墙壁角落、门窗、床底下,家里的每个角落都撒上雄黄,说是蛇和虫子特别怕雄黄,撒上之后蛇就不会在这些地方出没,这个夏天就不会有虫子的叮咬了。

《白蛇传》的戏里不是就有白蛇喝了雄黄酒,变回原形,成一条白蛇的情节。蛇是怕雄黄的,妖精也怕雄黄,雄黄会破了妖精的法术,使妖精变回原形,这是肯定的。家里的各个角落都撒了雄黄,蛇肯定就不敢来了。我最怕蛇,一说到蛇,全身都会起鸡皮疙瘩,雄黄让我紧绷的神经松懈了下来。

端阳节的仪式在继续。记得爷爷近七十岁时,口头语就是:"不知道能不能吃到新麦面。"或者说:"不知道能不能吃到新玉米面。"爷爷感到生命即将走到尽头,言语中流露出对世间五谷的留恋,更是对人生的留恋。当然,他更舍不得我们几个孙子孙女。每当我听到爷爷这样说,心里就特别难受。人的生老病死,谁也无法改变。所以,家里的习惯就是,不论是什么庄稼或者蔬菜成熟了,都用最快的速度、最短的时间让爷爷吃上。今年也是这样,已经把新麦打成颗粒,晒干,磨成了面粉。今天,肯定、必须要有新麦面的白面馍馍端上桌子。

果然,刚蒸熟的新麦面的白面馍,冒着热气,发出与陈麦面截然不同的诱人香味。爷爷发出一声感叹:"又活到吃新麦面了!"吃新麦面、新玉米面就像爷爷的一个个目标,成了爷爷活下去的盼头。

满桌的美味，让人垂涎。被切成一条一条的荞面凉粉，发出粉黄粉黄的光泽，在碗底已经被煮熟的豆芽的支撑下，在碗面上骄傲地躺着。桌子上的各种调味料依次摆放：酱油、醋、葱花、蒜泥、红油辣椒、花椒面……

我没有动手，目光在桌子上寻找着什么。看着我脸上露出了失望的神色，妈妈最懂女儿的心，她说："圈圈馍马上拿来！"火烧圈圈馍拿来了，像小时候一样，妈妈拿出早就准备好的红绳子，从圈圈馍中心预留的一个小洞里穿过，三个比手掌大的火烧馍，像一个大大的项链一样，挂在我们三姊妹的胸前。爷爷用手捋着胡子笑了："对，这才是娃们过端阳节的吃食。"这个火烧馍的模样格外惹人爱：小巧玲珑，表面微黄，表面被一层均匀的黄色锅巴覆盖，在这一层硬锅巴上，一边是用菜刀轻轻划上的横、竖相交的线条，另一边是用做针线时手指上戴的顶针压出的一个个圆圈。

我舍不得吃圈圈馍，当项链一样戴着，还得和小伙伴们比比，谁的圈圈馍做得更好看。这么精致的东西，适合观看，让视觉神经满足比让肚子满足更让我愉悦。

一家人围着桌子坐下。按惯例，吃饭前，爷爷还有事要做。爷爷将雄黄放入酒杯里，用白酒稀释，手里拿着一根艾草，用艾草的茎在酒杯里蘸一下，在我们的额头上写下一个"王"字。不识字的爷爷却会写"王"字。爷爷说，小孩得画额，老虎是百兽之王，画了额，就会以假换真，辟邪的。我感到额头上一阵微微的冰凉，并有液体缓慢地从额头上沿着鼻梁流了下来，流进了嘴里，辛辣中有苦苦的味道。爷爷将艾草叶在雄黄酒里再蘸一下，给我们的耳郭上、鼻腔里也点上艾酒。爷爷说，点了七窍，小虫子就不会往耳朵洞里、鼻子洞里钻了。然后还有个程序，要将衣服撩起来，露出肚脐，爷爷还要往肚脐周围点艾酒。爷爷说，这下就好了，往后你们走到哪里，都不会遇到长虫（蛇），不会遭蚊虫叮咬了。吃完饭，端阳节的各项仪式基本结束，坐在火垅子的旁边，听爷爷讲故事。

爷爷小的时候有一个约定俗成的规矩，十几岁的孩子，端午节这天由父母陪着，午饭后要去灵觉寺进香。灵觉寺人来人往、热闹非凡，全是父母陪着儿子或者女儿来上香敬神。这些男孩或女孩大多是十几岁的样子，穿戴得漂漂亮亮。父母们见面，拱手作揖，几句话后，眼睛不免朝对方的孩子身上看去，眼睛里满是慈祥。端阳节的晚上，武庙里还会唱戏，大爷们包了专场。说是看戏，其实还是带着孩子的父母互相串包间，说是认识一下。所以端阳节也是民间相亲节，父母会带家里的十多岁的儿子或女儿在灵觉寺或武庙的戏园子里和其他人家的儿子或女儿见面。端阳节是这些孩子见世面、见异性的机会。如果双方的印象好，父母就会找媒人说亲。

爷爷感叹，如今的孩子们相亲不用这么麻烦了，这是时代的进步。

端阳节在深深的夜色中不舍地离去，一家人累了一天也该休息了。爷爷的爷爷过端阳节的习俗代代相传到我们这一代，有些习俗已经被历史抛弃，现在的端阳节只不过少了一些规矩，多了一些回忆。保护环境，不会再烧"高高山"了，露水也没有当年那么多那么凉，就连新麦面的馍也难吃到，圈圈馍更是童年珍贵的礼物，保存在记忆里，在端阳节这天拿出来细细地品味。

柿子的美好时代

深秋,当漫山遍野的树叶红透的时候,太阳的光束将红色也映在了柿子树的叶上。红色采取各个击破的强势入侵方法,先从椭圆的柿子叶子外围入侵,沿着毛细血管网一般的叶脉,从四周慢慢地向中间进攻。一叶一世界。一片树叶有一片树叶的结构。绿色的茎围起的一个个小块是树叶最基本的社会结构单位。此时红色已经越过边缘的小块,跨栏似的越过绿色的茎从四周向中央入侵。逐渐地,绿色、淡绿色、淡黄色、橘黄色、铁锈红次第呈现,绿色完全被各种色度的红色所替代。当一整棵柿子树的叶子变成红色的时候,柿子熟了。过不了几天,在一阵风中,柿子树叶打着旋儿、翻着跟斗扑向大地。

这个时候,就该收柿子了。

同一个时间,地里的辣椒也红了。几个太阳后,鲜红变成暗红,辣椒的水分蒸发了不少,用手逮住根蒂,四五个一簇,用麻绳从根蒂上绕几圈,将绳子从辣椒中央将它们一分为二,辣椒们像是骑在马上的战士一样,稳稳地挺立在绳子上,像爬山一样,一圈一圈地围着绳子不断上攀。最后,一根一丈长、细细的麻绳被胖胖的红色所包围。家家的屋檐上都挂着一串串的红辣椒,颜色正宗的中国红,将院子映衬得红红火火,一派丰收的景象。

柿子熟了，辣椒红了，到了货物交易季节。青海、包座的牦牛帮来了。

岭岗岩顶上Z字形的小道上，牦牛帮缓慢地下来了，一头头健壮的黑色牦牛，就像一颗颗黑色的珍珠，给大山戴上一条粗壮的黑色项链。自古以来，扶州就是藏、汉之间货物交易的场地。这得益于岭岗岩，牦牛帮下岭岗岩就到了扶州城。牦牛帮里有李家、沈家、康家等家族各自的熟人。藏族人到刀口坝收柿子和辣椒，刀口坝人也到包座收购藏族的酥油、牦牛或者氆氇等物品。异族之间做生意，语言交流很重要。沈家本来就是九寨沟龙康人，熟悉藏语，在藏、汉之间充当通司。所以，但凡是生意做得好的，都能说一口流利的藏语，至少听得懂藏语，而且熟悉藏族的风俗习惯。像村寨里的沈家大爷，到包座去洽谈生意时，驮一驮干红辣椒，送给有来往的人家每家一节一尺长的辣椒串。他们非常喜欢，生意也做得顺心如意。换句话说，沈大爷不但是生意上藏、汉语言的通司，更是藏、汉生活中的红人、朋友。

柿子红的时候，辣椒也红了。牦牛帮就会来收柿子。

我家园子周围、房子背后种有四十棵柿子树，当树叶和柿子都红成一片的时候，和爷爷熟悉的牦牛帮就会来收购，用银圆、氆氇、酥油、糌粑、奶渣换柿子、干辣椒和烧酒等一些日常用品。

小伙子们拿出长长的棍子，在棍头绑上一块长条板，条板和棍子之间留一条小小的缝隙，做成夹柿子的工具。上树夹柿子啰！

他们嘴里说着："叽、见、克、咔（藏语音译，意思为一、二、三、四）……"穿着黑黄皮袄的包座商人点着柿子。他们有自己的计数方法，一百、一千、一万，整整一楼板的柿子被装进一个个白牛毛和黑牛毛编织的黑白小方块图案的口袋里。满满一驮柿子，外加五串干红辣椒，可以换一床酱红色的氆氇或者一副几丈长黑色的牛毛织的绑腿，或者一些酥油糌粑和奶渣。

家里至今还保存着当年爷爷以柿子易物的东西：深红色的牛毛被盖面、黑色牛毛绑腿、黑色的宽腰带、纯羊毛的氆氇，这些东西除了手感有些粗糙外，真正是个好东西，保暖耐用。如今，这些东西除了被虫蛀有小洞以外，还完好无损。

我的眼睛在牛羊毛的物品里寻找爷爷的痕迹，鼻子嗅找爷爷的味道，但没有一点爷爷的痕迹，没有爷爷的一丝味道，爷爷用过的东西在眼前，可是爷爷和时间却从虫蛀的洞里遗漏了，再也找不着了。

从此，早上喝酥油茶的习惯被我们保留了下来。冬天的早上，爷爷的砖茶香味四溢时，我也起床了。爷爷给我的碗里放一些糌粑、一些奶渣、少许盐和酥油，将熬得翻滚的棕黑色茶水倒入碗内。瞬间，淡黄色的固体酥油在滚烫的水里逐渐融化成透明的液体，盖住了整个碗面。对着碗面吹一口气，酥油很快退到一边，赶紧喝一口，酥油退回来又将碗面封锁，不让热气泄露。好像打仗一样，你进我退，固执着己见。

爷爷说我小时候红红的脸蛋和健康的身体就是酥油茶的功劳。

刚摘下来的柿子，硬硬的，味涩，还不能吃。只有放置，也许半个月，也许一个月，时间能软化一切。当柿子从黄红色慢慢地变成柿子红，从僵硬变得柔软，从混沌变得透明时，柿子彻底成熟。

柿子到了藏地，糌粑到了汉地。柿子和糌粑的组合不知道又会是怎样的美味？家家在做柿饼时，被削掉的柿子皮在别人看来就是垃圾，可是在爷爷的眼里，柿子皮可是宝贝。爷爷将柿子皮晒干，磨成细粉，和在糌粑里，又甜又香。而且糌粑里和了柿子皮，相当于粮食里和了水果，营养更好，味道更甜。

旅行到藏族地区的辣椒，也改变了传统用油煎的吃法。藏族人吃辣椒不烹调，直接吃。他们把糌粑团成团，一口辣椒就一口糌粑团，吃得津津有味。不像我们吃辣椒还得用油炒，用礁窝擂，用油泼蒜。对于他们如此的吃法，父亲看着不可思议。热情的包座商人会递一根辣椒给父亲："呀纽，喽（藏语音译，意思是'小孩，给'）。"几岁大的父亲被生人的热情吓得大哭。

一般，这些商人会耽搁几天才回去。晚上，这些商人就在我家的厅房里睡觉。他们把腰带解开，没有了阻挡，堆在腰上的皮袄垂了下来，盖住了脚。将皮袄往上一提，脑袋往皮袄里一缩，把左边的袖筒捋直，就是通气口，脸放在袖筒里，往地上一躺，美美地睡了。这身皮袄，白天是衣服，晚上是被盖，方便又保暖。收够所需要的柿子和辣椒，牦牛帮离开了。几天时间的逗留，好像我家厅房里的门窗、楼板、地面，就连空气都被酥油味道彻底浸透了一样，满屋子浓浓的酥油味，奶奶对如此浓郁的酥油味非常不习惯，干脆捏着鼻子，直接让辨不出味道的口腔呼吸。可爷爷习惯酥油的浓香，甚至对酥油味道感到亲切。因为爷爷和村寨里的伙伴经常去包座做生意，也住藏族人的帐篷。

又一队一百多头牦牛的牦牛帮来了。他们骑着马，背着叉子枪，从岭岗岩下来，在棺山脚下的秧田里扎荒。三个石头是个灶，他们围着石头，用装着银圆、糌粑、氆氇、草料的牛皮口袋围成一个一丈多高的圆圈，将人围在里面，用铜锅、铜壶、铜瓢生火熬马茶。拿出一个狭长的箱子，取出八宝瓷碗和折叠着的铜瓢，吃酥油糌粑。从怀里掏出椭圆形的牛皮酒葫芦，随时抿上两口。拿出干牛肉，这是上等的下酒菜。叉子把用金、银、铜包皮，华丽高贵。这一队是有钱的商人。

可能怕银圆就这样堆着不安全，他们将银圆藏在棺山上一个隐蔽的山洞里。他们收柿子和其他的货物，准备付银圆时，才发现山洞里藏的银圆不见了。没有了银圆，生意没法继续。牦牛帮陷入了僵局。

银圆最终没找着，这队人马就这样悻悻地回去了。不但没收到柿子、辣椒和其他货物，还损失了银子，谁都不会输这口气。通过秘密调查，偷银子的人已经基本查清楚，包括那人的长相、家庭。本来下一步就是来拿人，可他们有顾虑，去人家的地盘拿人，谈何容易！任何一个村寨都不会将自己的子民交给一个外族来处理的，况且都有枪。

土司正在想解决的办法，事情却发生了逆转，还是和生意有关。

银圆确实是被刀口坝一个放羊的人偷了。从此，这家人鸟枪换大炮，不再放羊，过起了安逸的日子，人们都看在眼里。偷银圆这个人有个堂弟，和他长得很像。堂弟完全不知道堂哥所犯的事，和往常一样，拿着腊肉、成县大曲、柿子等货物到包座去做生意，被人错认为是偷银圆的人。这还了得！偷了银圆竟敢自己送上门来。于是堂弟被包座的人用绳子绑了，吊在排架上，少不了挨打，先让拿出偷的银圆，再怎么处理是后话。可堂弟什么都不知道啊，于是又被绑着吊了一天，滴水未进，眼看着人就要死了。贵人出现了，一个常年在这一带做生意的甘肃人，对包座、南坪这一带很熟悉，认出被绑的是刀口坝人，连忙差人给沈通司报信，说再不去人就死了。沈通司连忙带上礼物，去和包座人谈判。

沈通司平日里会流利的藏语，和藏族人做生意干脆大方，每次去做生意时都带着干红辣子和柿饼，每家送一尺长的一串红辣子和十个柿饼。在包座，沈通司是个有人格魅力的人，受人尊重，平时和包座之间来往紧密，关系甚好。这次和往常一样，沈通司带着酒、干红辣子、柿饼等礼物，快马加鞭到包座，和土司头人谈判。

经过通司的解释，他们才确认是抓错了人。但既然错了就将错就错了，况且堂弟该给堂哥买单。看在沈通司的面子上，包座人饶堂弟不死，但是坚持说必须退还被偷的钱物才放人。有了条件才好办事，通司周旋有了结果，救了堂弟一命。被偷的银圆如数还回，包座那边才把奄奄一息的堂弟放了回来。命是捡到了一条，但是东西全被扣了，还不敢提要东西的话。

"诚信"两个字是多少代人在一单一单的生意中逐渐建立起来的，时间越久越闪亮。有人偷银圆的事，如同给"诚信"撒上一把土，"诚信"黯然失色。包座和刀口坝的贸易关系到了冰点，贸易往来逐渐减少，往日的牦牛帮逐渐销声匿迹，岭岗岩牛载马驮的情景再也不见。

一如既往，柿子还是年年都大丰收。当又一个秋天来临，柿子依然像一个个红红的小灯笼挂在树上，等人招领。左等右等不来夹柿子的人，柿子在等待中耗尽了大好年华，随着秋天的寒冷一天天来临，柿子累得筋疲力尽，再也没有力气等待了，柿子的蒂留不住年老体弱的柿子，柿子也无力再维持美好形象，一阵风吹来，柿子从树上脱落下来，汁液四溅，粉身碎骨。

苍蝇盯着地上的柿子不放。麻雀飞来，用它的小喙啄着地上的柿子汁。也有饥饿的蜜蜂来吃几口柿子充饥。几天后，柿子销声匿迹，彻底没有了踪影。

落光叶子的柿子树树皮干裂发黑，似暮年的老人，柿子树下一派荒凉冷落。第二年柿子树没有再发出新的叶子，它们死了。

柿子的美好时代结束了。

安乐楼子

楼子,顾名思义,就是城门楼子或者前门楼子。修建在岭岗岩和扶州之间的官道上的安乐楼子,是官方战略防御的重要工事,历来又是老百姓日常休息、纳凉的公共场所,更是各种信息的传播地和扩散地。中安乐寨子边的楼子估计属于扶州的前门,主要具有战略防御功能。最早楼子后面有瓮城,再后面就是扶州城了。

人口增多,村寨扩张,曾经地处村寨边缘的楼子不知道从什么时候起被围在了村寨的中央。底楼南北通达,东北方和西南方各筑有和底楼一样高的土墙。这两堵墙就成了宣传栏,张贴着各种公示、广告,墙下是人们歇息、躲雨、乘凉、弹琵琶唱歌、聊八卦的最佳场所,常年有人,交换着最新的消息,以显示自己不同凡响的能量。古今中外、天南海北、家长里短,永远说不完的话题。下棋打牌的争得面红耳赤,脖子青筋凸出,不争出输赢,决不撤战场。老年人讲曾经的故事,巩固着日益减退的记忆,证明着自己经历的丰富,过去日子的丰腴,每天不到深更半夜决不会回家睡觉。楼子宽容地看着这些子民,不愠不恼。楼子也乐得这样热闹,一百多年了,它知道村寨里所有人的所有事,能上台面的,或是私底下的小动作。但是它闭口不言,绝不会声张。

现存的安乐楼子也是100多岁的老人了,清光绪十年(1884)修建，距今130多年。楼子以及它所在的这条官道也是唯一的一条连接扶州城和岭岗岩的茶马古道。楼子是村里现有的最老的建筑。楼子顶层中梁上写着："大清光绪十年四月二十日，丑时监□寅卯时，安乐坝阁□。"

据《南坪县志》记载，安乐楼子于清光绪十年建，坐西北向东南，占地47.5平方米。木结构单檐悬山式屋顶，穿斗式梁架，一穿三柱，两层。二楼有走廊，面阔三间，6.6米，进深7.2米，中柱长1米。除房顶和二楼少数部件更换外，其余均属原建材，四周为民房。

安乐楼子上下两层，挑梁立柱，青瓦红柱白墙，最有特色的是二楼的四周设计有悬空走廊，这个技术在当时应该是最先进的。楼子虽然外貌普通，但是在生产力低下的时代修建这样一个楼子也不是件容易的事。况且楼子的四周全是塔片房，而楼子却是瓦房，这足以看出楼子的尊贵。史料没有记载，楼子是官方为接待修建还是民间为信仰集资修建。不论是官方修还是民间修，为我们保存下来了一百多年前土木建筑的最高水平，楼子就是一个活资料。在楼子二楼的走廊上走一圈可以360度的角度看遍岭岗岩、刀口坝乃至扶州。楼子战时具有战略功能，平时具有休闲功能。楼下的过道汇聚了四面八方来的人，就是信息抵达最快最集中的地方。自古就是这样，楼子最早知道各种信息。从岭岗岩下来送信的快马，要从楼子下经过，楼子怎会不知？在楼子下坐一会儿，总会听到许多闻所未闻的奇闻怪事。

安乐楼子作为连接岭岗岩关隘和扶州政治、军事、文化中心的一个重要的点，有多重身份。

作为地理标志，以扶州为中心，连接南边边关柴门关的有白水河边的迎官亭，连接松州的就是刀口坝的楼子和岭岗岩。迎官亭和安乐楼子均以扶州为背景，互为犄角，在扶州的左右前方像两个金童玉女般矗立着。楼子离扶州城有一里的距离，是官方迎来送往来自松州官员的一个驿站，也是背夫和驮夫们歇脚打尖躲太阳躲雨的一个场所。看着岭岗岩顶儿上的马匹或者轿子徐徐冒出头，随之在"之"字形的山路上走下山来，在楼子里等候的官员起身整理衣帽，迎到刘家廊桥处，备茶备酒，敲锣打鼓列队欢迎。然后按等级排列，骑着高头大马，从楼子下鱼贯而过，再经过蒋家槐树，进入扶州城。

再者，楼子又叫观音楼，是汉文化的集中展示区和寄放信仰的地方，包括来这里戍边的军人们后代的家国情怀和传统的耕读传家习俗。楼子作为一个象征屹立在村口。在这个地方，楼子为纪念也为传承，继承的是文化，发扬的是忠孝仁义。作为乡人精神的寄托、神的居住地和人通行唯一的通道，作为一个关口，楼子担负起巩固人们信仰并驱魔辟邪保一方平安的职责。楼子上供奉着的观音和关羽的像，就是乡人们的精神寄托，安慰着遭受生活磨难的人们，保佑着被鬼怪威胁的大众。旧时，家家户户正月十六送神，拿上香、蜡、纸，一般送到楼子街就算是送到目的地了。或者谁家的小孩夜里哭闹不休，也会在楼子的柱头上贴上写着"夜哭郎"的红纸："天皇皇，地黄黄，我家有个夜哭郎，行人念上一百遍，一觉睡到大天亮。"过路的行人看见了，都会念念，希望孩子能吃好睡好。哪怕是初次从此地而过的路人，都会心存善念，都会希望自己念的这一遍，为一百遍凑个数，祈求被人念一百遍后，带走婴儿黑暗中的不安和恐惧，换来彻夜沉睡的美梦。

我羡慕一同玩耍的小伙伴们，特别是男孩子们，在楼子的扶梯上跑上跑下，藏猫猫，或是在楼子上枕着麦草或者稻草晒着太阳睡大觉。没有人看见，更不会有人打扰。有时一睡就是一天，等到天要黑时，听见他妈妈拖着长长的尾音喊名字时，才猛地睁开眼睛：坏了，天要黑了，牛呢？马呢？扯的猪草呢？

这时的村寨是热闹的，结束了一天的劳作，人们从四面八方回到家里，劈柴声、剁猪草声、猪肚子饿了的叫唤声，或者砸洋芋糍粑的锤与槽的撞击声，或者谁家婆媳的吵架声、小孩的挨骂挨打声，寨子就像在一个透明的玻璃罐子里，一切声音在寨子上方盘旋，一切声音都是如此清晰。家家户户的房上冒出一股股青烟，开始生火煮饭了，空气中有了烟火的味道，也有了五谷的香味。当淡蓝色的柴火烟雾升起，笼罩村寨上方，并与深蓝的天空无限接近融和时，天地一色，一片温馨祥和。伴随着更深暮色的来临，寨子热闹而安详。

我喜欢夜晚来临时的这种喧闹，不论是颜色的，还是声音的，还是味道的。日子过得虽然清苦，但感觉生活总是热气腾腾，让人充满了希望。

我迄今也没有到楼子的二楼去过。我不能去，从小我就是被限制了的。家里人再三给我说，楼子上古得很，不能到楼上去。不能亲眼看见楼上的布置，于是我对二楼充满了各种各样的幻想。父亲尽力给我描述二楼的摆设：面向大寨子山的这一边，塑着一尊"武圣"关公像，像是请山外的师傅塑的。师傅手艺好，人物表情丰富，颜色也很鲜艳。父亲讲，他们小时候到楼上去，猛一看到关公像，会被关公的威严和逼真给吓一跳。关公像高度有两米左右，左手捋胡须，右手拿着一把黄铜打制的大刀，眼睛睁得像铃铛，看着前方的岭岗岩。关公"忠义神武灵佑仁勇威显"的荣耀、崇高的人品深得世人的敬重，估计妖魔鬼怪谁也别想从关公这里蒙混过关。岭岗岩具有"一夫当关，万夫莫开"的险要地势，在生产力不发达的年代，为讨生活，无数生灵消失在这里。正因为有无数的冤魂，这里的游神野鬼太多，所以，民间有岭岗岩和棺山古得很的说法。"古"指古老，指具有很久以前就存在的东西，也代表盘古开天地后在此作祟的妖魔鬼怪。在临山的一边塑关公像的目的就是借关公的威严和铁面无私降妖镇魔，使妖魔鬼怪不敢来村寨祸害百姓，保一方平安。另一边塑着和关公一样高的救苦救难观音菩萨像。观音菩萨是佛教中慈悲和智慧的象征，慈悲心肠，救苦救难，深得世人的敬仰。观音面朝扶州方向播撒甘露，目的是保佑这一方百姓的幸福。关公和观音，背靠着背，一个降妖一个降福，是人们纯朴的愿望和对美好生活的向往。

楼子街的楼子因为观音菩萨，因为关公，成了聚集"仁"的地方。长期儒家思想的浸透，地处藏、汉杂居地方人们的宽容，使刀口坝的人成了践行仁爱的楷模。"仁"的本意是指人与人之间相互友爱。孔子把"仁"作为最高的道德原则、道德标准、道德境界。为避免藏、汉之间的战争，安乐寨的杨观成老爷和夫人，敢于冒险，用智慧和勇气避免了一场民族战争；小脚奶奶以情动人、以理服人，因而人心归附。这些大事小事无一不是"仁"的表现。

因为楼子里有关公像，楼子街成了人们敬畏的地方，楼子也是忠义的楼子。千百年来，人们的信仰不变，敬畏不变。凝聚着"忠"的地方，会出有担当的英雄。

1842年，爷爷的祖太爷，在朝廷征集两千"虎头"藏兵时，毫不犹豫地抛家舍口，去参加第一次鸦片战争，为保卫国家抛头颅洒热血，战死沙场。最后朝廷送回来一根辫子。我家祖坟上的辫子坟和祖先无上的光荣，在安乐人的口中流传。我的祖先用自己的生命践行了对国家对百姓的"忠"。

父亲小时候，有几个关系亲密的朋友。他们年龄相当，志趣相投，深受《三国演义》的影响,"不求同年同月同日生,但求同年同月同日死"。于是五月十三日那天,付贵荣爸、奎奎爸、松柏爸、双喜爸、月成娃爸等几位爸结拜为拜把子兄弟。结拜仪式就在楼子下举行,必须在忠义的楼子下举行,才是对结拜仪式的尊重。他们请来小脚奶奶主持。小脚奶奶让他们面对关羽的塑像跪下。

小脚奶奶问:"你们几个是自愿结拜为异姓兄弟的吗?"

大家回答:"自愿的。"

小脚奶奶问:"从今以后有福同享有难同当,互相关心互相帮助,你们能做到吗?"

大家回答:"能做到。"

然后点燃三炷香发誓说:"今后我们几个一辈子不离不弃,像亲兄弟一样团结一心,互相帮衬。"

他们学习的是关羽的"忠义"二字,一辈子践行的也是"忠义"二字。在楼子举行结拜仪式,是为了学习关公的"义",让关公监督。如今,他们都年过古稀,因为这份结拜的情谊,也为了践行"义"字,每年的五月十三日,如果身体没有大碍,这几个老兄弟还会和六十年前一样,在一起聚聚,说说笑笑,甚至还打打闹闹。他们的一生,上有关公低眼看着监督着,下有小脚奶奶叮嘱着,这几个头发花白的老人,用一生演绎着不变的"义"字。

楼子见证的,不光是兄弟间的"义",还有爱人间的"情"。

秋天来了,楼子下方的水稻已经收割完,秧田早已干涸。深黑色的稻田上没有了遮挡的稻子,被太阳晒得发出土白色的光。因为失去了水分,黏性的土质最终裂开了一道道深深的口子,虽然稻子的根还在土里拉扯着,但是它也无力阻挡水分向往太阳而导致的叛逆。稻田像一个哭光了眼泪的妇人，荣华丧失，蓬头垢面。稻田上寸把长的水稻秆露出发黑的颜色，象征着一个生命的终结。

秋天，该离开的最终还是会离开的。就像燕子，这个季节准备着往南方热和的地方去了。大雁也要到南方去，我们这里不过是它们路途中的一个驿站。

夕阳西下，金黄的太阳余光被雾气氤氲的水雾包裹、缠绕着，照在远处大山的山顶，墨绿色的树变成浅黄色的了，就连不起眼的斑驳的山体也染上了金黄色。浅黄和金黄的大山就像立体几何里被横切的锥体顶部，留下墨绿色的底部。光束把大山切割成两个不同形状不同颜色的物体。被光束切割的不光有形状，还有颜色和温度。

这时，晒了一天太阳的稻田发出温热的气息。

秋天来了，候鸟都在往南方飞，楼子上方的天空中飞来了一对雪白的大雁。它们在稻田上方盘旋了一会儿，光秃秃的稻田发出的温热吸引了它们，它们落在了光秃秃的稻田里歇息。它们可能是累了，只是歇歇脚而已。这一次只是它们飞往南方途中一次短暂的停留。

长途飞翔，它们的体力消耗太大，特别是母大雁，它需要休息。看到一片平地，两只大雁在割过稻子的秧田休息。两只大雁互相依偎，耳鬓厮磨，把头埋进对方的背上，如新婚夫妇般恩爱。多么温情的画面！温情驱散了警惕，它们没有意识到危险正在来临。自制火枪的沙子，从枪口喷射出的一团红色的火焰中加速向前飞去，分散状射向大雁。公大雁本能地挡在母大雁的前面，两只大雁扑腾着翅膀想飞到空中，那里相对安全些。翅膀一阵扇动，母大雁惊恐地飞到了空中。"我的爱人呢？"母大雁四处张望，本该在身边的公大雁却在稻田里扑腾着，发出一阵哀鸣。

稻田边传来一阵大笑："哈哈，我的枪法准吧！"声音里传递着无限的自豪。

公大雁被人拽着翅膀带走了,淡蓝的烟雾升起,一阵肉香随风传来。

随后的几天里,人们看见孤独的母大雁在楼子下方的秧田上空盘旋,发出的鸣叫声让人落泪。悲哀痛苦的叫声让人们产生无限的同情,甚至触动了丧偶的妇人们。她们失去了丈夫,失去了生命中的依靠,失去了爱,她们用哭声陪伴着这只孤独的大雁的哀鸣。楼子和楼子街的人们眼睁睁地看见,母大雁再也忍受不了对爱人的思念,忍受不了孑然一身的孤独,它的体力再也无法支撑几天不吃不喝。于是,在爱人死去的地方,就在那里,母大雁一头栽下去……它要拥抱爱人,它要在原地寻找爱人,并追随它的脚步而去……它不能没有它……它们没有分开过,不论是在阳光下还是在黄泉路上……

这个故事让我忍不住流泪。狩猎是扶州城边的民兵们长期战斗中形成的习惯。狩猎只是他们的传统,也许他们从来没有想过这个问题:动物的夫妻、兄弟、子女和人一样,和你我一样,也有深厚感情,也许,比人的感情更专一、更深厚……

这是几十年前发生的事了。如今一切都变了,既没有大雁,也没有稻田,更没有猎枪。这里的人们没有了狩猎的习惯。

长大后,我因为学习、工作,离开了家,心里不时还会想起楼子、秧田和响炮儿。

大人们在楼子边的稻田里劳动,小孩子们在楼子下玩耍,既没脱离大人的视线,又自得其乐。他们将泥巴使劲地揉,泥巴表面光滑、有韧性而且有点干燥能成型时,就捏小人玩。团一个小圆当头,团一个长圆形当身子,用手搓四根长条当手脚。最难的是这些部位的衔接。想要泥巴有黏性,泥巴的干湿度必须合适。泥巴娃娃做好了,摆一排,有爷爷奶奶、爸爸妈妈和他们的孩子。一个人自说自话,设计着一家人生活的场景。有对话,有动作,泥巴娃娃当然不能动。自己给自己讲着故事,一会儿哭,一会儿笑。

一个人玩腻了,将它们揉在一起,和成一坨泥巴和小伙伴们玩摔响炮儿。五根手指微微弯曲,在手掌里压泥巴,泥巴中间要留最大的空间,四周要薄,形状就像碗一样,使劲朝墙上或地上摔。出手要快、狠、准,看谁打的炮响儿声音响亮。大一些的哥哥姐姐们讲述摔响炮儿的经验,四周必须要薄,必须要摔在平整的地方,响声才大。

就连玩泥巴都充满了学问。

时间流逝,记忆犹然。多年来楼子还是老样子,没有任何变化。我回家路过楼子,总会看一眼儿时留在墙上的泥巴响炮儿的印迹。墙上的石灰皮脱落后斑斑驳驳,我打在墙上的响炮儿泥巴已经脱落,可是印迹还在,留在墙上的是凹凸不平的一个个圆圈,不同于墙上的其他颜色和形状。这些圆圈是我童年的印迹,里面有我给自己讲的故事、我的模样、我的声音、我的疑惑、我的悲喜。时间将我的童年带走,可是楼子的墙面却保存了我的童年和时间。几十年后,我竟然还能看见童年的印迹,还看到了楼子底下,一个剪着短发的小女孩,浑身沾满了泥水,手里玩着泥巴,坐在地上,自说自话和泥巴小人们过家家,模拟着自己的人生,憧憬着长大的一天。

谁说光阴易逝?我见到了时光在此为我停留。

我站在现实和过往时间和空间的交会点上,看着过往的空间和时间的情景,瞬间感动万分。过去的时空和现在的时空距离如此遥远,我无法同时顾及时空隧道里的这两个点。我有幸能看见时空里的那个点,也像隔着一层东西,永远回不去。而且,我们背道而驰,我会离它越来越远。

安乐楼子,承载了这么多的故事,你的心累不累?

被修复的记忆

记忆的褶皱

对于甲勿沟,记忆蹦出黑白的、无色的、遥远的、模糊的画面。还不如我三四岁时听大人的读音自己产生的臆想——夹肢窝(胳肢窝、腋窝,我简称"夹窝")来得直接,让我有清晰的成就感和安全感。我对自己的这种理解是满意的,因为它就在我自己的身体上,摸得着,看得见,感受得到。大人们对我的这种解释都报之一笑,没人纠正我,反而在有意无意间总会有人问我一句:"蓉蓉儿,你大大呢?"我就会像大人般沉着地将手朝胳肢窝处一指:"夹窝沟去了。"大人们一阵大笑。

甲勿沟是我父亲经常去工作的地方。

我自己都不知道,我是掉进中国汉字的迷宫里了,就像外国人学中文时一脸迷茫一样。就像在一座云雾氤氲的森林里,看不见太阳,找不到北;就像语文作业找同义词一样,同宗同族的,远亲近邻的,同音的,同义的,要找出它们的异同,何其困难。我只是对自己身体的部位的名称熟悉,就把"甲勿沟"嫁接到人体的"胳肢窝",对于还不认识汉字的我来说,这个错,犯得理所当然,并无可指责。

在十来岁时猛然发现"甲勿沟"这个词不是我身体的一个部位,更不是胳肢窝,不是我的胳肢窝,是岷山的胳肢窝。甲勿沟是泛指的一个地名,它让大寨子山和李家沟、潘家沟、姚家沟的山围成簸箕形的半包围状,它实实在在存在千万年,而且还将继续存在下去。人生百年,对大山而言只是惊鸿一瞥,对此大山慈悲并宽容。在大山眼里,人和山上的熊、羚羊、兔子一样,是她的孩子。是大山的慷慨让它们的生命延续,是大山的广阔让它们有栖身之地。

我幼小的目光所及,只有眼前看得见但从没去过的大寨子山,只有村寨后面的马家山,和只听其名未见其真身的甲勿沟。我父亲经常去那里。再远点,还有三里外的南坪城,那里有我的外公外婆。

这就是我小时候的天地。

月光下的黑白照片

甲勿沟一个亲戚的孩子结婚,我应邀而至。临近黄昏,我突然不想此时离开,我从来没有看过甲勿沟的夜晚,想看看甲勿沟的夜晚,天空和星星、月亮和大地、山和水、人和万物,在黑夜里将会组合成怎样不同于白天的情景。

在我的视线里,大山从清晰的墨绿变为模糊的黢黑。身后的山矮了,抬头可见。我想这应该在海拔两千米左右的地方。坐在一堆由疙瘩柴燃烧的篝火旁,红红的火焰像贪婪的舌头舔舐着夜空,火焰扭动着身体,跳着舞向高处伸展,周边围绕着萤火虫般亮亮的小火星,给火焰伴舞。以黑色为底色的黑夜里,火焰耀眼而欢快,去和天上的星星赴一场约会。天空的蓝色逐渐变深,当蓝色的饱和度高到极限的时候,就浓缩成蓝黑色,天空显然没有白天那么辽阔,它的边界和大山的边界逐渐模糊。天的边界完全由天上星星的闪烁来界定。北极星，北斗七星，还有我不认识的星座，远远近近，深深浅浅，虚虚实实，排列在黑色的幕布上。而这块黑色的幕布，是大山的黑色头巾，将大山连同我们包裹在里面。

这时大山是深沉的，犹如它的黑色和寂静。没有了颜色，是一张黑白底片；没有了声音，是一台无声的留声机。

东山顶处的天空逐渐亮了起来，黑色被冲淡了许多，像指甲上白色的月牙。亮光像是在试探什么，犹豫了一下，一点点伸出身子来，将山顶树的树枝，投影到越来越大越来越亮的幕布上。月白色的半圆映衬着黑色树枝，树枝被放大、被艺术、被美化，连平日里平凡的树枝都显得庄重而正式。当黑色的树枝慢慢地落幕，一轮大大的满月终于摆脱黑色树枝的牵绊，从山顶升起来，稳稳地停在黑色的天空中。月亮白得柔和，不耀眼，和周围的黑色很协调，就像夜晚头顶悬挂的一盏微亮的圆形日光灯的电灯泡。夜深了，此时它照顾着大山大河的情绪，随着夜的呼吸起伏，调试着自己的亮度，像是个善解人意的姑娘。月亮不喜欢色彩，它喜欢黑白色，将地上的一切物品都变成黑白底片，简单明了，富有诗意。大地也乐于被月亮染色，在夜晚换上一身黑白色的睡衣，多么自在。

月光下，一切都是朦胧的，没有太阳下的棱角分明。月亮是矜持的，总是让人感觉不到它的热烈。月光没有温度，照在人身上感觉是冰冷的。月光下一切都是缓慢的，像慢动作，我甚至看得见动作的轨迹。月亮跟随着人的脚步，我走它也走，我停它也停。

"别用手指月亮，月亮婆婆会认为是大不敬，她会记仇，晚上在睡梦中把你耳朵割了！"大人们的话，一本正经，听不出戏弄的成分，我信以为真。在很多个早晨，醒来后的第一件事是摸摸耳朵还在不在，然后是对耳朵还在的喜悦和对月亮宽恕的感激。我只能用目光追随月亮，看着它穿梭于云层，在蔚蓝或者黝黑的天空中或急匆匆地跑，或定着一动不动，看着大地上有趣的事发呆。月亮喜欢和小孩子玩，它和我们赛跑过，但是从来没有输赢。我们跑得快，月亮也跑得快；我们跑得慢，月亮也跑得慢；我们停下来，月亮也停下来。就像猫在玩被逮住的老鼠一般自信，我们总是在月亮的注视下，逃不出它射来的一束温柔的光亮。

月光下一棵百年的核桃树挺立着，朦胧中我看不清它具体的模样。我想看看它皮肤的颜色，它健壮的躯体，风霜在它身上刻出的皱纹。但是一切都是朦胧的，我看不清楚。它的根部有一块地方显出黑色的底色，我知道，这是它的痛处，它这个地方生病了。如果不是人为的损伤，那就是它得老年斑了。这个地方直抵它的心脏，我紧张地想，它需要心脏搭桥手术吗？这里的血管肯定也生病了，一定是岁月让血管失去了弹性，改变了颜色。一棵心脏生病的树，它的痛苦有谁能知道？

核桃树睿智，今年这边长树枝，明年那边长树枝，揣摩着人的心理，适应着人的需求，在岁月里修整自己的躯体，努力活成人们希望的模样。要不，它怎么能活百岁？它见过太多的人和事，一定有很多的故事，但是它不讲出来，它怕不合时宜，它更怕年轻人不想听，打断它的讲述。所以，它缄默了许久。它只有装聋作哑，换取短暂的安宁。

灰色的水泥路面在月光下像是得了贫血病，显现出苍白的颜色，弯弯曲曲通向每一户人家。月光喜欢水墨画，借助大地上的房子、树和人，在地上画出了抽象的图案。月光和核桃树组合，在泛着白光的地上打上方形的网格，中规中矩，像五子棋的棋盘。我进入网格里，被月光压缩成了一个黑色的圆点，瞬间我变成一颗黑色的棋子。我在棋盘上自由穿梭，游离于空白的白点和交叉的黑点之间。我诧异我竟然也是月光的一枚黑色棋子，好在除了被月光压成圆点外，我还有思维，好像一切都没变。

月光下的大地变为一幅中国画，也像是一张黑白底片。夜晚简单，非黑即白。我好奇这张黑白底片如何在明天的太阳光下还原大地彩色的本色。原来明天的太阳会把黑白底片放在云层的显像药水里，在云层的帮助下把色彩还给这一切，树是绿的，天空是蓝的，花是红的。

树的意义

若问甲勿沟最多的是什么，除了大山，就是树了。各种树，不下千百种。这里是典型的深山老林。

一棵树从发芽到参天，都在为自己活着，目标只有一个，长高再长高，长粗再长粗。树有个愿望，当它长到又高又粗时，早晨它和太阳的第一缕光亲吻，傍晚它和太阳的余晖拥别；风来时，它第一个招手；雨来时，它第一个迎接。

春天的讯息不光是风感知到了，土壤也接收到了。正在睡觉的树根被春天的温度唤醒：快把水吸饱，给树枝送去！经历了一个冬天，它们饿了渴了。树根张开大口，贪婪地从土壤里吮吸着，就像一个饥饿的婴儿用力吮吸妈妈的奶水一样。不知道地下有什么力量，还是树枝有什么本事，将水推着攘着，往高处送去。我很好奇从树根向树梢运输养料的能量来自哪里？这完全违反万有引力定律。很快，主枝、侧枝被不断送来的水分充盈，水向树枝末梢流去。沿途所到之处，沉睡中的枝条醒了过来，它们的脸上渐渐滋润，僵硬的枝条柔软了起来，在风中伸着懒腰，举举手、抬抬腿、弯弯腰，做着体操。树叶得到水分的滋润，变得光彩四射，从干枯的墨绿变成水嫩的翠绿。年轻了！年轻了！树结束了睡眠，它开始了生长的准备工作。

树和刀，天生的克星，矛盾的对立面。

一把刀砍向一根树枝。刀刃穿过棕色的树皮，接触到了光滑的树干。树干是树的骨骼，白里透黄，是木头的本色，这时树干被一层滑滑的液体包裹。利刃经过树干一轮轮圆圈的防御工事，直抵树干的中心。砍断了运输水的管道，水噗地从管道中喷射而出。树的中心指挥枢纽得到树枝被砍断的消息，关掉了水的开关，水流慢慢地减小，最后成晶莹透亮的水滴状。

我站在树枝下，看到了这一幕，深感恐怖。看着水从管道里滴答流出，落在脚下的土里，很快就被土吸去，消失得无影无踪。我也凑上去张开口，候着，一滴水从树的伤口里流出，落到我的嘴里，舌尖的味蕾马上感知到：这滴水有一丝冰凉，有一丝清香，有一丝微甜，这甜味是嫩嫩的甜、淡淡的甜。这滴水的气味清新，带着木头的香味。树疼吗？我听不见树的哭声，只听见树叶沙沙，在颤抖，在摆手，在拒绝。

树啊，我救不了你，这条沟的人还得靠你营生，人们的生活离不开你。

家家户户修房子，首选笔直的大树，木匠的墨线绳子从墨斗装着墨汁的地方穿过，身上沾满黑色的墨汁，拉紧，固定一个点，两点一线，木匠的大拇指和食指将墨线从中央提起，形成一个满满的弓形，猛一放手，啪的一声，一条笔直的墨线将木头均匀地分成两半。木头房子，冬暖夏凉。穿斗结构的房子，两边洒水的屋顶，中央高，边沿低，无论雨季还是旱季，安全无忧。

房顶上盖着塔片。周边所有房子的塔片，都是从甲勿沟的塔松树上揭的。不是砍树的斧头或者砍刀，是专门揭塔片的揭刀，和砍刀一样的形状，只不过比砍刀更勇敢，更无所畏惧。砍刀的刀头长长地弯下来，遇到坚硬的东西时，刀头首先在前保护刀刃的安全。揭刀的刀头没有保护刀刃，而是将双手背在背上，像生气了甩手不干了。若是刀刃遇到硬东西被损坏，刀头背着手看刀刃的笑话。

揭刀有自我牺牲精神，它不依靠谁，完全靠自己。被去掉树皮的塔松光滑顺溜，没有一个疤。没有结疤，这是塔松成为揭塔片的最佳选择的原因。揭刀将长长的刀刃深深地插入塔松的身体，在外力的推动下，顺着塔松的纹路，一路长驱直下，抵达塔松的中部。一鼓作气的力量在这个部位被消减为零，再想前进，还得靠外力才行。揭刀的刀背宽厚，就是为了承接外来的支援力量。敲在揭刀背上的力道，被传到刀刃上，刀刃在外力的帮助下，继续长驱直入，一入到底，一张塔片就像土豆皮一样被揭下来了。

目测，被揭下的塔片有一手指厚，六七寸宽，一米多长，浑身从上而下均匀地布满竖条纹路，有的几条，有的十几条，这是塔松的生长轨迹，每两条的竖纹之间，填满了时间的痕迹。这张塔片是树的史书，详尽地记录了树的年龄、经历，它的生长史和周围环境，以及树遇到的顺境或者逆境。刚揭下的塔片身体柔软，有弹性，有温度。在身体僵硬之前，它有生命，也有感情。

塔片们被堆成三角形的花架子，在中间放上火，火发出热量，霸道地将塔片体内的湿气逼出去。热气和湿气像是打太极，你来我往，推推搡搡，远处看这一堆塔片冒出白白的水气，似烟雾缭绕。

一周后，被火熏干的塔片颜色变白，体重变轻，更加紧致坚硬，身上的竖纹凸显，就像老人布满青筋的手背。塔片身体健壮，要承担更重要的工作了，它要与太阳光、与雨水抗衡，它要遮风避雨，庇佑它身下的人们。

塔片的交际范围宽广,好像天上地下都熟悉。它除了盖房,和太阳月亮、风雨雷电交往,还要和阎王、牛头马面打交道。家里的老人走了,揭下几张塔片,用砍刀划成细条,绑成一扎,这时它的名字叫火把。火把的职能是给逝去的人引路,免得亡灵找不到往生的路。火把高调地、噼噼啪啪地燃着,随时提醒、指引着迷惘的魂魄。

默默无闻、不起眼的塔板,在农耕时代人们的生活中不可缺少。在力量的作用下,两个硬的东西只能硬碰硬折断,两个软的东西则不能承担重任。如果要做蒸笼或者箩圈,就要用死而未僵的塔片卷成圈固定,给它塑性。顶天立地的塔板,也有温柔的一面,它也懂得迂回。

甲勿沟有个叫马勺场的沟,盛产冬瓜木(当地一种植物,木质松软,便于挖空制作成勺子等器皿)。冬瓜木像一个身体虚弱的胖子,个子矮小,内心空虚。人们一般不砍冬瓜木当柴烧,它看着体积不小,但是木质太软,火苗没力道。但是冬瓜木有一个最大的用途——做成马勺(木头做的勺子)。谁家里会不需要马勺呢? 农耕时代人们的生活离不开普通的木材,也离不开奢侈品的铁器。就说日常用品马勺,大小各异,被赋予各种用途:舀水、舀饭……

虽说冬瓜木没有大的用途,但在扶州的保卫战中起过大作用。

传说三百多年前,扶州刺史和白水江下游的文州刺史约定,假如有敌人来侵,就将情报放入白水江里,白水江会将情报送到文州。当时承担运送情报任务的就是冬瓜木。将冬瓜木掏空,情报放于其中,封好口,放于水中。文州刺史怕路程遥远,有情况时来不及支援,就在两地交界的地方修建一个回营城,驻守官兵,可以火速支援扶州。

时间过去几百年,早已物是人非。扶州只剩下一堆黄土,回营城也只有低矮的城墙的影子。一切都成了传说。

塔松时刻准备着为人们尽力,但它不知道自己已经被砖瓦、钢筋、金属、塑料等新材料取代。冬瓜木们还在年年生长，人们早就嫌弃它的软弱，将它抛弃在深山老林里。也许，这个时候是冬瓜木家族繁衍生息的最好时机。

散落的日子

就是看月亮的那个晚上，我和弟弟、弟媳、侄儿在黑白的月色里到了二林家。我们毕竟难得到甲勿沟来一次，想去看看二林的奶奶。

二林奶奶拄着一根拐杖，靠在一张低矮的小桌子前，脸色如月光一样苍白，身子如上玄月一样消瘦，她的头不自觉地摇着，嘴里低声咕哝着，衣服一如既往的干净整洁，不知是青筋还是骨头，抓住拐杖的手背像山峦，颤抖着，拐杖被奶奶摇得东倒西歪。我们推门进去，二林的妈妈和媳妇都站了起来，我们的到来让她们无比惊讶，只有奶奶毫不理会，拄拐杖的手东南西北胡乱摇着，继续她的自言自语。她在自己的世界里忙活着，顾不上谁来谁往。

走到二林奶奶面前，发现她瘦了。记忆中二林的奶奶可是个大美人。奶奶脸上的轮廓还在，只是皱纹将她的脸瓜分，一道道纹路像一条条战壕般幽深。她眼神空洞地看着前方，真看不出她视线的焦点在哪里。对于站在眼前的我，她好像没看见。"奶奶，你还认得我吗？"她听见了，看了我一眼，忙着咕哝着，好像是在赶着做一件急切的事。弟弟说："奶奶，我是桂斌。"弟弟的名字像是在她黑暗混乱的世界里划燃了一根火柴，有了一丝亮光，但这光不稳定，瞬间就灭了。她的黑暗世界里骤然有了一丝光亮，让她有些不适应，显得呆滞。想要彻底照亮她的世界，还得点燃一盏灯，让灯持续的光亮照亮她习以为常的黑暗世界。

二林奶奶摇晃的脑袋慢慢地停了下来,手忙脚乱地四处收拾着散乱的目光,她想将目光收拢,可是她拉回这一束却跑了另外一束。忙碌了半天,她才能将眼神定在一个地方:弟弟的脸上。

"嗯,桂斌……"记忆告诉她,是熟人。这个名字她太熟悉了,太熟悉了。可谁是桂斌?她又茫然了。

"奶奶,李富毅你记得吗?"

"啊!李富毅……"奶奶急促地重复了一遍,于是她忙着在大脑深处翻箱倒柜。

我看见奶奶愣住了,呼吸急促了起来。这个名字在她脑海里同样被障碍物挡住了,但名字是强大的,拔出刀来,挥刀斩刺,将障碍除掉。畅通了,名字在记忆深处,打开了专属的记忆单元。这个名字她不能忘记,她怎能忘记呢?和她儿子一样重要。她的大脑这时经历了雷电,经历了霹雳,将她从梦中震醒。这个名字她没法忘记,这是一个在记忆中占据了非常重要地位的名字。二林奶奶的眼睛被这个名字慢慢地点燃了,她的眼睛亮了起来,她看见了站在她眼前的弟弟。

"你是桂斌?……是我的娃!"鸡爪似的手慢慢地举起,艰难地朝弟弟的脸上移动。

二林奶奶的病好像突然好了,她能看见并认识眼前的人了。

一个患了三年抑郁症加上老年痴呆症的老人,一辈子储存在大脑里的记忆,被病魔偷走了。病魔是慢慢入侵的,她防不胜防。病魔不光偷走了她的记忆,还偷走了她的睡眠。她一夜夜无法入睡,她日渐消瘦。她打个盹的工夫,都会被病魔叫醒。她也和病魔谈判过,可是病魔不理会,病魔的目的就是让她忘却、迷失、崩溃。一生好强的奶奶,不愿被病魔牵着鼻子走,她要和病魔战斗。年轻时那么艰难的生活都过来了,晚年时怎么能输给一个病魔呢?她不停地偷偷捡来绳子、刀,她要和敌人作战，万不得已时，她想和敌人同归于尽。

病魔蒙上了她的眼睛，堵上了她的耳朵，让她不知道白天黑夜，让她听不见其他的声音。病魔完全攻破了她的防御，奶奶最终失败了。

但是，人的一生总有一个人、一件事对你是重要的，就是忘了全世界也不会忘了的人和事，是开启混沌世界的钥匙，是黑暗中射进来的一束光亮，是誓死保卫的最后的阵地。二林奶奶誓死保卫着心中的一方阵地，但这阵地藏得太隐秘了，她需要时间来寻找。

这份情谊是浓烈的、厚重的。看着奶奶这么努力地寻找记忆，我被感动了。她的清醒哪怕时间短暂，也是美好的。奶奶清醒了，让家人给我们煮饭，给我们泡茶。原本奶奶是一个非常讲礼节的大户人家的女儿，她总会让我体验到人情的温暖。我清楚地知道，这一面将是我们的最后一面，需要告别的太多。

怎样才能将让自己内心宁静？怎样才能不愧对岁月？

我找不到答案。

一个月后，近九十岁的二林奶奶去世了。站在她的灵堂前，看着七十多岁的父亲认真地给如同他母亲般爱他疼他的人磕头上香，我想，没有血缘关系的人里，也有亲人般的关爱，人与人的情谊在如此偏僻的山沟里还鲜活地存在。纯朴、善良、珍惜，这是这片区域人的立身之本，如黄金般珍贵。

消失的背影

"没有买卖，就没有杀害！"这句广告词，用在甲勿沟非常合适。渐行渐远的不光是刀党，还有甲勿沟的青鹿，以及其他已经消失的和正在消失的物种。

和权力、地位、金钱能扯上关系的，在世代以农耕为生的庄稼人这里，是刀党。

安乐旧时称"刀口坝"。甲勿沟盛产党参，因品质好，狮子头，菊花心，药性强，被称为"刀党"，是历代皇室贡品。这是一个以地域名称命名的土特产，刀口坝、甲勿沟偏僻的山沟跟随刀党沾了光，刀党给了甲勿沟无上的荣光。20世纪30年代，军阀吴佩孚来到南坪，带走了大量的刀党送给北京的上流社会人士，因而刀党得到社会的广泛关注，吴佩孚给刀党扬了名。至此，昔日皇帝的贡品，成了北京、上海、香港等地的上流社会抢手的保健品，市场需求量大幅增加。

每年农历八月十五，是上山挖刀党时间的一根红线，任何人都必须遵守，没人敢突破。如果有人不按约定俗成的规矩来，就会取消他们家上山挖党参的资格。这既保证了这一片子民的开支用度，又保证了党参充足的生长时间，一切都在良性循环。

当市场需求大量增加、价格上涨时，一切规矩都被打破了。有人不再管刀党成熟的时间是否到了，也不再将挖出的幼小的刀党重新埋入土中。挖过刀党的地方，刀党被斩尽杀绝，致使刀党越来越少，生长的速度赶不上市场需要。

刀党奄奄一息，在消失和生存的边缘徘徊，脚下就是万丈深渊，再不给它喘息的时间，它就会被过往带走，活在过去的时间里。

更重要的是，刀党丢失了名字，它的名字被别人盗用。从此，它将成为别人的附属品忍辱负重地活着。

植物的生存状况堪忧，动物也不例外。

麝香和鸦片一样，可以像货币一样流通。不论是藏族的土司还是汉族的保长，都用麝香送礼。打猎，割麝香，是打猎的男人们的爱好，也是补贴家用的另一种方式。

生物圈有它的平衡，生物金字塔本身就是科学的存在。当生存规矩被打破，金字塔空缺的地方，是永远的空缺，金字塔将会轰然倒塌。

记得20世纪80年代，到处都在办社办工厂，甲勿沟也不例外。张家磨圈了地，围了栏，养了青鹿。这些青鹿是养来割麝香的。

一个早晨，我在张家磨养鹿场看见青鹿。那时我很小，依稀记得青鹿的体型很漂亮，腿修长，让我不能忘记的是青鹿的眼睛：丹凤眼、长睫毛、修长、水盈、清澈、单纯。眼睛是心灵的窗户，人内心的欲望，被眼睛暴露出来，让喜怒哀乐无处遁形。相比之下，人的眼睛是丑陋的、复杂的，充满贪欲的。我不敢和青鹿的眼睛对视，我觉得不到五秒钟，我的眼泪就会流出来，青鹿的眼泪也会流出来。我流泪是因同情青鹿，青鹿流泪可能是自怜，也可能在可怜我，也可能是在求救，在向我求救。可是，我还是一个孩子呀，我没能力救你。

我不敢多待，我怕再看到青鹿的眼睛。

听说，这条沟的青鹿几乎全被逮到张家磨来了。后来听说，青鹿被割了麝香后，全死了。从此，甲勿这条沟几乎没青鹿了。爷爷嘴里说的割麝香，也成了故事。

我总是忘不了青鹿含泪的眼睛。它到底想给我说什么呢？

流浪狗旺旺

"猫来穷,狗来富。"有这句俗语为流浪狗撑腰,一般人家看在"富"字的面子上,怎么也会给肮脏的、饥饿的流浪狗一点剩饭剩菜,让狗饱餐一顿。可是当狗吃饱喝足还赖着不走,主人家就没那么好的耐心了。要么呵斥几声,加上轻轻的几脚,狗懂得这个意思:吃好喝好就走吧,我们家不留你!要是狗还赖着不走,要么被粗暴地赶出门去,紧接着门咣当一声关紧,告诫孩子们不许开门;要么门前放上一根木棒。狗啊,你懂的。

人懂得的事,狗也懂得。人心里怎么想的,狗揣摩得出来。

当弟弟拆掉乡下的旧房子,准备修新房子时,父母感慨:"要是有狗帮我们看着这些拆下来的材料就好了。"

"汪汪汪!"父母听到狗的叫声。奇怪,刚想有只狗看材料,怎么就有狗的叫声。父母悄悄看去,一只浑身肮脏的、看不出什么颜色的、身材小巧的狗站在拆下的旧木料前,像一个卫士,神情威严地朝来人叫着,警告来人不许靠近,好像它身后有万两黄金似的。看到小狗一本正经的样子,父母不禁笑了。随它好了,又不是让狗咬人,只是看到有人靠近时叫两声,让父母听见就行了。母亲赶紧找食物,父亲接水,放在小狗面前。小狗抬头看看父母,理所当然地吃起来,同时不忘对父母摇摇尾巴。吃饱喝足，小狗在父亲脚边蹭着身体。太脏了，父亲赶紧给它洗澡，沐浴后的小狗露出本来的模样：一只宠物狗，小巧玲珑，毛发纯白，眼神深邃，看上一眼，感觉掉进了清冽的水里般舒服。小狗可爱得让人心疼。侄儿梁梁抱着小狗不放手："太可爱了，我要留下它，留下它，小狗的名字叫旺旺。"

自从父亲放弃狩猎的爱好后，家里就没有养过狗。面对这么乖的小狗，这么好寓意的名字，一家人谁都不忍心赶它走，他们决定留下这只叫旺旺的流浪狗。

我们都纳闷了，家里修房子，旺旺难道是先人们派来帮助我们的？

我清楚地记得拆旧房子的前一晚，父亲带着我们最后一次跪在旧房子的厅房里，给先人们焚香磕头禀告时，先人们齐聚在我们头顶的感觉。

厅房里没有一件家什，连电线都剪断了。屋外的灯光从厅房门里照进来，人影朦胧，万籁俱寂，只有香火发出暗淡的微弱的红光，将黑夜无限放大，平添了几分神秘。我感觉得到先人们的运动轨迹，可感而不可即。我们惊恐的眼睛互相对视，静静地听着头顶上的声响，不敢言语，不敢呼吸，生怕惊动了先人们。

今晚，他们——我们的先人们回来了。他们也要和老房子告别，他们必须回来，听父亲和弟弟如何安置他们。我们面面相觑，不敢言语。父亲到底离先人们更近一些，他好像知道发生此现象的缘由。大声说："委屈你们，先住在边房子楼上，最迟两三年，在楼顶上修好亮堂堂的神堂，将你们供奉到神堂里。"

啪啪的声音戛然而止，一切安静如初，好像之前的啪啪声是我们的幻觉。他们高调着来，路径我们都知道，他们悄然地离去，我们没感觉。这一晚太神秘了！是否只有在这种环境下，我们才能感知先人的存在？我产生了疑问。一家人第一次不是用意念用故事，而是用感官感知先人的存在，包括七十多岁的父亲。难道是他们故意发出声音让我们听到，提醒我们就算重新修新房子也要记得他们的存在？之后的很长时间，我自己都想不明白那晚为什么发生如此怪异的状况。就权当是要拆老房子了，先人们该何去何从，向父亲讨个说法。

我们凡夫俗子愚钝，只能这样理解。

于是，先人派旺旺来给我们看守材料。

原本我很少回老家，弟弟修房子，回去的时候多了一些。旺旺好像认识我，我刚下车，它就围着我，冲我摇尾巴，叫几声，告诉父母：你们的女儿回来啦！在外读书的侄儿桥桥、峰峰、山山只要放假，总要回家看旺旺，父母则将我们买给他们的食物，悄悄留给旺旺吃。母亲嘴里说旺旺讨厌得很，总在脚边转悠，都不敢大步走路，万一踩着它了可不得了，脸上的笑意却怎么也掩盖不住。

半年后，农历八月，房子主体终于完工。修房造屋是大事，按理说应该高兴才是，可是父母眼神里有一丝荫翳。我知道为什么。他们担心，房子主体完工，父母就要回城里生活，旺旺怎么办？

要不，把旺旺送给想养它的人家？

要不，带旺旺到城里生活？

我知道家里人已经习惯有旺旺的生活，更重要的是，他们认为旺旺是先人派来帮助修房子的，房子修好了，怎么能不要旺旺呢？还是把旺旺带进城吧！主意已定，没什么好纠结的。

旺旺的身体在不知不觉之间发生了变化，就像家里的小姑娘一夜之间突然长大了一样，旺旺青春期的来临让人猝不及防。谁都认为旺旺只是个小姑娘时，在其他狗的眼里，旺旺已经长成了亭亭玉立的大姑娘，她身上的气味令荷尔蒙爆棚的雄性狗狗们魂不守舍，日夜守在旺旺的窝边,呜咽、哀鸣、打转、刨土,企图用爪子推开堆砌的原木。好在,旺旺的窝在原木缝隙的深处,身材高大的狗进不去,旺旺躲在里面不敢出来。雄性狗狗们围着一堆木头嗅着、叫着,可能在对旺旺说着我们听不懂的狗语情话。当几只半人高的雄性狗日夜围着旺旺转时,父母说:"坏了,二八月,狗乱窜。二八月闹狗,旺旺被流氓狗盯上了。"

在父母心里,旺旺就是我家的一员。像保护自己家人一样,父母把旺旺抱到屋里,不让旺旺出去。父亲将野狗可能进入院子的地方,全用木板挡住了。他松了口长气说:"这下旺旺安全了!"半夜,噼噼啪啪的声音惊醒了父母,什么声音?父亲起来一看,挡狗的木板被掀翻,一只半人高的高大威猛的黑狗,前爪压在父亲挡狗用的木板上,眼睛在月光下发出绿莹莹的凶光。像挑战,像示威,像威胁。父亲一惊,知道恐吓声是吓不走狗的,他拿起一根木棒,高高举起,做投掷状。黑狗这才不服气地慢慢退去,极不情愿。它用身体语言告诉父亲:"我不怕你,我还会来的!"

母亲生气了,她生旺旺的气。母亲偏执地认为,凡事都有原因,是旺旺的不检点招来了麻烦。她的意识中,肯定是旺旺到处留情,引来了这么多的公狗。况且一只身材这么娇小的狗,惹那么大的狗,而且是几只,不知道旺旺是怎么想的,肯定是旺旺的不对。母亲决定教训旺旺。第二天天刚亮,旺旺像往常一样早早起来,围着母亲的腿转。一夜狗叫,母亲本没休息好,看到旺旺,气不打一处来。母亲抡起扫帚,像教育自己的儿女一样边打边骂:"你躲在狗窝里倒是睡得好,你惹的这些野狗,吵了我们一夜。你就不是一只好狗,不守本分,到处惹事。那么大的狗会把你吃了你知道不?给你吃饱了,你有本事了,到处去惹事,今天就不给你吃的,看你还有没有劲到处惹事去!"啪啪啪,扫帚落在旺旺的身上,旺旺凄惨地呜咽着,既不藏,也不躲,只是可怜巴巴地看着母亲，眼睛里满是委屈。

父亲制止了母亲："旺旺在闹狗。它就是一只狗，懂什么？别打了！"父亲对旺旺说："就在院子里待着，再怎么着，那几只大狗也不敢到院子里来欺负你。"父亲对着外面的几只眼睛发红的公狗，威武地举举手里的棍子，像是给自己壮胆，也像是给旺旺壮胆。

旺旺能感受到的，是自己身体的变化。它对爱有了渴望，对异性狗狗有了好感，第一次对自己的形象有了认知。况且，七天到半个月的时间，它将会被情欲迷惑而丧失自己。真的，旺旺就是一只狗，只受生理周期的左右。它不是一个人，不受道德和社会伦理的约束。旺旺蒙了，它不知道自己哪里做错了，招惹母亲生气。平日里，母亲是那么爱它疼它，自己舍不得吃的好东西都留给它吃。难道是母亲嫌弃它了？意乱情迷的旺旺猛地惊醒，不管什么时候，自己看家护院的职责都不能忘啊！它也想做一只父母喜欢的好狗。这一天，母亲没给旺旺食物，旺旺也没有出门，自觉地藏在角落里，眼神怯怯的，不敢言语，再不敢围着母亲脚边转，怕母亲看见它生气。它更不敢去外面，外面有几只大狗在等着它。

旺旺的身心备受煎熬。

母亲的担心是有原因的。小姑家狗狗的悲惨遭遇，让父母更加担心旺旺。小姑家的狗狗和旺旺的个头一样大，去年这个时候，几只大狗天天来守着她家的狗狗。小姑也吓唬那几只狗，可是狗狗们很聪明，知道小姑一个女人不能把它们怎么样，从小姑没关严的大门的门缝里挤了进来。后来，小姑家狗狗下体溃烂，没医好，死了。小姑觉得是自己没保护好狗狗，内疚了好长时间。

季节到了，动物寻偶，原本是生物界的自然现象，可是旺旺属于小型宠物狗，身材小巧，和高大的黑狗本就不是一家人。

听小姑说她家狗狗的遭遇,原本神经绷紧的父母更紧张了。父亲和那几只狗干上了。晚上父亲把旺旺的狗窝门堵上,白天不让旺旺离开他们的视线。

人狗大战,持续了一个星期,白天晚上没放松警惕的父母疲倦不堪,他们七十多岁了,不能再这样耗下去。聪明的旺旺谨小慎微,销声匿迹。

又一天早上,母亲起床没看见旺旺,说:"坏了,旺旺呢?"父母赶紧找。昨晚喂旺旺的食一点没动,难道旺旺昨晚被掠走了?父母又急又惊。找了一上午,旺旺的影子都没找到。中午时分,那几只野狗又来了,在旺旺的窝边边嗅边用爪子刨。

父母又惊又喜,难道旺旺没跟它们在一起?太好了!旺旺是躲出去了吧!聪明的旺旺,好好藏着,这几天别回来啊!让这几只公狗等去吧。

父母一直在寻找旺旺。下午时分,邻居说,一大早看见旺旺和一只个头和它差不多的白狗走了。

父母又高兴又失落。高兴的是旺旺聪明,和自己般配的狗狗走了。失落的是这一走,不知道旺旺还回不回来。

半年的朝夕相处,父母对旺旺产生了感情,他们早就视旺旺为家里的一员,况且他们认为旺旺是先人们派来协助修房子的。

家里没人忘记旺旺,总会说到旺旺。母亲说:"你父亲还给旺旺治好了皮肤病呢!"

那是旺旺来家里不久的事。有一天旺旺似乎很难受的样子,转过头去想用嘴咬身子。旺旺完成这个动作有困难,它似乎想头尾相连,扭着身子在原地转着圈,但是嘴怎么也咬不到尾部。转了很多圈后,旺旺终于承认自己无法完成这个动作,停下来,祈求的眼神可怜巴巴地望着我们。我们真不知道旺旺在干什么,它难道在和自己玩吗?父亲观察许久,一语中的:"流浪多时的旺旺身上生了寄生虫,藏在它的毛发里吸它的血,旺旺感到皮肤瘙痒,想用口咬痒的部位。得给它灭虫。"在明朗的阳光下,父亲兑好药,对旺旺说:"来,给你洗洗,虫子就杀死了。"旺旺看着父亲,沉思了片刻,抬起前爪就由着父亲将它浸泡在药水里,三月底的天气还不是很热,虽是温水,旺旺还是打了一个激灵。当药水漫过旺旺的脖子,它急忙用前爪抓住桶的边缘,看着父亲的眼睛,好像在说"危险"。它在权衡安全系数,也在探究父亲的用意。片刻后,它还是信任地将爪子给父亲,任由父亲将它的全身除眼睛、鼻子外的地方全部浸泡在水里。如此泡了三次,旺旺的皮肤病彻底好了。旺旺完全信任了家人,它感觉到了家人对它的爱。

而这份信任又差点要了旺旺的命。

房子浇筑完圈梁,要定时给水泥浇水。第二天,留着做卫生间的地方装了浅浅的一池水。工人们继续施工,忙碌的人们没注意水边两个孩子在干什么。旺旺本不会爬楼梯,被侄儿梁梁和另一个七八岁的孩子抱上正在施工的楼上。他们在水池边玩了很久,听到母亲喊梁梁和旺旺的声音,才将浑身湿透的旺旺抱到楼下的院子里。母亲看到旺旺浑身湿透,眼神倦怠,似乎无力睁开眼睛,忙问:"旺旺怎么了?"梁梁说:"我们给旺旺洗澡,爷爷不是也这样给旺旺洗过澡?"

工人说,那个娃把旺旺按在水里,很长时间不让旺旺抬头换气,他们呵斥了他,他才把旺旺的头从水里拿出来。要不是他们阻拦,旺旺都被淹死了。那个小孩子知道闯祸了,悄悄地跑了。

"那娃要淹死旺旺,为什么不阻拦?"母亲生气了,问梁梁。

"我们只是想知道旺旺能在水里待多久,又不是要淹死它。"梁梁委屈了。

"在水里时间久了会死的,你不知道?"

"不知道。"

"旺旺被淹了几次?"

"很多次。"

"你把旺旺淹了几次?"

"我没淹旺旺。哇……"

梁梁这时才感到他们行为的危险,他怕旺旺死掉,大哭起来。

父亲拿着电吹风,给旺旺吹干毛发。当梁梁大声哭起来时,旺旺慢慢地睁开眼睛,看看梁梁又疲倦地闭上。旺旺不明白,梁梁这么喜欢它,今天这是怎么了?它深信梁梁不会伤害它,对梁梁是一万个信任,一万个放心。可是,还有别人呢?所以,当那个孩子把它放在冰冷的水里时,它只是认为小孩子淘气,或许是梁梁想给它洗澡呢!旺旺没有叫,哪怕它叫一声,父母就会听到,就会找旺旺的。后来旺旺没有体力叫了。发现旺旺的眼睛都快闭上了,不到六岁的梁梁才明白过来:"别淹了,你会把旺旺淹死的。"

旺旺怕家里人怪罪梁梁,用虚弱的眼神看着母亲:"不怪梁梁,别怪梁梁。"

父亲给旺旺吃感冒药,晚饭时,母亲给旺旺开了小灶。母亲说,旺旺蔫了三天才缓过来。母亲好像突然回过神来,旺旺是不是从那次起就认为我们不爱它了,做好走的准备了?

"不会的,我们那么爱它。虽然是一只狗,但它也能感觉得到的。"我安慰母亲。

"嗯。"母亲好像宽慰了很多。

那旺旺为什么迟不走早不走,等到我们房子主体完工了走?母亲心里放不下旺旺,不停地寻找答案。

对呀，为什么呢？我也在寻找答案。

从弟弟拆旧房子到新房子主体完成，要半年时间，农历二月到八月。半年时间可以建起一栋楼，旺旺为什么不能找到自己的爱情？我虽然不知道旺旺是什么时候找到爱情的，但我知道当几只狗来骚扰它时，旺旺没法在家里待下去了，它会跟随爱情离开我们，去过自己的生活。

房子修好了，流浪狗旺旺和它的爱人继续流浪去了。旺旺留在家里的气息随着时间的流逝消散殆尽，好像旺旺从来不曾来过。

中田四寨印迹

消失的阿什寨

大寨子山上的一棵树、一株草、一只岩羊、一只獐子，包括生活在这里的人，都归山神管理。大寨子山神是感性的，掌握着生活在这里的生物们的生杀大权，就连山上的阳光雨露都低眉顺眼地看着山神的喜怒生活。

山背后的森林里藏着数不清的熊、野猪、青鹿、岩羊、獐子。出产最好的洋芋、大豌豆、荞麦、燕麦，养育着山上的人们。出产少，无法满足这么多张嘴的需求，于是打鹿子（泛指打猎，也指猎人）、"跑坡"成了每个成年男子必备的生存技能，更是一种荣耀。打到的猎物，寨子里每家平分，打鹿子们满足于人们投来的敬佩的目光。年纪大的阿妈身体虚弱，要靠猎物补充营养，年幼的孩子正在长身体，几乎全靠猎物肉提供足够的蛋白质和脂肪。人们只有向大自然索取，打猎成为生活的刚需，猎物肉成了改善生活的重要来源，是犒劳族人的重要食物。可想而知，打鹿子在寨子里所受到的青睐和尊重。还有一个量化指标，考核一个打鹿子打猎的多少，就看他家大门前挂着的猎物的头的多少。谁打的猎物，猎物头归谁。猎物的头代表着超凡的体力、高超的枪法、非凡的技能，是一个男人的荣耀，更是他挺直腰杆的底气。世世代代，靠着为数不多的农作物，阿什寨的人也活得滋润，他们的后世子孙从小学习打猎，将打猎的技能传承下来并发扬光大。这样过了很多年。

因为地壳运动，山上覆盖着厚厚的黄土。黄土下是碳酸钙岩石和板岩交界处，地质结构不稳定，阳坡的地面经常裂开一道口子，对这一现象人们见怪不怪，包括阿什寨的人。

时间过去了太久，当阿什寨连同生活在阿什寨的人们，快要被时间遗忘的时候，一个偶然的机会，给我父母做寿木的阳坡的两个藏族人，知道我写过关于大寨子《剥离之痛》的散文，在我陪着他们工作的时候，给我讲了这个故事。故事的寓意大于故事本身，语言带来的冷气直入心底敏感的地域，让人浑身起鸡皮疙瘩。心于是颤抖，继而浑身颤抖。

故事关乎生存，关乎生死，让我震惊，让我思考，让我敬畏。

故事发生在一百年或者两百年前，大寨子山脊另一面的阿什寨，如今阳坡村下面的小寨子，我的视力无法穿越和到达的地方。故事如今还在流传，人人都知道这个故事的寓意，也知道这个故事的警示。

阿什寨人户不多，就三四十户人家。几乎家家都有猎人，家家的大门上都挂满了猎物的头。只有一家人与这里格格不入，他家的门前没有挂一个猎物的头。人们都知道这户是没有猎人的家，就是没有男主人的家。对于这户没有人手和打鹿子的人家，寨子里的人们是怜悯的，也是鄙视的。怜悯的是孤儿寡母生活的不易，鄙视的是这家的孩子快长大了，还不学习打猎。在别人异样的眼光中，这家的孩子长到了十多岁，他放牛种地，用柔弱的肩膀担负起家庭的重任，也以一个小男子汉的担当保护着母亲和这个贫穷的家。他看到山上生活的动物们经常被猎人猎杀，无比怜悯。在别人异样的目光中，分给他们家的肉也是别人不要的骨头和边角料。强烈的自尊心促使他和母亲拒绝吃分给他家的肉。他们显得格格不入。

　　动物的身体由骨头和肉组成。在分配不均的时候，人们总会抱怨：打的猎物骨头太多，除骨头外，没有多少肉。时间久了，猎人们的愿望就是能打到一头浑身只有肉没有骨头的猎物。山神常年默默地听着这群人的抱怨，保持着沉默。直到有一天，人们都在抱怨说：猎物的骨头太多，肉太少。山神怒火中烧，实在听不下去了，他想给这群人最后一次机会。

　　猎人们打到了一只浑身只有肉没有骨头的猎物回来。这有悖于常理的事，他们却认为是山神终于听到了他们的抱怨而额外的开恩，于是举寨欢庆。他们给每家分了没有骨头的肉，男孩家还是没有分到肉。如果说山神还在考验这群不知满足的愚人，那么他们的表现令山神更加失望：贪婪、无知、恃强凌弱、毫无同情心。当人们围着篝火唱酒曲子、跳锅庄舞，庆祝终于打着没有骨头的猎物时，男孩和母亲早早地睡了。他们食不果腹，没有力气去狂欢。

　　一个学过喇嘛的人说："别吃了，你们还吃得下？别唱了，在唱丧歌吗？今天这事的兆头不好，世上哪有没有骨头的野物？是不是神灵在暗示我们什么？"被欢乐冲昏头脑的人们说："没事的，这是山神对我们额外的恩典。"

　　山神在黑暗中清楚地看着这一切，没有听到他们对自己言行的反思，觉得他们不可救药了。山神的心里在暗暗地做着一个决定，这个决定对山神而言是困难的。谁都是他的子民，人和野物，花草树木，都是，保护好子民，让他们生活幸福才是山神的心愿。他希望他们在一个平衡的环境中、和睦的氛围中生活，互相爱护，互相帮助。可是他们贪得无厌，恃强凌弱，破坏环境。必须给人类教训了，让他们懂得爱护环境、关爱他人。山神的这个决定经过了慎重的思考，一切都考虑妥当。

于是这天晚上，男孩起夜时清楚地听见白水河两边的山神用藏语在对话。

"全部埋了还是埋一半？"

沉默。

"全埋了。"

声音微小低迷。

男孩睡得迷迷糊糊，没听懂这两句话的含义，解完手，摸索着回到床上做起梦来。他梦见他家的牛死在草坡了。牛可不能死啊，那是家里唯一值钱的东西。事关重大，不敢有一点马虎。这到底是怎么回事？他必须去草坡找到牛看看。第二天天一亮，男孩和母亲就到寨子后面的山顶草坡寻牛去了。山上浓雾弥漫，走着走着，男孩和母亲迷路了。他们在山上怎么也找不到回家的路。夜深了，母子俩就在庵房里将就过了一夜。第二天天一亮，男孩打开庵房的门，他家的牛就在庵房前悠闲地吃着草。男孩非常高兴，他家的牛好好的，既没死也没丢。男孩不明白怎么会做这样的梦，好好的牛却梦见死了。不过这下放心了，牛好好的，在草坡悠闲地吃着草呢。牛可不能有事，牛是男孩家里唯一值钱的宝贝。

既然牛没事，母子俩就下山回家。明明到寨子的边缘了，可是怎么也找不到寨子的影子，眼前崭新的黄土和比房子还大的石头堆在寨子的原址，寨子没有了踪迹，更别说寨子里那么多的房子和一百多号人了。

男孩想起前天晚上听见的对话：全埋了还是埋一半？全埋了。

寨子被埋了！整个寨子被巨石和黄土埋了！母子俩呆了，也吓傻了，一屁股坐在地上，吓得话都不会说了。

等他们回过神来，隐约听到地底下传来鸡鸣的声音，还有驴的叫声。人们从四面八方赶来了，看着方圆几里都堆满了石头，谁也没有办法！往日的烟火人间，今日成了一个巨大的坟场。不分男女老幼，全部被天收走了！哭声震天，这里成了人间炼狱。

男孩和母亲只得背井离乡，翻山到甘肃舟曲的博峪乡讨生活。2017年，白林和阿贝尔到此地采风时，遇到一个八十岁的老人，他说，他的老家在九寨沟县的安乐，寨子被埋了，祖上逃了出来，到这里安家落户了。这个老人就是那个有幸逃脱被活埋命运男孩的后人。他说，他们放牛放马，种地为生。

两个木匠说，祖上教育他们：人不能太贪心。

半山腰的这块台地，早年的一切都尘埃落定了，它静静地在岁月中沉睡，永远不会醒来。

《草地》2020年第6期刊发

中田山秘境

（1）

从空中鸟瞰，中田山到县城的这一块地形如一个"片"字。中田山在"片"字上方的空白处，县城和安乐在"片"字下方的空白宽敞处，西山、大梁和龚家梁是"片"字左边这一撇，大寨子山就是"片"字右上方这短的一竖，岭岗岩就是"片"字中央的一横。岭岗岩顶儿，这一横底部，是旋滩，让携手而至的羊峒河和黑河吃了闭门羹。两条河结合为白水河，于是它们不得不右转 90 度，谦卑地沿着岭岗岩的山脚再左转 90 度，用水的形式尽量将身体旋转成柔软的 U 形，用迂回的战术以柔克刚，避开岭岗岩的锋芒，得到生存的机遇。绝处逢生后，一路向南。

从古至今，岭岗岩的"横"，隔开的是两个世界。可不要小看这一横，它隔开的是大寨子山和大梁、龚家梁的平行走势，隔开的是温带季风气候和暖温带半干旱季风气候的逐渐过渡，隔开了扶州曾经的繁华和中田山的偏僻，更隔开了短暂的歌舞升平的热闹，是河坝的富庶和高山的贫瘠的分界线。

岭岗岩的左右两边景观、气候实在是大不相同。从这里开始，地质逐渐显现第四纪以来地壳上升，河流下切形成的河谷地带，可见的四级台地，有明显的陡坡与平坦的地面特征。地理上处于青藏高原西南边缘和成都平原西北高原交界处的弧形区域，海拔逐渐上升，地理特征逐渐向青藏高原靠拢，显现出不一样的景观：地势狭长逼仄，两边的大山像一刀切开似的高耸笔直，植被也悄无声息地发生了更替。

岭岗岩的右边，就是中田山，连接着去往九寨沟的十里长廊。从这里开始，山体、植物、色彩、气候都显现出渐变的特征。

（2）

挺直山体的顶部生长着常年翠绿的松树，如士兵般守卫着这一方土地。再往上更多的是山的裸体，展示着亿万年前碳酸钙岩石的形成过程，因山太高而寸草不生。沿着山腰堆积到山脚的土，如开小差的士兵，除细小岩石覆盖的地方外，其余地方长满了稀疏的灌木林和针阔叶混交林，羊蹄甲、忍冬、四川扁桃、悬钩子、狗尾草、蒿草等。沿着白水河的岸边蜿蜒而上，直达九寨沟沟口。当春天的季风由南往北翻越岭岗岩，沿河岸而上吹开岸边的野桃花时，一树树粉白的桃花，或三三两两，或独自一株，自然形成一道十里桃花走廊的独特景象。春天是桃花的恋爱季。桃花如一个个冰清玉洁的少女，清纯得让人爱怜。白水河也显得无比妩媚，无比柔美，无比欢快。这数十里桃花，从九寨沟沟口延绵而下到岭岗岩，分明是九寨沟的哈达，履行着迎送客人的职能。就凭这一点，别处的桃花望尘莫及。

秋天，当天气一日凉胜一日，河岸边的黄栌早就按捺不住，憋红的脸透露出内心的秘密，它有话要说，它要表白，它红着脸对身边的爱人求婚。我们只能看见黄栌憋红的脸，而世上最动人的情话被滔滔的白水河悄悄地录了音。山杏虽不能和黄栌比美，但也不甘平庸，它无法超越黄栌的红，深绛的颜色也衬托了黄栌；椴树像一个小孩子般显出稚嫩的明黄，显出阅历的短浅；柞树的内心比较复杂，想集万千宠爱于一身，红褐色、咖啡色、橘红色、浅黄色，但满身的黄色系终究掩盖不住黄栌满身红色的热烈。

秋天的中田山至九寨沟沟口的河岸边，红叶高调盛开，昔日粉红的桃花，今日浓妆出嫁了，大红的喜庆从这里铺排到九寨沟沟口，人们从四面八方赶来参加这一场旷世的婚礼，见证一场爱情。

岭岗岩左边的万仞高山上的岩石，被时光打磨得光滑明亮。这里是"南坪八景"之一的"纳泉倒泻"，有文人墨客诗云："渊源美到气清高，雪线长流百尺条。岗阜岂能留得住，终归巨壑作波涛。"

诗情画意，十里桃花，这里可称为"桃花泉水""桃花走廊"了。

（3）

中田山处于高山峡谷地带，山势从东南向西北延伸，山高对峙逼厌。岭岗岩像一道门，拦阻着从东南而来的气流进入。这里自然就形成了特殊的气候现象。

太阳每天都会照常升起，照耀着地面上的万物。特别是冬天，谁都想在温暖的太阳下晒晒，取暖并补充钙，特别是太阳下的老人，阳光包裹着他们，温暖而满足。这原本是理所当然的事。

夹在高高对峙的两座连绵大山中央的中田山，在寒冷的季节可没有过这么温暖的体验。

我第一次知道中田山晒不到太阳是六岁那年的冬天，正值全公社在中田山"农业学大寨"改土大会战。母亲去中田山改土了，几天没有回家。我思念母亲，放学后，悄悄跟在中田山同学的后面。旋滩的山脚是必经之路，岭岗岩灰色岩石的纹理早被凿断了，我看到山体一束一束的组织纹路和人的肌肉一样，我心疼它。都断成这样了，山会疼吗？我好奇地看着肢体受伤的山，还是那么高，我得高高地仰起头，还是看不到山顶。脚下的小石子是岩石的碎末，会随着脚滚动。一个趔趄，脚下滚动的小石子让我扑倒在地，手肘和膝盖着地，瞬间表皮被磕出一个浅红色的椭圆形，皮肤的表皮被小石子和坚硬的大地轻而易举地揭过，露出惨白的颜色，深红色的小血珠从一个个看不见的毛孔里冒出来，不一会儿结成一个小小的紫色的印痕。抬头一看，同行的同学都走远了，我突然像是被看不到顶的大山罩着，想起爷爷奶奶讲的旋滩的鬼怪故事，顿时觉得山体面目狰狞，白水河的涛声助推着恐怖的气氛，我顾不上摔伤部位的疼痛，使劲朝前跑去。

多年后，我在梦中多次重温过这个恐怖的场景，还有使劲跑也跑不完的石子路。反复的梦，加深了我对旋滩的恐惧。

中田山的天很快黑了。吃过晚饭，母亲让一个开拖拉机的熟人把我带回家。转过岭岗岩，眼前突然一亮，就像从一个黑洞里突然钻出来，明月高照，大地朦胧。

为什么我的家被月色笼罩，而此时的中田山处于一片黑暗之中？

旁边有人说中田山一年中有几个月晒不到太阳，几个月照不见月亮。

中田山位于东经 104 度，北纬 33 度左右。冬天太阳南移，太阳光和地面的夹角增大，太阳光斜着晒在中田山的大地上。当大梁和龚家梁的高山挡住太阳的光线时，日线在中田山背面的大寨子山脚下移过，所以中田山寨子从冬至到立春这一段时间均无太阳照射。只有到第二年立春，太阳回归北方时，久违的太阳的日线才会降低，中田山的寨子才能见到太阳光。月亮知道它永远不是太阳的对手，采取迂回战术，始终避让着太阳，它们俩永远打着太极，老死不相往来。当七、八、九月太阳直射到中田山上空时，月亮在这三个月不见踪影。算着太阳随着季节不得不避开中田山时，月亮才现身，让差点忘记它存在的人们看看，它依然存在。于是在中田山，太阳和月亮永远玩着捉迷藏的游戏。

我不禁想起小时候用小镜子反射太阳光射小伙伴眼睛的事，也想起用几个小镜子反射太阳光点燃枯草的事。

特殊的地理环境会产生特殊的气候，对处于这种特殊地理环境下的中田山，气候也会与众不同。

中田山村这个弹丸之地的泥石流比任何一个地方都多。1974 年、1984 年、2005 年，这里分别暴发过大泥石流。几乎每隔十年左右，这里就会有一次大泥石流发生。这是为什么？因为中田山比较封闭，容易产生局部小气候，是这个弹丸之地产生回旋气流的后果。加之过度砍伐，森林涵水能力降低，所以泥石流频发。

顺着白水江而上的季风被岭岗岩及周围环形山梁挡住，并形成回旋气流，因而降水较多。加之植物脆弱，在降暴雨时极易形成洪涝和泥石流灾害。于是岭岗岩又成了罪魁祸首。泥石流带着冲击性，将中田山冲击成了覆盖着一百多亩厚厚冲积土的平地,分布在一级阶地和沿河的漫滩上。

大地从中田山开始骤然上升,这里的山已经触摸到青藏高原的脉搏。中田山的山势随着海拔逐渐升高,撮箕湾的山势更高,山的顶部一改中央隆起的形状,成了海拔的最高点,撮箕湾的海拔几乎呈水平状,山峰小心翼翼地悄悄隆起,山顶的齿牙像鸡冠一样,山体酷似撮箕。因为海拔高,很多时候山顶积有一层白雪。

1984年7月14日,撮箕弯泥石流,白水河断流近两个小时。

电闪雷鸣、大雨倾盆,不一会儿白水河吼声滔天,声音里夹杂着石头咚咚的沉闷的滚动声。如盆泼的降雨声,河水暴涨后的吼叫声,河里石头的翻滚声……天地如打开了潘多拉魔盒,黑黑的夜被搅和得充满了躁动和不安的气息,人渺小得如一只蝼蚁,会被泥石流轻而易举地淹没,被腾起巨浪的河水吞没。不一会儿,世界好像安静了下来,除了不时照亮大地的闪电和随后响起的或急促或沉闷的雷声外,滔滔河水的声音突然消失得无影无踪。突如其来的寂静让人们摸不着头脑。他们来到公路上,一脚踩上去,小腿被水淹没。哪里来的水?是河水翻上岸了吗?再走几步,水更深了。

第二天天亮时,一切面目全非。一个巨大的堰塞湖横空出世,水位线淹没到公路上方六米的山脚。而中田山就在堰塞湖的边缘,随时有被崩堤的堰塞湖吞没的危险。无路可走,只有重新启用半山腰岭岗岩老路。修路时,挡在路上的石块被推下山掉进堰塞湖里,只听见咚咚的闷声响起,路面越来越宽。

千年古道上有文字的几个碑,还有一块一米见方的上面有五条鱼化石的石头都被人们推到堰塞湖里。堰塞湖张大嘴巴,将能代表九寨沟地壳运动、地质发展的有清晰鱼头、鱼眼、鱼鳞、鱼尾图像的石头吞入腹中。但愿在以后的某年某月,能发现这块有鱼化石的石头。但是我对此并不乐观,石头上的鱼化石,也抵不住河水的大浪淘沙,也许,早就变成一颗颗沙砾了。

我又一次欲哭无泪,古老的九寨沟,一次次和能证明自己身份的物品失之交臂,可能它们注定无权知道自己的前世。

(4)

我也疑惑过这里为什么叫"中田山",和汉文化取名字的习惯显得格格不入。有人说,"中田山"这个名字有显著的日本特色。其实中田山和日本没有一点关系。

传说中田山对面的山体像一口钟,钟的锤在背后山上的大坪上。"钟"和"中"同音,这就是中田山"中"的来由。其实,这有点牵强附会。九寨沟县自西汉建立甸氏道起,就为中田山的命名打下了基础。

作家阿贝尔在《九寨沟之书》里对"甸"字的解读,我觉得用来解释中田山的名字更加合理。阿贝尔说:甸氏道,我注意到它的"甸"字,一个半包围结构,里面有"田"。这个半包围结构酷似九寨沟,头上"丿"是羊膊岭,横折钩是白水河和黑河,里面的"田"字便是南坪——南坪郊外确有一个"中田"。

我认为,"中田山"的"中",相对于羊峒来说,是羊峒和扶州之间的一个军事要地。"田"是指自古这个地方多发泥石流而冲出一片良田,既能驻兵,又能种田,养育着民兵,符合当时的政策。中间有田有山的地方,既是驻扎军队的好地方,又是产粮食的好地方。它对扶州起着瓮城的作用,军事上的作用不可小觑。

于是在中田山的寨子里,不光有距今一百多年的古槐树,还有清嘉庆年间驻兵的中田兵营遗址。中田兵营和柴门关的回营城兵营以扶州为中心，在地理位置上互为犄角，在战略地位上互相照应，在白水河的南北进出口保护着扶州的安全。回营城兵营，地处边关，抵抗秦人来袭。世代守护于此的军人，安家落户，形成了"夜春官"这一独特的文化现象。中田山兵营，是扶州的最后一道防线，凭借岭岗岩的天然屏障，是扶州天然地势形成的瓮城，为扶州保驾护航。可以说中田山在，扶州就在；中田山亡，扶州必亡。驻守中田兵营的将士，虽离边境较远，但是任务更加艰巨。不但要防御羊峒方向的番人，还要防御羊膊岭、黑河的四道城池没有抵挡住的游牧民族。

中田山朱氏有一块柏木匾，清光绪元年（1875）清政府所赐，上书"将军守土光荣"，后被毁。民国二年（1913）所赠还有一匾，上书"保朝光荣"，也已被毁。这是对军人的褒奖，对戍边岁月的肯定。多少家族的族谱，记载了几百年的历史，就这样随着时间灰飞烟灭，消失得无影无踪。多少有价值的文物被损毁，让人痛心。

我心里涌上了一阵酸楚。如果家谱不被毁，时间的纹路该是何等清晰。这一群人在扶州这个边地是如何战斗、如何繁衍生息，会被记载得清清楚楚。我的祖先和中田山的朱姓、顺姓等姓氏的祖先一样，于明洪武二年（1369）举家守卫边关而来，他们中不知有多少人战死沙场。我的祖先李瑞林、李忠堂，不知是在保卫扶州的哪一次战斗中牺牲，如何牺牲，如何被朝廷追封，因族谱被毁而事迹不详。

我想象着参加第一次鸦片战争而殉国的李兴茂，当他从中田山路过时，朱姓的战友在门前摆上壮行酒，紧握的双手，摇了再摇，深深的拥抱久久没有松开，然后送了战友一程又一程……

今天中田山的原住民，多是驻守将士的后代，他们以耕读成传家。无战事时，种地、读书一样都不可荒废。多年时间的沉淀，让他们养成了精诚团结的精神。弹丸之地，人才辈出。此地朱姓族谱记载，第九代人到扶州，康熙二十三年（1684），朱姓第十二代子孙到中田山戍边，如今插占为业又是六代。中田山一百多年的大槐树和清嘉庆年间的祖坟是岁月的隐喻，在证实着两百年来中田山战火硝烟的历史。

又回来说中田山。

历史上扶州三十六寨，中田山片区为中田四寨，包含今天的中田山、大寨、半山、阳坡，属于杨土官管辖范围。不是说历史上藏族和汉族之间多有不和，经常发生战争吗？藏、汉由一个藏族土司管理，这又是怎么回事呢？安乐寨历史上是藏、汉杂居，属于民族大融合的产物。中田山是汉民族独居，受藏族管辖，邻居也是藏族，也有极个别的家族和藏族通婚。中田四寨的管理方式值得肯定的一点是，平时藏、汉各自生产生活，战时藏、汉团结起来一致对外，保卫共有的家园。多年来，他们相安无事。但是他们又在各自的环境里坚守着自己独有的文化和习俗，如一棵树上的两朵花，看上去各不相同，但是它们吸取着同样的养分，生活在同样的环境中。这种方式显示出民族融合的本色。

我注意到，这里真有和别处不一样的现象，姑且称之为独特的文化，或者独特的方式吧。

许多果树上都嫁接了别的品种，以杂交的形式存在。如：桃树上一半是浅粉的桃花，一半是深粉的杏花；雪白的梨树上的梨花和樱桃花虽然都是白色，但是花型各不相同；或者一棵桃树满树的粉红，唯独有一枝是雪白的樱桃花。一种互相融合包容的和谐气氛迎面而来。这让我不由得想起中田山的汉族和半山上的藏族，千百年来彼此融合、彼此包容，借助彼此的力量生存发展。是生活习惯还是固有的观念？在岷山的一道褶皱里，同甘苦共患难的生存法则，几百年来祖先们追求的民族融合的智慧，被生命的密码遗传了下来，它们深入骨髓，并在生活中无意之间表现出来，并发挥得淋漓尽致。

我知道这只是表象。但是，这种现象又是根深蒂固的思想决定行动的产物。在不知不觉间，或许是无意识的行为，习以为常的生活习惯。这个行为难道仅仅是一种不同植物之间的杂交？其深层恐怕还是融合的思想指导。但我始终认为，遗留下来的习俗都是经过历史和时间筛选的，对人们思想和习俗起着潜移默化的影响的好的传统。

我终于明白：什么土地种什么样的庄稼，怎样的环境决定怎样的生存方式。

我站在中田山的土地上，看着古老槐树岌岌可危的生命，被朱氏力保才幸存下来的嘉庆元年（1796）的墓碑，这些是时间隧道遗漏的微小的一部分，时光的车轮早已滚滚而过，所幸留下了蛛丝马迹。两百多年的时间，连灰尘都落定了，只有白胡子的老人回忆起他爷爷讲的故事，为先人的卓越功勋而自豪，为自己的平庸而叹息。这一声叹息，也被白水河的滔滔水声掠走，没有被后人听到。

九环线上不时疾驰而过的汽车卷起一股夹杂着汽油味的热气流急切地迎面而来，头发被气流拉扯而飞扬。

我依然站在中田山这片古老的土地上，这里是进入九寨沟的门户，是咽喉之地。眼前的九环路穿村寨而过，车水马龙，热闹非凡。对于中田山而言，我依然是生活在山那边的另一条山沟的人，大寨子山将我们隔开。我始终无法触摸中田山的身体和灵魂，体验它的痛苦和隐晦。能感知到的、倾听到的，仅仅是凭我和自己先人的血脉相连的心灵感应、历史经验，敬畏远去的时间和同样远去的昂首挺胸的身影。我的脚步终结于岭岗岩的顶儿上，我的视线被岭岗岩阻挡，我看不到更远的山梁，也看不见岭岗岩山梁那边的中田山发生的事。

岭岗岩说，一个女孩子，看到眼前的美好就行，别的不用再看。

我默然。

后 记

特殊的地理环境，形成了辨识度极高的地域文化。

近年来，我时常会想起扶州，它隔三岔五地出现在我的梦里，让我有揪心的疼痛感。扶州太沉重了，沉重得让我有窒息的感觉。扶州好像被时间遗忘了，在角落里安静地过着日子，清楚地看着眼前的灯红酒绿，清晰地听着周边的人声鼎沸。对扶州来说，这一切都是模糊的、遥远的、不真实的。我只有将扶州写在纸上，这是缓解疼痛的有效办法。

于是，书写扶州，以表达我的情态人生、万物我心的真诚。

屈指家山，记忆直达时间深处。面对扶州，我有想跪下去的冲动，我想用如此谦卑的姿势，用喃喃的细语讲述扶州大地上的故事，讲述生活在扶州的人们的精神律动和性格特征。故事里有安居乐业，有人间烟火，更多的是远去的背影。离开扶州多年，心早被喧嚣和雾霾吞噬。我丢失的不只是岁月，还有一颗被尘土掩埋的心。每一次回到扶州或者想到扶州，心里总是急切的、忐忑的、矛盾的。因为我不论身在何方，灵魂都皈依于此；我不论身在何方，扶州都加持于我。扶州像一块巨大的磁铁，将我的思想、精神和灵魂紧紧地吸引。

扶州宽厚、沉默、慷慨。我知道它心里永远会为我留下一席之地，它永远会记得一个蹦蹦跳跳的小女孩，被风吹得红彤彤的脸蛋，欢笑时的酒窝、痛哭时的眼泪。我记忆里的扶州,是我经历过的故事、我见过的故人、我住过的老宅、我记忆中的老物件、我的童年、我的乳名,以及一棵树、一株草……

扶州的人们如今依然过着传统的田园牧歌般的生活,形成了自己独特的生活方式和价值取向。特殊的边缘地域、悠久的文化,不知不觉中扶州已经成了介于现代与传统之间、城市与村野之间一处被遗忘的边域,它的价值观是对文化的尊崇、对道德的坚守、对传统的认同。

书写扶州,是我心里最矛盾的事。变化是对我记忆的毁灭,是对曾经的颠覆,是对过往的删除。变化了的扶州,剥离了我和它之间千丝万缕的联系,让我产生过客或者游子的感觉。可是不变化,扶州融不进时代发展的大潮,将会被时代抛弃,被历史淹没。变化,又是我迫切需要的结果。

"万物有所生,而独知守其根。"扶州是我的精神血脉,给我打上深深的烙印。扶州在我的心里,似一杯美酒,历久弥香。"望得见山,看得见水,记得住乡愁"是我的追求。

也许,过不了几年,我记忆中的土地,上面不再是庄稼或者蔬菜,而是高楼或者其他。对于这种改变,我期盼,也惊恐。也许,滋养我精神的记忆,将彻底成为我的回忆。我不想在那一天来临时,乱了方寸,没了定力,而显得阵脚大乱、失魂落魄。那就让我用笨拙的笔、最真的情,记录下扶州的过往,包括故人、故事、故地、故物……将一个属于我心灵的扶州,永远留在我心里,留在纸上,让我祭拜它、怀念它。在我的心里把根留住,包括乡音、乡情、乡亲,以及那棵老树、那座老屋、那座老坟、那个老人……

心里安乐,俱是安乐。记忆里扶州无外乎是地里的庄稼丰收在望;院子里鸡鸭成群;地边有一间温暖的木屋,木屋里火炉中燃着红红的火焰，火焰上方有冒着热气的茶壶；闲暇时一家人做着可口的饭菜，在香味里天南地北地闲谈……

  社会的发展，使得一切都变了。不变的，是过去。将要变化的，是未来。扶州，在您变成传说前，让我再好好地凝视一次您，回忆一次您，让我再一次和您说说话，作一次告别。

  在我的笔下，扶州依然。在我的眼前，扶州常新。岁月不居，时节如流。生命的意义不在于过去，而在于将来。扶州和我都憧憬着改变，期盼着汇入时代潮流的幸福生活的来临。

李春蓉

2020 年 5 月 23 日于九寨沟